KB150134

동물복지 수의사의
동물 따라 세계 여행

동물복지 수의사의

동물 따라 세계여행

세계 19개국
178곳의 동물원·
국립공원·
동물보호구역을 가다

양효진 지음

Australia·New Zealand·Malaysia·United States of America·United Kingdom·Vietnam·Thailand

동물권리선언 시리즈 18

동물원에 대한 많은 물음에
스스로 답하기 위해 창문을 뛰어넘었다

서울동물원 사무실에 앉아 일하던 어느 봄날이었다. 창문 밖을 봤다. 한없이 푸르른 숲과 때맞춰 핀 꽃들로 가득했다. 회사 사무실 밖 풍경 중 최고일 것이다. 도시의 풍경은 빌딩숲이 대부분일 테니까. 사람들은 인공 건물에서 뛰쳐나와 진짜 숲 내음을 맡으러 동물원에 온다. 멀리 떠나지 않는 이상, 이런 자연은 만나기 어렵다. 그래서 어떤 사람은 동물원을 '자연을 보는 창'이라고 했다.

동물원에 대한 사람들의 생각은 저마다 다르다. 아이가 좋아하는 곳 또는 휴식처다. 아이에게 동물을 직접 눈으로 보여 주고 싶은 마음 또는 현실에서 벗어나 색다른 세상을 경험하고자 하는 마음이 사람들을 동물원으로 이끈다. 반면 동화작가 앤서니 브라운의《동물원》은 다르다. 동물원을 방문한 가족은 그곳에서 보내는 시간이 생각보다 즐겁지 않다. 엄마는 "동물원은 동물을 위한 곳이 아닌 것 같아. 사람들을 위한 곳이지."라고 말한다. 그날 밤 아이는 동물처럼 철장 안에 갇혀 있는 꿈을 꾼다. 노르웨이 오슬로 대학 박노자 교수는 동물원 동물은 무죄의 종신형을 선고받은 거라고 표현했다. 그에게 동물원은 인간의 야만성을 보여 주는 제국주의적 과학성의 상징이다.

나에게 동물원은 '인간을 보는 창'이다. 동물원은 인간이 동물을 어떻게 인식하고 대하는지 때로는 세련되게 때로는 거칠게 드러낸다. 인간의 시야는 동물원에 갇혀 사는 동물이 볼 수 있는 시야만큼이나 좁다. 관람객은 동물원의 동물을 온전히 이해하지 못하고, 동시에 동물을 보고 있는 자신 또한 이해하지 못한 채 동물원을 나선다. 동물원이 자연을 보는 창이라면, 그들이 보는 자연은 딱 창만큼일 것이다.

항상 동물원, 야생동물들의 현재와 미래가 궁금했다. 사람들에게 동물원이란 어떤 곳일까? 동물원 밖에 있는 도시의 동물들, 야생의 동물들은 어떤 삶을 살고 있을까? 현대의 동물원은 사람들이 그 창 너머 진짜 자연을 만날 수 있는 올바른 길을 제시하고 있을까? 아니면 동물원은 모두 태생적 한계에 갇혀 있는 걸까? 동물원은 왜 아직도 존재할까? 동물원의 미래는 어떻게 될까?

동물원에서 일하면서 세계의 여러 동물원을 볼 기회를 놓치지 않았다. 동물원을 보는 눈을 키우고, 시야를 넓혀 겸손해지고 싶었다. 출장으로 가지 못하면 개인 휴가를 쓰고 사비를 들여서 갔다. 해외뿐 아니라 국내 동물원도 틈틈이 찾았다. 시간과 체력의 한계가 느껴졌다. 한 동물원에서 5년을 일하는 동안 역마살 가득한 몸이 풀어달라고 아우성을 쳤다. 사무실에서 창밖을 보던 나는 결심했다. 그만두고 세상으로 나가자. 나가서 수많은 질문에 스스로 답하자. 그렇게 세상 사람들과 동물들을 만나기 위해 동물원의 창문을 뛰어넘었다.

동물원을 나와 동물원, 국립공원, 동물구조센터, 동물보호구역 등 동물이 있는 곳이라면 어디든 찾아 세계를 돌아다녔다. 때로는 한 달, 때로는 며칠을 머물렀다. 동물들과 만난 시간은 쌓이고 쌓였다. 동물원에 입사한 2011년부터 2021년까지 19개국 170여 곳을 방문했다. 동물원을 그만둔 2016년부터 신문에 연재했던 칼럼과 여행담을 더해 이 책에 담았다. 그 시간과 시선들을 독자들과 나누려 한다.

차례

2장 뉴질랜드

3장 말레이시아

4장 미국

5장 영국

6장 베트남

7장 태국

1장
호주

NEW ZEALAND

시라이프 수족관
해양동물 서식지 파괴되는 바다 vs 안전한 수족관,
어떤 게 나은 삶일까

일을 그만두고 여행을 떠나기로 결심했을 때 어느 나라든 가서 동물원, 국립공원 등 동물이 있는 곳이라면 어디든 찾아다녀 보자고 마음먹었다. 이 것밖에는 별 계획이 없었다. 현재는 남편이 된 당시 사귀던 연인에게 긴 여 행을 함께 가자고 제안했고, 그는 흔쾌히 받아들였다. 돌이켜 보면 사귄 지 얼마 되지도 않았는데 둘 다 용감했다. 얼마 전 일을 그만둔 그의 호주머니 에는 여행 경비가 충분치 않았지만 다행히 워킹홀리데이 때 받은 세컨드비 자second visa(호주에서 농업·축산업 등에 일정 기간 종사하면 워킹홀리데이 비자를 1년 연장해 주는 제도)가 있었다. 그걸로 호주에서 돈을 모으며 여행하기로 했다. 그렇게 첫 번째 목적지는 어렵지 않게 정해졌다.

가장 싼 비행기를 찾아 말레이시아를 경유해 호주 멜버른에 도착했다. 5월인데 쌀쌀해서 옷을 겹쳐 입었다. 확 달라진 계절에 남반구로 온 것이 실감났다. 스카이버스를 타고 저렴한 숙박 시설인 백패커스에 도착해 짐을 풀었다. 6명이 함께 쓰는 31달러짜리 방이었다. 은행 계좌를 만들고, 유심

칩을 산 후 야라강을 보러 갔다. 대학교 때 친구와 배낭여행을 왔던 곳이다. 다시 올 기회가 없으리라 생각하고 20대답게 열심히 돌아다녔다. 풍요롭지 않은 돈과 시간 때문에 친구와 아옹다옹했지만 12월의 여름 분위기에 취해 붕붕 떠다녔다. 강변에 줄지어 선 식당에서는 여전히 우아한 빛이 흘러나왔지만 30대인 지금도 그림의 떡이었다. 다만 이제는 시간이 충분했다. 가장 가지기 힘든 것을 가졌다는 생각에 그날 밤은 여행에 대한 기대감으로 잠을 이루지 못했다.

동물 여행의 첫 목적지는 기차를 타고 한 시간 걸리는 힐스빌 생크추어리였지만 생각보다 너무 추워서 근처의 시라이프 수족관SEA LIFE Aquarium으로 목적지를 바꿨다. 전날 일하러 간 곳에서 몇 시간을 기다리며 바람을 맞은 데다가 저질 체력이 멜버른의 급변하는 날씨를 감당하지 못했다. 수족관에 도착해 자세히 보기 위해 가난한 여행자에겐 비싼 금액이지만 20달러짜리 투어를 신청했다. 다행히 숙소에서 입장권을 싸게 사서 부담을 덜었다. 수족관으로 들어가니 실내는 따뜻했다.

동물원에서 일할 때는 출장으로 해외 동물원을 방문하면 감사하게도 직원이 직접 데리고 다니면서 동물원 내부를 보여 주었다. 그때가 그립기도 했다. 하지만 그때는 방문객의 입장에서 동물원을 보지 못했다. 방문객의 시선을 이해하는 것은 중요하다. 사람들이 동물원이나 수족관에서 보고 느끼는 것을 알고 싶었다.

왜 사람들마다 동물원이나 수족관의 동물을 보는 시선이 다를까? 나도 한때는 별생각 없이 동물원에 갔다. 수의대에 들어가면서 동물원이 다른 의미로 다가왔고, 더 이상 동물원은 즐거운 곳이 아니었다. 어릴 때부터 동물원이 불편했다는 사람도 있는데 그 시선의 차이는 어디에서 만들어지는지 궁금했다. 그러려면 방문객의 입장이 되어 봐야 했다.

미소를 머금은 아쿠아리스트가 방문객들을 수조 위쪽으로 안내했다. 유

위쪽에서 본 짧은꼬리가오리. 먹이를 먹으려 쑥 솟구쳐 올랐다.

리창을 통해 보던 수조는 꽤 넓어 보였는데 위에서 보니 좁았다. 물 안에 막대기를 넣고 벽을 치자 소리를 듣고 거대한 가오리들이 모여들더니 불쑥 머리를 내밀었다. 짧은꼬리가오리short-tail stingray였다. 호주 가오리 중 가장 큰 종으로 너비가 2미터, 길이가 4미터가 넘는다. 두꺼운 아크릴 유리창을 통해 수조 안 동물을 보면 20퍼센트 작아 보인다고 하는데 그 말이 실감났다. 수조 위에서 보니 나를 덮쳐서 물속으로 끌고 갈 수도 있을 것처럼 커보였다. 무서워서 먹이 먹는 모습을 몇 발자국 뒤에서 지켜봤다.

가오리 꼬리에 찔려 죽은 스티브 어윈이 생각나서 가오리의 꼬리가 물 위로 올라올 때마다 무서웠다. 어윈은 호주의 상징적인 인물로 TV 프로그램 〈크로커다일 헌터The Crocodile Hunter〉에 출연한 방송인이자 야생동물 전문가였다. 파충류 동물원을 운영한 부모님 덕에 어릴 때부터 동물 사이에서

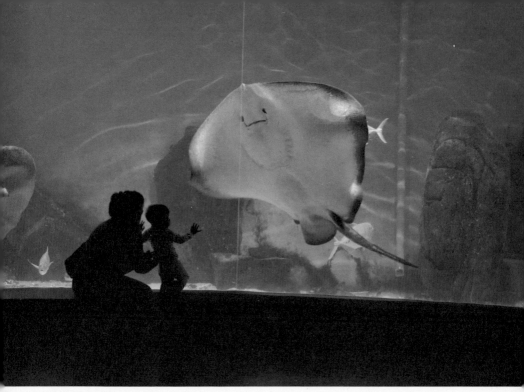

앞에서 본 짧은꼬리가오리

자란 어윈은 반바지를 입고 놀랄 때 쓰는 감탄사인 "크라이키crikey!"를 외치며 야생동물 다큐멘터리에 출연해 유명해졌다. 코브라에게 가까이 다가가고 악어를 몸으로 제압하는 등 동물에게 스트레스를 주는 위험한 행동들을 했다. 야생동물 보전을 위해 노력한 측면도 있지만 동물을 다루는 방식이 선을 넘었다. 결국 위험한 동물을 주제로 다큐멘터리를 찍던 중 가오리의 꼬리에 가슴을 찔려 사망했다. 어윈은 사람들이 모르고 가오리를 밟아서 찔리는 경우가 대부분이라며 가오리가 꼬리를 위로 들면 접근하지 말라는 뜻이니 물러나면 별일이 없다고 말했는데 자신이 가오리에 찔려 죽고 말았다.

어떤 이들은 어윈같이 야생동물을 다루는 사람을 보면서 스릴을 느낀다. 거기에는 아마도 나약한 인간에서 벗어나 야생동물을 잡고, 전시하고, 안전하게 즐기는 감정을 누리고 싶은 마음이 있을 것이다. 유사 이래 인간과 동

킹펭귄과 젠투펭귄에게 눈을 만들어 주고 있다.

물 사이의 거리가 지금처럼 급격히 가까워진 적이 없었다. 수족관 안의 가
오리는 밖에 있는 나의 심장을 찌르지 못한다. 갇혀 있지 않은 사람들이 갇
혀 있는 동물들을 보는 과정에서 두려움은 즐거움으로 치환된다. 이런 경험
은 분명 초현실적이었다.

　야생동물을 직접 만나는 것은 놀라운 경험이다. 이것이 동물원이나 수족
관으로 평소에 접하지 못하는 동물을 보러가는 이유일 것이다. 일상의 환경
에서 벗어나고 싶어서 나 또한 동물원에 별생각 없이 간 적이 있다. 색다른
공간에서 색다른 기분을 느끼고 싶었다. 동물원 동물들은 그저 사진 속 배
경이었다. 그래서 방문객들의 마음도 어느 정도 이해한다. 사람들은 과거로
부터 이어져 내려온 문화와 환경에 쉽게 설득당하기 마련이어서 갇힌 동물
을 보는 것에 익숙하다.

　하지만 관점을 바꾸면 다시는 전과 같은 눈으로 동물원 동물을 볼 수 없

한국의 실내 수족관에 전시되었던 재규어. 비판이 일자 다른 동물원으로 옮겨졌다.

다. 대학생 때 견학을 갔던 어린이대공원에서 코끼리를 보았을 때의 내가 그랬다. 혼자서 오랫동안 코끼리 한 마리를 지켜봤다. 코끼리가 싼 오줌이 시멘트 바닥을 타고 흘러내렸다. 바닥이 흙과 풀이 아니어서 오줌이 흡수되지 못하고 흘러내리는 게 이상했지만 다른 사람들은 자연스럽게 받아들이는 듯했다. 동물원은 이상한 것을 이상하지 않다고 세뇌하는 장소인가 생각했다. 그 후 동물원에 가는 게 불편해졌다.

　놀랍게도 한국에는 실내 수족관에 재규어가 산다. 매끈하게 지어진 건물 안 수족관에 갔을 때 가짜 돌 위에 앉아 멍하니 허공을 바라보는 재규어를 보았다. 흙도 자연광도 없는 유리창으로 둘러싸인 곳이었다. 재규어에 대해 설명하는 직원의 목소리가 실내에 울리고 사람들의 시선이 재규어를 향했지만 재규어는 멍하니 있을 뿐이었다. 이런 환경에 재규어를 전시하는 수족관의 결정도, 이런 전시가 가능하게 만드는 관련 법안의 허술함도 믿기지 않았다. '파라다이스'라는 푯말이 붙은 전시장에는 앵무새가 있었지만 누구도 그곳을 '낙원'이라고 믿지 않았을 것이다. 하지만 그 광경을 '이상하다'고 여기는 사람도 없어 보였다. 재규어는 심각한 정형행동stereotypy(스트레스, 자극없는 환경 또는 중추신경계 장애로 일어나는 비정상적 행동)을 보였고, 비판이 일자 수족관은 보유했던 재규어 3마리를 다른 동물원으로 옮겼다. 여전히 또 다른 실내 수족관에 재규어가 남아 있다. 사람들이 올린 영상을 보니 인공적인 환경에서 정형행동을 하고 있어 안타깝다.

그림책이나 TV로 동물을 보는 것보다 직접 보는 것이 교육적으로 좋을 거라고 많은 사람이 생각한다. 동물을 보고 만지는 경험을 했다면 후에 동물을 사랑하는 마음을 가질 수 있을 거라고도 생각한다. 그러나 이런 경험이 오히려 잘못된 인식과 지식을 준다. 교육을 위해서 살아 있는 동물의 자연적인 욕구를 빼앗은 채 가둬도 되는지, 그 교육적 효과가 실제로 동물을 살리는 데 무슨 도움이 되는지 진지하게 생각해 보아야 한다. 진정 교육이 목적이라면 살아 있는 동물에게 고통을 주지 않아야 한다. 공룡의 뼈나 죽은 동물의 박제, 다큐멘터리를 통해 지식을 얻는 것도 좋다. 동물원과 수족관의 주요 임무가 멸종위기종을 보전하기 위해서라고 주장하고 싶다면 동물원과 수족관의 역사가 이리도 긴데, 왜 멸종위기에서 벗어나는 동물은 극소수인지도 정직하게 고민해야 한다.

여행의 시작부터 답을 정해 놓고 가지 말자고 다짐했다. 수족관 벽에 야생동물 번식과 구조 프로젝트를 알리는 설명판이 보였다. 여러 바다거북을 구조해 야생으로 돌려보내고 해

시라이프 수족관의 보전 활동을 알리는 게시판

터치풀, 들어올리지 말라고 쓰여 있지만 동물을 들어올리는 아이들

변에서 쓰레기 가져오기, 맹그로브숲에서는 정해진 길로만 다니기 등의 캠페인 중이었다. 그런데 그 앞 터치풀에서 아이들은 해양생물을 만지고 집어들고 있었다. 해양생물 직접 만지기가 생명을 존중하는 법을 배우는 교육적인 행동일까? 한국의 한 수족관 직원이 말하기를 터치풀에 있는 생물은 오래 살지 못하고 죽는다고 했다. 이런 사실을 아이들에게 알리면 만지지 않을 텐데, 수족관은 그걸 말할 리가 없다. 수족관은 이런 체험 이벤트를 통해 사람들을 끌어모은다.

　인간이 야생동물의 서식지를 잠식하고 있는 상황에서 동물원과 수족관이 보전에 들이는 노력이 아예 가치가 없지는 않다. 하지만 그런 보전 노력이 동물을 만지고 가두는 산업을 옹호하고 떠받치기 위한 것이 아닌지 의구심을 가져야 한다. 부디 아이들이 미래에 스티브 어윈처럼 되지 않기를 바란다.

해변에 가면
쓰레기를 가져오자,
하지만 그게 다가 아냐.

— 02
힐스빌 생크추어리
살아남은 토종동물의 소중함을 알리는 곳

힐스빌 생크추어리Healesville Sanctuary에 도착해 주빅토리아Zoo Victoria(호주 빅토리아의 동물원 기반 보전기관 단체. 슬로건은 '멸종과 싸우자'. 27종의 멸종위기종 보전 및 연구에 집중하고 있다) 회원권을 샀다. 이것만 있으면 입장권을 따로 사지 않아도 빅토리아주에 있는 와리비오픈레인지 동물원, 멜버른 동물원을 1년 내내 갈 수 있다. 게다가 다른 주에 있는 타롱가 동물원, 퍼스 동물원, 애들레이드 동물원 등에도 무료 입장이 가능하다. 생크추어리sanctuary란 동물들에게 안전한 공간을 제공하는 동물보호구역이다. 야생동물을 구조해 죽을 때까지 보살피거나 야생으로 돌려보내는 보호구역을 생크추어리라고 한

주빅토리아의 보전을 위한 미션

다. 이런 보호활동을 하면서 환경이 자연에 가까운 동물원도 포함된다. 특히 힐스빌 생크추어리는 토종동물만을 위한 곳이다.

호주에는 섬의 특성상 오리너구리platypus, 코알라koala, 캥거루kangaroo, 태즈메이니아데빌Tasmanian devil 등 다른 나라에 없는 특별한 동물들이 많다. 그런데 몇 종을 제외하면 대부분의 토종동물이 멸종위기종이다. 인간이 모피를 얻으려고 죽이거나 가축을 키우려고 야생동물의 서식지를 파괴해 많은 수가 사라졌다. 또한 인간이 다른 나라에서 들여온 외래종에 먹이를 빼앗기거나 죽임을 당해 토종동물이 멸종위기에 처해 있다. 힐스빌 생크추어리는 이런 동물을 보호하기 위해 많은 노력을 한다. 여느 동물원처럼 기린, 코끼리, 사자 등 인기 많은 동물을 들여왔을 법한데 뚝심 있게 토종동물에 집중하는 모습이 좋았고, 더 가치 있어 보였다.

이곳에는 정말 호주 토종동물만 있는데 1943년에 동물원 최초로 오리너구리를 번식시켜서 유명해졌다. 오리너구리는 새끼에게 젖을 먹이는 포유류지만 알을 낳는다. 최근 연구로 오리너구리의 유전자에 포유류, 조류, 파충류의 유전자가 섞여 있음이 밝혀졌다. 그러나 오리너구리가 알을 낳는다는 사실이 알려지기 전까지 과학자들은 오리너구리가 서방 학계에 처음 알려진 1798년부터 거의 90년 동안 어떻게 번식하는지 알아내려고 애썼다. 호주 원주민들이 과학자들에게 오리너구리의 굴을 찾아주면서 오리너구리가 알을 낳는다는 사실을 알려주

힐스빌 생크추어리가 집중 보전하는 종을 소개하고 있다.

오리너구리

태즈메이니아데빌

딩고

붓꼬리바위왈라비

있는데도 불구하고 1884년 한 생물학자가 수백 마리의 오리너구리를 죽여 자궁 내에 있던 알을 찾아내고서야 긴 논쟁에 종지부를 찍었다.

야행성인 오리너구리 전시장은 어두웠다. 수초 사이로 오리주둥이를 닮은 입이 보이길래 지켜봤는데 오리너구리는 같은 곳을 계속해서 맴돌며 헤엄쳤다. 아, 여기도 정형행동인가. 몇 십 년간 오리너구리를 키워 온 동물원에서도 이런 모습을 보다니 참담했다. 동물원마다, 돌보는 사람마다, 환경마다 동물의 삶이 다를 수 있으나 그래도 동물원이 조금씩 나아지고 있다고 생각하고 싶은데 이런 모습을 보면 동물원은 같은 자리를 맴도는 것 같다.

보호구역 안에 있는 야생동물병원에 갔다. 흥미롭게도 병원은 모든 것을 드러낸 채였다. 수술실, 처치실, 연구실 모두 유리를 통해 내부가 보였다. 마침 처치실에서 앵무새를 치료 중이었는데 바로 위에 설치된 카메라를 통해 더 자세히 볼 수 있었다. 간호사가 병원에서 하는 일을 설명했다. 이곳에서는 동물원 동물뿐 아니라 매년 2,000마리의 야생동물을 치료한다고 했다. 대부분 차에 치이거나 개에게 물려서 오는데 회복한 동물은 적응 공간에서 훈련 후 야생으로 돌려보낸다.

일하는 도중에 나와서 설명하는 게 번거롭지 않느냐고 물으니 치료도 중요하지만 방문객에게 설명하는 것이 상당히 중요하다고 했다. 인간과 야생동물의 관계에 대해 제대로 알리는 일이 매우 의미 있다는 말이 반가웠다. 야생동물 보전을 위해 교육이 얼마나 중요한지 다시금 되새겼다. 인간 중심적인 생각이 바뀌면 동물을 위해 배려하는 삶을 살게 된다. 환경을 위해 소비를 줄이거나 아껴 쓰고, 로드킬을 막기 위해 야생동물 출몰 지역에서 속도를 줄이거나 친환경적인 정책에 지지를 표하는 등 여러 방법이 있다. 그러다 보면 근본적인 해결책에 관심을 가지게 되고, 버려지고 환경에 해가되는 물건을 많이 생산할 필요도, 과도하게 도로를 만들고 개발할 필요도 없다는 것을 느끼게 된다.

내부가 훤히 보이는 수술실　　　　수의 간호사의 설명 시간

　　이곳의 원래 이름은 콜린 매켄지 경 생크추어리였다. 매켄지 경은 1920
년 힐스빌에 해부 연구기관을 세우고 토종 생태계 보호구역을 만들자는 선
구적인 제안을 했다. 당시는 목축에 피해를 주는 육식 유대류인 태즈메이니
아주머니늑대thylacine를 많이 죽이던 때였다. 태즈메이니아에서는 1886년부
터 1909년까지 태즈메이니아주머니늑대를 죽이는 사람에게 포상금을 지
급했고, 1930년에 야생에서 마지막으로 발견된 후 1936년에 동물원에서
마지막 태즈메이니아주머니늑대가 죽으면서 멸종을 고했다.

　　같은 시기 한국에서는 일제의 해수구제정책으로 호랑이, 표범, 늑대 등을
죽이고 있었다. 《조선전기 포호정책 연구》(김동진)에 따르면 이미 이전부터
농지개간으로 야생동물 서식지가 줄어들고 있었고, 개체수도 급감하고 있
었는데 해수구제라는 명목으로 얼마 남지 않은 야생동물의 명맥이 끊긴 것
이다. 1921년 한국에서 마지막 야생 호랑이가 잡혔다. 호랑이에게 물려 다
치거나 죽는 사람이 있고, 나라를 빼앗기고 힘들게 연명하던 사람들이 야생
동물에 대해 가졌을 인식은 당연히 현재와 상당히 달랐을 것이다.

　　하지만 지금은 그때와 다르다. 도로, 개발, 관광 명목으로 그나마 남아 있
는 야생동물 서식지마저 파괴되고 있다. 산양의 터전인 설악산에 케이블카

구조 사례를
소개하는 공간

아이들을 위한
수의사 체험교육
공간

를 설치하려고 하고, 담비와 하늘다람쥐가 사는 가리왕산의 나무들을 베어
스키장을 만들고, 철새 쉼터인 흑산도에 공항을 만들려 한다. 마치 뭐라도
만들거나 짓거나 밀어 버리지 않으면 안 되는 것처럼 말이다. 관광객을 끌
어들여 지역 경제를 활성화하는 방법이 꼭 그뿐인지 의문이다.

　우리나라에도 힐스빌 생크추어리처럼 집중적이고 반복적으로 야생동물
이 처한 현실을 알릴 수 있는 곳이 있으면 좋겠다. 2004년에 서울동물원 내
에 100억 원 규모의 토종 생태동물원을 조성하려는 시도가 있었으나 무산

되었다. 현재는 당시의 계획보다는 작지만 호랑이, 스라소니, 표범, 늑대, 담비, 너구리, 오소리가 모여 있는 비교적 큰 토종동물 구역이 있다. 하지만 서울동물원을 제외한 대부분의 국내 동물원에서 토종 야생동물은 눈에 잘 띄지 않고, 전시 또한 천편일률적이다. 대전오월드의 늑대, 국립생태원의 수달이 사는 곳처럼 잘 조성해 놓은 곳도 있지만 일부에 불과하다.

그 이유는 사람들이 토종동물보다 이국적인 동물을 보고 싶어 하기 때문이다. 이러다 보니 동물을 외국에서 수입해 오는데 동물들은 긴 여정에 스트레스로 죽기도 한다. 끔찍한 건 이동 중에 동물이 죽으면 수입업체에서는 동일한 종이나 같은 가격의 다른 동물로 바꿔 준다. 생명이기보다는 물건 취급에 가깝다. 속상하고 안타까워서 해외에서 국내로 들어오던 중에 죽는 동물의 수를 파헤쳐 볼까 생각해 본 적도 있다. 우리가 동물원에서 보는 동물들은 그런 과정에서 살아남은 동물들이다. 바꿔 말하면 그들은 동물을 보기 위해 동물원에 오는 우리를 위해 죽은 동물들이다.

동물원까지 살아서 도착해도 원래 살던 곳과 맞지 않는 기후에서 평생을 살아야 한다. 더운 여름도 힘들지만 추운 겨울에 하루 종일 내실(방사장에 전시되지 않을 때 동물들이 들어가 있는 실내의 공간. 사자 등 추위에 약한 동물은 긴 기간 동안 내실에서 지낸다)에 갇혀 지내야 하는 동물들의 고통은 이루 말할 수 없이 크다. 이 문제는 토종동물도 마찬가지다. 국내 동물원들은 건물을 지을 때 한국의 겨울이라는 계절을 잊은 듯하다. 동물원의 내실은 난방도 안 되고, 환기도 안 되는 곳이 많고, 콘크리트 바닥은 얼음장처럼 차다. 햇빛 한 줌 스며들지 않는 습한 지하 내실은 더 끔찍하다. 동물의 생태 특성에 맞춰 온도와 습도를 조절할 수 있어야 하는데 동물원은 기술과 예산을 그런 곳에 투자하지 않는다.

동물원 내실은 너무 비좁고, 다른 곳으로 이동할 수도 없어서 고문이나 다름없다. 또한 각자의 영역과 숨을 곳이 필요한데 작은 공간 안에서는 불가능하기 때문에 싸우고 다치고 죽는다. 사육사들이 싸우는 동물들을 분리하고 싶어도 공간이 부족해서 불가능한 경우가 많다.

겨울나기는 한국 동물원의 큰 숙제다. 이런 끔찍한 상황이 벌어지고 있는데도 내실에 돈을 아끼는 이유는 방문객에게 보여지는 곳이 아니기 때문이다. 그렇다면 다른 나라 동물원은 어떨까? 기후가 비교적 일정한 나라는 계절에 따라 시설을 달리 갖출 필요가 없으니 큰 문제가 되지 않는다. 우리나라처럼 계절에 따라 온도 차이가 뚜렷한 나라더라도 동물원이 전시 공간과 비전시 공간을 모두 중요하게 생각한다면 그 동물원의 동물은 계절과 상관없이 비교적 잘 지낸다. 다행히 국내 몇몇 동물원이 리모델링을 하면서 내실을 조금씩 개선하기 시작했지만 여전히 우선순위는 전시 공간이다. 사람들에게 어떻게 보이느냐가 중요하기 때문이다. 하지만 동물원 예산은 우선적으로 동물을 위해 쓰여야 하지 않을까.

국내에는 개발, 사냥, 낚시, 로드킬 등으로 피해를 입고 야생으로 돌아갈 수 없는 야생동물이 많고, 그런 동물들에게는 제3지대가 필요하다. 현재의 동물원이 토종동물을 위한 동물보호구역으로 바뀌는 행복한 상상을 해본다. 방문한 이들이 그곳을 나서며 토종동물 보호를 위해 내가 무엇을 해야 할까 고민한다면 더할 나위 없이 좋겠다.

호주는 토종동물들을
보호하기 위해 많은 노력을 해,

— 03

동물농장에서의 일주일

동물학대로 신고해야 할까? 반려동물 분양업자의 실태

동물을 돌보며 숙식할 수 있는 일을 찾아 멜버른에서 애들레이드로 이동했다. 올리브 농장인데 키우는 동물이 많아 일손이 필요한 곳이라고 했다. 농장 주인은 공항으로 픽업을 와서는 시간이 없어서 청소를 못했다며 2시간만 집 청소를 같이해 줄 수 있냐고 물었다. 이때 눈치를 챘어야 했는데…

동물 분양업자의 집

농장에 살던 러시안블루 고양이

　도착하니 집 안에 개와 고양이 털 천지였다. 앞으로 지낼 방바닥에는 개 똥이 나뒹굴고 마룻바닥 여기저기에 오줌이 흥건했다. 이 집에는 화이트스 위스셰퍼드 성견 3마리와 새끼 4마리, 집 밖에 사는 고양이 2마리, 러시안 블루 고양이 4마리, 뱀 3마리, 페렛과 뱀 먹이용 쥐 여러 마리, 서른 살이 넘 은 말 한 마리가 있었다. 주인은 동물을 키워 분양하고, 올리브유를 팔아 생 계를 유지하는 사람이었다.

　내가 맡은 일은 개 밥 주기, 산책시키기, 고양이 밥 주기, 화장실 청소, 나 머지 동물들 밥 주기, 케이지 청소하기였다. 내 파트너는 올리브를 땄다. 첫 날 청소를 마치고 해질녘에 개들과 산책을 하는데 서로 미친 듯이 물며 싸 웠다. 주인은 개들에게 소리를 질러댔다. 스스로 동물을 사랑한다고 하지만 동물을 제대로 돌보지 않는 사람이었다.

　주인의 사이코 스릴러는 다음 날부터 시작됐다. 근처 트레일러에서 지내 는 프랑스 커플이 함께 낚시를 가자고 해서 나섰다. 낚시를 좋아하지 않지만 비가 오는 날 집에만 있기도 심심해서 주인에게 이야기를 하고 따라나섰는데 비도 그치고 바다를 보니 기분이 좋았다. 아무것도 못 잡고 돌아가려는 찰나 주인에게서 전화가 왔다. 시간이 돈이라며 빨리 돌아오라고 했다. 집을 오래 비운 것도 아닌데 도착하니 주인은 프랑스 커플에게 소리를 질렀다.

"내 일꾼들에게 접근하지 마!"

주인은 왜 일해야 할 사람들을 데리고 갔냐며 마치 노예를 빼앗긴 사람처럼 그들을 밀어붙였다. 주인은 올리브를 따지 못하면 버려야 한다는 생각에 안달이 나서 흥분한 상태였다. 그날 저녁에는 미안했는지 엄청난 양의 음식을 만들어 주었다. 며칠 겪어 보니 주인은 성격에 문제가 있었다. 어떤 게 익은 올리브인지 알려주지도 않으면서 안 익은 올리브를 딴 사람에게는 돈을 주지 않았다. 주인집 딸의 친구가 엄마와 함께 올리브를 따러 왔는데도 불친절하게 대했다. 그들은 잔뜩 마음 상한 얼굴로 떠나면서 눈빛으로 내게 이렇게 말하는 듯했다. '어서 도망쳐!'

오래 있기로 했는데 갑자기 떠난다고 말하기가 쉽지 않아 망설이던 때였다. 혼자서 자동리드 줄로 큰 개 두 마리를 산책시키던 중이었다. 나는 개를 산책시킬 때 자동리드 줄을 추천하지 않는다. 갑자기 다른 개나 동물, 사람을 쫓아가거나 다른 개가 공격하는 등의 위험한 상황에서 이를 빨리 저지하고 보호할 수 없기 때문이다. 또한 줄 길이를 조절하는 버튼이 고장 날 수도 있고, 줄이 항상 팽팽하기 때문에 보호자가 개에게 끌려가기도 쉽다.

집에 거의 다 왔을 무렵 어디선가 개 짖는 소리가 들리자 개 두 마리가 그쪽으로 뛰기 시작했다. 줄을 꽉 잡았지만 개들의 힘이 세서 손잡이가 부서지고 말았다. 순식간이었다. 끌려가면서도 바로 앞이 도로라 개들이 차에 치일까 봐 줄을 놓지 않았다. 손에 찰과상을 입었지만 신경 쓸 새가 없었다. 미친 듯이 개들의 이름을 부르며 따라 달렸다. 다행히 개들은 싸우지 않았고 차에 치이지도 않았다. 만약에 사고가 났으면 어떻게 됐을지 상상하기도 싫었다. 돌보던 개들을 놓친 건 내 잘못이었다.

돌아온 주인에게 산책길에서 있었던 일을 말하며 손의 상처를 보여 주었다. 왼손 검지 가운데 살점이 뜯겨지고 손가락이 쓸려서 피가 나고 있었다. 그런데 주인은 아무 말도 없었다. 내가 엄살을 부렸는지 스스로 돌아볼 정도였다. 결국 못 참고 그곳을 나온 이유는 그 일이 아닌 페렛 때문이었다. 엿새째 되는 날 주인은 페렛 케이지 청소를 부탁했다. 나에게 동물들 밥을 주고 똥을 치우고 케이지를 청소하는 것은 어려운 일이 아니다. 야생동물 구조를 하며 구더기가 가득 찬 죽은 오리도 건져 봤고, 사체 썩은 냄새를 맡으며 부검도 많이 했다. 그런데 페렛이 머무는 곳은 정말 구역질이 났다.

먹다 남은 치킨을 주고 치우지 않아 먹이통에 구더기가 가득했다. 오히려 쓰레기통이 더 깨끗한 것 같았다. 마음 같아서는 불쌍한 페렛을 모두 구조

페렛의 케이지

하고 싶었지만 하지 못하고 그곳을 떠나야겠다고 결심했다. 미안하다, 페럿들아….

그곳을 떠난 후에 청소를 할 게 아니라 동물구조센터에 신고했어야 했다고 자책했다. 또한 절실히 느낀 것이 있다. 반려동물 입양을 결정할 때에는 동물이 살던 곳에 가서 그 동물의 상태와 부모, 환경을 직접 보고 신중히 결정해야 한다고. 개는 아무런 훈련도 안 되어 있고, 페럿은 좁은 케이지 안에서 반쯤 미쳐 있는 듯했다. 수컷 고양이는 과도한 번식을 막기 위해 온 종일 케이지에 갇혀 있었다. 이런 사람이 동물을 키우고 팔아서는 안 된다. 실제 내가 그곳에 머무를 때 강아지 한 마리가 영상 통화만으로 입양되는 걸 봤다. 인터넷에 올라온 글과 귀여운 사진만 보고 덜컥 입양을 결정하면 결국 이런 악덕 분양업자의 배만 불리는 셈이다. 고작 일주일 있었을 뿐인데 한 달처럼 느껴졌다.

나처럼 우프WWOOF, World Wide Opportunities on Organic Farms를 통해 일과 숙식을 제공받은 사람들 중에 나오지 못하고 갇혀 지내는 사람도 있다고 들었다. 도심에서 멀리 떨어진 시골 동네는 차가 없으면 한참을 걸어 나와야 하고 인터넷도 잘 안 되기 때문에 정말 조심해야 한다. 그곳을 벗어나 에어비앤비 숙소에 도착했다. 침대 위에 호스트가 두고 간 초콜릿을 입에 넣으니 자유의 단맛이 났다.

애들레이드 동물원
외교하는 판다의 팔자는 그다지 행복하지 않다

애들레이드에 도착한 첫날, 숙소 근처 남호주 박물관South Australian Museum
에 갔다. 1862년부터 대중에게 무료로 개방하는데 수준이 매우 높고 볼거
리가 풍부했다. 입구의 향고래 골격으로 시작해서 수많은 동물 박제가 지역
별로 나뉘어 자리 잡고 있었다. 섬나라인 호주에 걸맞게 해양 생태계에 관
한 전시가 일품이었다. 천편일률적으로 나열하지 않고 다양한 방법을 사용

남호주 박물관

해 전시했다. 남호주의 야생동물을 찾아볼 수 있는 필드가이드 애플리케이션도 다운로드 받았다. 훌륭한 자연사 박물관을 가진 도시 애들레이드가 더 멋져 보였다.

　다음 날은 애들레이드 동물원Adelaide Zoo에 갔다. 1883년 문을 연 호주에서 두 번째로 오래된 동물원(가장 오래된 동물원은 멜버른 동물원이다)으로 호주에서 유일하게 2009년부터 자이언트판다giant panda를 두 마리 '모시고' 있다. 2006년 호주가 중국에 우라늄을 공급하기로 한 후 이루어진 판다 외교(좋은 관계를 맺기 위해 중국이 타국에 판다를 임대하는 것)의 결과였다. 판다만큼 정치적인 동물이 또 있을까 싶다. 오죽하면 친중국 성향의 서구 정치인을 판다허거panda hugger라고 부를까.

가장 인기 많은 판다 전시관은 동물원 입구 바로 앞에 있었다. 대나무로 둘러싸인 길을 따라 들어가니 큰 야외 방사장과 번드르르한 건물이 보였다. 중국 음악이 흘러나오고 있었고, 많은 방문객을 예상한 듯 사람이 머무는 공간이 무척 넓었다. 마침 판다가 유리창 앞에서 가짜 돌을 배경으로 타일 바닥에 앉아 대나무를 먹고 있었다. 돌바닥에는 태양열로 데워지는 열선이 깔려 있었다.

선반, 해먹, 통나무가 있는 내실을 비추는 카메라에 다른 한 마리가 더 보였다. 판다는 해먹을 가지고 놀다가 대나무를 가지고 오는 사육사를 지켜봤다. 언뜻 보면 속된 말로 '팔자 조~오타!'라는 말이 나올 법한 모습이었다. 동물원 판다의 복지를 연구한 미국 애틀랜타 동물원의 보고서에 따르면 판다는 장거리를 이동할 때는 스트레스를 받지만 장기간 한 곳에 있을 때는 복지 수준이 떨어지지 않았다.

이 한 쌍은 아직 새끼를 낳지 못했다. 인공수정도 모두 실패했다. 연구 결과에 따르면 서로 좋아하는 배우자를 직접 선택할 수 있을 때 번식 확률이

판다 전시장

높다. 진정 판다의 보전을 위한다면 이렇게 먼 나라에 데려와 인공수정에 엄청난 돈을 들일 필요가 없다. 세계 몇몇 동물원에서 판다 새끼가 태어난 경우가 있지만 보전에는 큰 도움이 되지 않는다. 이제까지 중국이 서식지에 풀어준 판다는 몇 마리 안 되고, 심지어 전체 판다 개체수가 늘었기 때문에 2016년에 판다의 멸종위기는 한 단계 완화되었다. 하지만 야생 판다 개체 수의 주요 감소 원인인 서식지 파편화 문제가 해결되지 않았기 때문에 멸종위기 완화는 단기적이다. 또한 판다 위주로 서식지를 보호하기 때문에 반달가슴곰 등 다른 야생동물이 비보호 지역으로 밀려나는 문제도 생겼다.

판다뿐 아니라 해당 보호구역에 사는 모든 생물의 다양성과 영속성을 확보하기 위해 노력해야 한다. 그런데 문제는 다른 멸종위기종은 그다지 귀엽지 않다는 데 있다. 판다는 귀엽다. 생김새 때문에 돈이 판다에게 몰린다. 판다가 그려진 로고를 사용하는 세계자연기금WWF, World Wildlife Fund도 이를 인식한 듯 '내가 판다라면 더 신경 써 주시겠어요?Would you care more If I was panda?'라는 멸종위기 참치 보호 포스터를 만들었다.

사람들은 동물원에서 판다의 귀여움을 즐기고 떠난다. 애들레이드 동물원은 판다에 많은 돈을 썼다. 임대에 들어가는 돈은 매년 1백만 달러, 전시관을 짓는 데 8백만 달러가 들었다. 2019년에 판다 임대를 5년 더 연장하는 데 합의했고, 여기에 드는 비용은 350만 달러다.

그런데 호주와 중국의 관계가 2018년도부터 껄끄럽다. 이미 몇 년 전부터 중국 자본이 호주 정치를 좌지우지한다는 우려 때문에 사이가 벌어지기 시작했다. 몇몇 동물원은 코로나로 인해 입장료 수입이 줄자 판다 임대에

외교하는 판다의 팔자는
그다지 행복하지 않아.

대한 재정적 부담을 느끼고 있고, 캐나다의 캘거리 동물원은 임대 기간이 끝나기도 전에 판다를 중국으로 되돌려 보냈다. 우리나라 에버랜드도 1997년 IMF 당시 판다를 반환했다가 2016년에 새로운 한 쌍을 들여왔다. 에버랜드가 매년 중국에 내는 돈은 12억 원이다. 에버랜드에서는 새끼도 태어났다. 물론 중국 소유지만 덕분에 많은 사람들이 새끼 판다를 보러 기꺼이 입장료를 낸다.

판다 임대에 들어가는 비용은 입장료와 온갖 기념품 등으로 메우고 있는데 어려움이 닥치면 어떻게 될지 장담하기 어렵다. 2024년에 애들레이드 동물원의 판다 임대가 연장되지 않는다면 판다는 중국으로 돌아가야 한다. 아무것도 모르는 얼굴로 대나무를 씹어 먹고 있는 판다의 삶이 애처로웠다. 동물원 판다의 운명은 야생에서의 생존력이 아닌 돈과 정치적 관계에 달렸기 때문이다. 판다의 귀여움이 씁쓸하게 느껴졌다.

한동안 농장일을 하기 위해서 애들레이드 도심에서 시골로 넘어갔다. 독립된 숙소가 있고 주인이 먹을 것을 푸짐하게 줘서 마음에 들었다. 하는 일은 고수 심기, 토마토 따기, 당근 포장 등 비교적 쉬웠다. 아침에 4시간 일하고 나머지 시간에는 미국 드라마를 정주행하며 뒹굴거렸다. 달리기만 했던 내 인생에 이런 시간이 생길 줄이야. 이렇게 지내다가 호주 동부 해안을 따라 여행하며 시드니, 브리즈번을 거쳐 케언스까지 올라갈 작정이었다.

청소를 하고 침대에 누웠는데, 석사 과정 중 잠시 호주 제임스쿡 대학에 가 있을 때 친해진 호주 친구에게서 연락이 왔다. 제임스쿡 대학의 릭 스피어 교수님 댁에 머물 당시 실험실에서 3개월간 함께 항아리곰팡이라는 양서류 질병을 연구했던 친구였다. 친구는 릭 교수님이 전날 밤 차 사고로 돌아가셨다는 소식을 전했다.

믿을 수 없어 몇 번이고 메시지를 읽다가 눈물을 흘렸다. 일주일 전에 이메일로 곧 가겠노라고 연락한 터였다. 호주에 도착하고 교수님 부인과 통화를 했었다. 릭 교수님에게 전화하지 않은 것을 후회했다. 이제 그 분의 목소리를 들을 수 없게 되다니.

2008년 타운즈빌에서 릭 교수님의 가족과 보낸 시간은 내 인생관을 바꾸었다. 교수님은 열린 마음으로 사람을 대했고, 삶 속에 유머와 사랑, 베품과 존중이 있었다. 연구가 잘 안 되어 "제 스스로가 싫어요."라고 말하니 "그건 절대 허락할 수 없단다."라고 말씀하셨던 분이다. 나는 교수님을 만나 더 좋은 사람이 되었다. 나도 교수님처럼 가진 것을 나누고 좋은 영향을 주는 사람이고 싶었다.

교수님은 병아리 연구자인 나에게 많은 조언을 해 주시고 진심을 다해 가르쳐 주셨다. 한국으로 돌아오는 비행기 안에서 벌써 그 시간이 그리워 많이 울었었다. 이후 교수님이 한국을 방문하시기도 하고, 내가 호주 학회에 가기도 하면서 자주 왕래했었다. 이번에도 찾아뵙고 댁에서 며칠 머무르기로 했는데…

교수님의 아들에게서 연락이 왔다. "장례식에 꼭 와야 해. 아버지가 너를 참 아꼈어."라는 말에 또 울었다. 장례식에 참석하기 위해서 비행기를 타고 케언스로 갔다. 이런 일로 애들레이드에서 바로 케언스로 가게 될 줄은 상상도 못했다. 아들이 추도사를 읽었다. 아버지가 동물을 사랑하기 때문에, 전염병 연구와 예방을 위해 오지를 돌아다녔기 때문에 겪었던 일화들을 나누었다. 웃음과 그리움, 슬픔이 뒤섞인 시간이었다.

수의사이자 양서류 질병 전문가, 열대지방의 소외된 사람들을 위해 노력한 공중보건의사, 직접 기생충을 먹고 내시경 카메라를 삼켜 연구한 열정적인 기생충 학자였으며, 좋은 아버지, 많은 이들의 스승, 아름다운 사람이었던 교수님을 기억한다.

— 05

코아의 야생동물을 위한 땅
휴대전화도 인터넷도 없는 초록의 삶을 경험하다

케언스 도심에서 쿠란다로 이동했다. 헬프엑스Helpx 사이트를 통해 알게 된 사라와 나딘을 만나기 위해서였다. 헬프엑스는 일손이 필요한 사람과 일 거리가 필요한 사람을 이어주는 사이트로 4시간을 일하면 숙식을 제공받는 다. 사라의 차를 타고 코아Koah에 도착했다. 코아는 쿠란다와 마리바 사이에 있는 작은 시골 마을이다. 나는 그녀들 집에서 아침 2시간, 저녁 2시간을 일 하면서 지냈다. 집은 조용했고, 일은 그다지 힘들지 않았다. 닭장의 잡초를 뽑고, 염소와 양 우리를 청소하고, 개들을 산책시키는 일이었다. 집으로 가 는 길이 험하고 물에 잠길 때가 많아 사륜구동 차가 없으면 들어가기 어려 웠다. 휴대전화는 강제 휴식 상태. 인터넷도 전화도 되지 않아 느린 컴퓨터 를 사용했다. 가장 가까운 가게도 차로 한참을 가야 나왔다.

자급자족에 가까운 환경친화적 삶이었다. 닭이 낳은 달걀을 먹고 염 소젖으로 치즈를 만들었다. 채소는 밭에서 뽑아왔다. 페스코테리언pesco-vegetarian(동물성 식품 중 닭, 돼지, 소는 먹지 않고 생선, 달걀, 유제품을 먹는 채식주의자)인 사라가 유기농 재료들로 매일 건강하고 맛있는 음식을 만들어 주었다. 빗물을 받아 쓰는 곳이라서 샤워는 가능한 한 빨리 끝내야 했다. 화장실에서는 재활용 휴지를 썼다. 수세식 변기였는데 특이하게도 벽이 낮았다. 밖이 훤히 들여다보여서 아침에는 뜨는 해를, 밤이면 별을 보며 용변을 봤다. 자연 속에 사는 기분이 들었다. 사라는 일주일에 3일을 마사지사로 일하고, 나딘은 근처 농장에 가서 일했다. 둘에게 일은 삶을 어느 정도 유지하기 위한 수단이었다. 일에서도 만족을 얻었지만 결코 자신의 삶보다 일이 우선하지 않았다.

개인적 삶뿐 아니라 사회활동에도 충실했다. 코아 지역의 자연보호운동에 적극적으로 동참했다. 하루는 사라가 주변 개발지역을 정찰하러 가는 데 따라갔다. 사진을 찍다가 들킬까 봐 뛰어서 도망치기도 했다. 스파이가 된 기분이었다. 나딘은 정부의 계획이 서식지 파편화 문제를 일으킨다며 목소리를 높여 반대했다. 농촌 지역을 개발하면 동물들의 서식지가 파괴되는 문제가 생기는데 이를 막기 위해서 생각만 하는 게 아니라 직접 행동으로 나서는 모습이 멋졌다. 나도 말로만 야생동물 보호를 했지 그 목표가 실제 삶에 많이 스며들어 있지는 않았다. 편하려고 자연으로부터 많은 것을 빼앗고

개발지역 사진을
몰래 찍는 사라

살았다. 더 빨리 가고 싶고 더 쉽게 살고 싶었다. 자꾸 생각하면 마음이 불편해지기 때문에 아예 신경을 꺼 버린 적도 있다. 그렇게 누리는 것이 당연하다 생각했다.

집 입구에는 '야생동물을 위한 땅Land for Wildlife'이라는 푯말이 붙어 있다. 땅 일부를 야생동물을 위해 남겨두고, 농작물에 화학약품을 뿌리지 않고, 가축 울타리를 야생동물이 다치지 않는 방법으로 만들었다. 30여 년 전새의 개체수가 감소하자 보전 전문가와 농장주들이 모여 자발적으로 시작한 프로그램이라고 했다. 회원이 되면 전문가가 방문해 토종 동식물을 보호하는 방법과 해충을 관리하는 법을 알려준다. 목축업과 농업을 자연친화적으로 할 수 있도록 돕기도 한다. 내가 사랑하는 철새도래지 철원이 떠올랐다. 언젠가부터 두루미들이 내려앉아 낙곡을 먹을 논에 축산농가에서 나온 액체 비료가 뿌려지고, 지독한 냄새가 진동했다. 한국에도 이런 프로그램이 있으면 좋겠다.

코아에서 지내기로 한 보름이 빠르게 흘러갔다. 그사이 중고차를 사고, 수컷 염소 빌리에게 머리로 들이받치고, 사라와 부시워킹bush walking(관목, 잡목림, 가시덤불 등이 있는 지역 걷기)을 하고, 잡초를 뽑다가 어지러워 쓰러질 뻔하기도 했다. 샤워를 짧게 하려니 힘들었는데 점차 익숙해졌다. 휴대전화가 없는 하루도 충만하게 보낼 수 있었다. 구멍 난 양말을 바느질로 때우고 염소젖을 짜고 잡초를 뽑으면 하루가 다 갔다.

이제껏 고수해 온 내 방식이 절대적으로 옳은 것은 아니라는 걸 알게 됐다. 익숙해서 불편함이나 이상함을 느끼지 못하던 내 생각과 행동에 균열이 생겼다. 여행을 다니며 다양한 사람을 만나고 다양한 삶을 경험하는 과정에서 생긴 행복한 변화다. 떠날 때 가드닝 장갑을 선물로 주고, 와인을 선물로 받았다. 그리고 환경친화적인 정당에 가입하고 내 삶을 초록빛으로 바꾸기로 결심했다.

브린들크리크 캥거루 보호소
국가 상징동물이지만 누군가는 보호하고,
누군가는 사냥하고 먹는 캥거루

코아 근처 마리바에 있는 브린들크리크 캥거루 보호소Brindle Creek Sanctuary 에 도착했다. 동물들이 놀랄 수 있으니 차를 아주 천천히 운전하라고 쓰여 있었다. 보호소는 첫 장면부터 강렬했다. 큰 야생 어자일왈라비agile wallaby 무리와 동부회색캥거루eastern grey kangaroo 몇 마리가 서성이고 있었다. 나를 맞은 사람은 60대 정도로 보이는 할아버지였는데 사랑하면 닮는다는 말이 맞는지 캥거루와 닮은 외모였다. 마르고 길쭉한 팔다리에 큰 눈, 햇빛에 그을린 피부색까지 딱 캥거루였다. 인기척이 없으면 감춰 뒀던 꼬리를 내놓고 캥거루들과 광야를 뛰어다닐 듯했다. 억양이 강해서 뭐라고 하는지 알아듣기가 힘들었다. 대략 자신이 큐열Q Fever에 걸렸고, 며칠 전 보호소 근처에서 타이판을 봤다는 말이었다.

큐열은 콕시엘라 부르네티Coxiella burnetii라는 세균으로 인한 인수공통 전염병이다. 1935년, 호주 퀸즐랜드 도축장 노동자들에게서 최초로 발견됐다. 소, 양, 염소가 감염되면 증상이 가볍지만 사람에게는 발열과 폐렴을 일으

44

킨다. 이 질병은 감염된 동물이나 먼지를 통해 감염된다. 그래서 호주 육가 공 공장에서 일하려면 큐열 예방접종이 필수다. 자료를 찾아보니 캥거루 똥 이 많은 잔디를 깎다가 걸린 사례도 있었다.

타이판은 코브라과 타이판속에 속한 뱀으로 세 가지 종이 있는데, 그중 내륙타이판inland taipan은 세계에서 가장 위험하다고 알려져 있다. 호주 내 륙에 사는데 다행히 사람을 보면 피하는 편이다. 이곳에는 해안타이판coastal taipan이 있는 모양이었다. 물리면 신경계와 혈액응고에 이상을 일으켜 마비 나 내부 출혈로 죽을 수 있는 위험한 뱀이다.

보호소에 있는 캥거루와 왈라비에게 큐열의 매개체인 진드기가 많이 붙 어 있었다. 똥은 도처에 널려 있고 흙먼지가 쌓인 환경을 보니 안 걸리는 게 이상할 정도였다. 게다가 그는 침대 위에 캥거루들과 함께 눕기도 했다. 교 과서에서나 보던 질병에 걸린 사람을 직접 만난 것도, 타이판이 있다는 사 실도 비현실적으로 느껴졌다. 야생 한가운데에 있다는 게 실감났다. 하긴 여기는 수세식 변기 안이나 쇼핑몰에서도 뱀이 나오는 호주지.

남반구인 호주의 7월은 건기인 겨울이다. 풀이 많이 자라지 않아 배고 픈 왈라비들이 많아서 보호소에서 야생 왈라비에게 먹이를 주는데 한때는 100마리 이상 찾아온 적도 있다고 했다. 법적으로 야생동물에게 먹이를 주 면 안 되지만 허가를 받으면 가능하다. 왈라비 수십 마리가 일렬로 늘어서 사료를 먹었다. 철원에서 본 독수리 떼가 생각났다. 던져 준 먹이 앞에 몰려 있던 모습과 같았다. 추운 겨울 한국에 찾아오는 독수리들은 대부분 상대적 으로 먹이경쟁에서 뒤처진 어린 개체들이다. 성체들은 몽골에 남는다. 이곳 에 온 왈라비들도 겨울철 먹이경쟁에서 밀려 여기까지 오게 된 것 같았다.

이곳은 잘 차려진 보호센터는 아니다. 허름하고 작은 건물은 오래된 캠 핑카처럼 삐거덕댔다. 나는 컨테이너에서 지내면서 오전 7시에 야생 왈라 비들에게 루푸드Roo food라는 전용 사료를 주는 것으로 하루를 시작했다. 사

아침마다 줄지어 먹이를 먹는 왈라비들

료통 앞에는 항상 다 큰 캥거루 두어 마리가 기다리고 있었다. 이곳에서 새끼 때부터 자라 독립했지만 자주 찾아오는 친구들이라고 했다. 어릴 때 우유 먹던 장소가 익숙해서인지 큰 몸으로 자꾸 집 안으로 비집고 들어오려고 했다.

　집 안에 있는 새끼들도 시간에 맞춰 우유를 먹이고 총배설강(배설기관과 생식기관을 겸하고 있는 구멍)을 휴지로 자극해 오줌똥을 뉘었다. 락토오스를 분해하는 소화효소가 없는 캥거루들에게 일반 우유를 주면 설사를 하기 때문에 전용 우유를 먹인다. 호주에는 야생동물을 구조해 보살피는 일반인들이 많아 이런 제품을 쉽게 구할 수 있다. 긴 주둥이를 가진 캥거루를 위해 길쭉한 젖꼭지까지 판다. 끝에 작은 구멍을 뚫어 주둥이에 물리면 작은 새끼들은 아주 조금씩 우유를 삼켰다. 폐로 들어가지 않게 잘 조절하는 게 중

젖병을 빨고 있는 캥거루, 왈라루 새끼들

봉사자들이 만든 천 주머니에 들어가서 쉬는 캥거루 새끼들

어미 뱃속에 있는 새끼 왈라비

요했다. 새끼를 키우는 건 정말 쉽지 않았다. 오줌과 똥 범벅이 된 주머니와 패드를 빨고, 바닥을 닦고, 우유를 만들고, 설거지하느라 매일 매일이 바빴다. 쉬는 시간에는 새끼 캥거루를 품에 안고 있으면 따뜻해서 잠이 잘 왔다.

방사 적응 공간에 있는 어린 녀석들에게 밥을 주는 시간이 가장 즐거웠다. 캥거루, 왈라비, 왈라루wallaroo들이 한데 모여 유치원생들처럼 뛰어놀았다. 한 살 전후의 새끼들이라서 먹는 양과 성장 속도가 남달랐다. 아주 작은 새끼들과는 다르게 우유병을 내밀기만 해도 진공청소기처럼 흡입했다. 생고구마도 잘라 주면 두 앞발로 잘 받아먹었다. 먹고 나면 천으로 만든 주머니에 쏙 들어가 팔자 좋게 쉬었다. 밤에도 꼭 주머니 안에서 잤다.

캥거루 주머니를 가까이서 보니 안쪽에는 털이 없고 기름을 발라놓은 것 같았다. 실제로 유대류 주머니 안쪽에는 항생물질이 발라져 있어 새끼를 보호한다. 그야말로 든든한 면역 장벽이다. 봉사자들이 만든 천 주머니에는 구멍이 있는데 캥거루들은 본능적으로 구멍에 머리를 들이밀고 콩 뛰어 들어간다. 어미의 주머니와 다르게 생겼는데도 그렇게 들어가는 게 기특했다. 처음에 내가 주머니를 너무 낮게 잡아서 새끼 왈라비가 뛰어 들어가다 바닥에 머리를 부딪힌 적도 있었다.

어느 날 골프장에서 어미 잃은 새끼가 있다는 구조 전화가 왔다. 서둘러 골프장에 갔다. 멀리 캥거루 무리가 보였다. 이곳에 400마리 정도 있다고 했다. 보호소에 도착한 첫날에도 골프공에 맞아 뇌진탕에 걸린 캥거루 한 마리를 봤었다. 골프장에는 양질의 풀이 지천에 깔려 있으니 무서운 속도로 날아오는 골프공만 빼면 골프장이야말로 캥거루들에게는 천국이다.

골프장은 캥거루가 있는 골프장이라며 홍보를 하고, 더 자세히 보고 싶은 사람은 돈을 내고 골프카를 탄다. 캥거루들이 다칠 수 있다는 위험성을 알리고 뭔가 조치를 취해야 할 것 같았다. 캥거루들이 공에 맞는 것도 문제지만 공이 날아와 놀랄 때도 문제다. 어미 캥거루가 놀라 갑자기 뛰기 시작하

새끼 캥거루를 구조하기 위해 골프카를 타고 출동했다.

면 주머니 밖에 있던 새끼가 어미를 잃을 수도 있다. 냄새와 소리로 서로를 찾지만 찾지 못할 때도 있기 때문이다.

멀리서 새끼 한 마리가 주위를 두리번거리며 어미를 찾고 있었다. "내 엄마인가요?", "우리 엄마 아니에요?"라며 주머니를 들여다보고 다니지만 다른 어미들은 야속하게도 새끼를 발로 차며 밀어냈다. 한동안 지켜보다 어미를 못 찾는 듯해 구조를 결정했다. 골프카를 타고 가서 새끼를 데리고 왔다. 새끼는 아주 작았다. 뒷발 가죽이 상한 곳 하나 없이 깨끗하고 매끈했다. 가져간 주머니에 넣으니 얌전해졌다.

삐삑 소리를 내서 삐삐라고 이름 지었다. 삐삐는 보호소에서 가장 어린 캥거루였다. 다행히 우유도 잘 받아먹고 건강했다. 어미가 정성들여 키우고 있었을 텐데 마음이 안 좋았다. 집 안에는 설사를 하는 새끼들이 있어서 삐삐는 내가 따로 데리고 잤다. 따뜻하고 작은 생명체가 내 품에 있으니 없는 줄 알았던 감정이 올라왔다. 이런 게 자식을 돌보는 마음인가 싶었다. 잘 때나도 모르게 몸으로 누를까 봐 앉아서 잤다. 주머니에 오줌을 싸면 체온이 떨어질까 봐 바로바로 바꿔 줬다. 삐삐의 온기가 나를 안심시켰다.

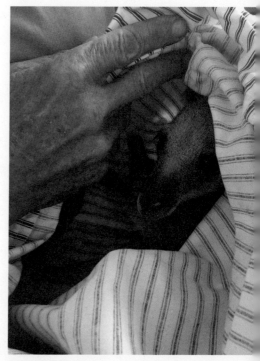

막 구조했을 때의 삐삐

얼마 전 봉사자 친구 몸에서 진드기를 발견했는데, 삐삐를 안고 자니 내 몸에도 진드기가 붙어 있었다. 머릿속에 진드기가 전파하는 질병들이 줄줄이 떠올랐다. 잘 때는 일할 때 입은 옷을 갈아입고 최대한 깨끗이 했지만 야생동물과 가까이 하는 한 진드기를 피하기는 어려웠다. 한때 야생 한가운데 사는 걸 꿈꾸기도 했는데 쉽게 결정할 일은 아니라는 생각이 들었다. 상주하면서 밤낮으로 새끼를 돌본다는 건 쉽지 않았다. 할아버지와 같이 일하는 헬리나라는 할머니는 폴란드에서 왔는데 매일 자국어로 새끼들에게 사랑을 표현했다. 나도 해보려고 했지만 손발이 오글거려서 포기했다.

사람들이 코알라도 아닌 캥거루와 왈라비에 빠지는 이유는 뭘까? 캥거루는 호주의 대표적인 동물이지만 실제 인기 있는 동물은 아니다. 너무 흔해서일까. 일부 호주 사람들은 성가셔 하기도 한다. 야생동물이 살던 곳이 목초지나 도로, 주거지, 골프장 같은 관광지로 바뀌자 캥거루가 가축에게 먹이는 풀을 먹으려고 하기 때문이다. 호주에서 차를 운전하다 보면 많은 동물이 차에 치여 죽어 있는데 캥거루나 왈라비가 많은 수를 차지한다. 로드킬로 어미가 죽으면 주머니에서 새끼를 구조한다. 매년 56만 마리가 그렇게 고아가 된다. 정부는 캥거루 사냥 허가를 내주기도 한다. 보호소의 할아버지도 어렸을 때 아버지를 따라 캥거루 사냥을 갔다가 아버지가 죽인 캥거루 뱃속에 있던 새끼를 보고 그때부터 캥거루를 구해 주고 싶었다고 했다.

캥거루가 모욕당한다는 느낌을 받기도 했다. 호주 유명 관광지에서는 캥거루 가죽을 팔고 심지어 고환으로 주머니를, 앞발로 등 긁개를 만들어서 판다. 캥거루와 에뮤는 호주의 국가 상징동물인데, 호주에서는 캥거루고기를 먹는다. 스튜를 해 먹거나 개에게 준다. 코알라도 흔했다면 먹었을까? 과거엔 털가죽 때문에 코알라를 많이 죽였는데, 1927년 코알라 사냥 허가를 멈추었다. 하지만 캥거루 죽이기는 멈추지 않고 있다. 동물보호단체에서는 톡소플라스마 같은 기생충이나 살모넬라 같은 세균에 감염될 위험이 있고, 죽이는 과정도 비인도적이며 유통 과정도 비위생적이기 때문에 먹지 않도록 안내하고 있지만 호주 마트에서는 여전히 캥거루고기를 쉽게 볼 수 있

잘 살아남아 준
삐삐

다. 이런 이유로 매년 150만 마리의 야생 캥거루가 죽는다.

삐삐는 무럭무럭 자랐다. 우유도 잘 받아먹었다. 흐느적거리던 뒷발에도 제법 힘이 생겨 잘 뛰어다녔다. 삐삐가 완전히 성장할 때까지 보호소에 있고 싶었지만 떠나야 했다. 부디 삐삐가 잘 자라서 단풍잎같이 귀여운 앞발이 누군가의 등 긁개가 되지 않기를, 총에 맞거나, 차에 치이거나, 먹히지 않기를 바라며 그곳을 떠났다.

캥거루 주머니는
그야말로 든든한 면역 장벽이야.

왕립동물학대방지협회 & 와일드케어
한국과 호주의 야생동물에 대한 관심의 크기 차이

케언스 시내에서 길을 걷다가 나무 아래 뭐가 있어서 봤더니 새 한 마리가 새끼에게 뭔가 먹이고 있었다. 새끼가 나무 꼭대기 둥지에서 떨어진 듯했다. 사람이 많이 지나다니는 길이라서 지켜보다가 나뭇가지 위로 올려 주었지만 꼭대기까지 기어 올라가기에는 무리였다. 야생동물구조센터에 전화해서 자초지종을 이야기했더니 구조하러 나온다고 했다. 둥지에 올려놓을 수 없으면 사람이 키운 다음 돌려보내게 될 거라고 말했다.

이런 일이 있은 후 호주에서 다친 야생동물을 발견하면 어떻게 구조하고 치료하는지 궁금했다. 브리즈번 근처에 있는 왕립동물학대방지협회RSPCA, Royal Society for the Prevention of Cruelty to Animals로 가서 자원봉사를 했다. 야생동물뿐 아니라 개, 고양이, 말, 닭, 햄스터, 뱀, 앵무새 등 다양한 동물을 구조하고, 야생동물은 야생으로 돌려보내고, 다른 동물은 새로운 보호자를 찾아주는 큰 규모의 구조센터다. 이곳에서 일을 하면서 와일드케어Wildcare라는 동물구조단체의 강의를 들을 수 있어서 호주의 야생동물구조 시스템에 대

RSPCA 야생동물병원

해 알 수 있었다.

우리나라는 환경부나 지자체에서 야생동물구조센터를 만들어 직접 운영하거나 민간 구조단체에 예산을 일부 지원한다. 호주는 동물원이나 동물단체들이 운영하는 야생동물병원이 정부의 허가를 받아 구조와 치료를 맡고, 케어러carer라고 불리는 일반인들이 개인적으로 활동하는데, 생각보다 정부의 지원이 없어서 놀랐다. 와일드케어 같은 구조단체는 구조 요청 전화가 오면 종에 따라 전문 케어러에게 연락하는 허브 역할뿐 아니라 케어러들의 전문성 강화를 위한 교육 역할을 담당한다. RSPCA는 이런 역할뿐 아니라 동물병원도 운영하고 있어 다친 야생동물이 발견되면 병원을 거쳐 케어러에게 인계된 후 야생으로 돌아간다. 따라서 많은 케어러는 개인 집에 야생동물이 회복 기간 동안 머물 장소를 마련해 둔다. 퀸즐랜드주에 있는 호주동물원이나 커럼빈 동물원에 있는 야생동물병원은 기부금으로 운영되는 곳이라서 야생동물 치료가 무료지만 일반 동물병원에서 치료를 했다면 비용은 케어러가 사비로 내야 한다.

정부 중심의 한국과 민간인 중심의 호주, 어느 쪽이 더 나을까? 한국은 예전보다 야생동물구조센터는 늘었지만 여전히 인력이 턱없이 부족하다.

와일드케어는 케어러들에게 야생동물 상태와 구조법을 교육한다. 동물 인형을 이용하기도 한다.

해외처럼 기부금과 전문 봉사자가 풍부하지 않은 상황에서 적은 인원으로 구조센터를 운영해 나가기가 쉽지 않다. 또한 야생동물에 대한 전문성이 없는 공무원이 구조센터를 좌지우지하거나 인건비가 부족한 경우가 많아서 안타깝게도 열정을 가지고 일하던 사람들이 지쳐 떨어져나가는 모습을 많이 봤다.

반면 호주처럼 한다면 실제 구조 활동에 투입되는 인력이 많아야 하고, 기부를 통해 독립적 운영이 가능해야 한다. 이런 시스템은 일반인이 정확한 지식과 경험 없이 야생동물을 다룰 위험이 있고, 상당 부분의 예산을 케어러가 지불하므로 부담을 떠넘기는 셈이다. 또한 개인이 전문성을 높이려면 상당한 노력이 필요하다. 한국에도 별생각 없이 야생동물을 구조했다가 동물이 오히려 피해를 입는 사례가 많다. 어미가 주변에 있는지도 모르고 새끼를 데리고 와서 잘못된 먹이를 주거나 동물이 사람에게 너무 길들여져 야생으로 돌아갈 수 없게 되기도 한다.

한국 TV 프로그램은 이런 문제점에는 눈을 가린 채 야생동물과 동거하는 모습을 신기한 볼거리로 소비한다. 야생동물을 애완동물로 키우는 유튜버들이 늘어나면서 야생동물을 이용해 유명세를 얻고자 하는 사람들도 생겼다. 사람들은 이런 미디어들을 통해 야생동물과 구조에 관한 잘못된 지식을 비판 없이 흡수한다. 그래서 호주에는 케어러들을 교육하기 위해 와일드케어 같은 단체가 있다. 그날 들은 강의의 주제는 야생동물의 생태와 구조법이었는데 매우 실용적이었다. 야생동물을 어떻게 대해야 하는지를 교육하는 데 살아 있는 동물을 이용하지 않고 인형을 이용해 교육을 진행했다. 만에 하나 동물을 이용하려면 각 주의 종 관리계획에 따라 허가를 받아야 한다. 신문, 잡지, TV, 소셜미디어 교육 및 광고 클립 등에 동물을 노출할 때도 사전에 정부의 승인이 필요하다. 주의를 기울여 동물을 제대로 대하는 법을 알려주고 있었다.

와일드케어에는 해당 종에 관한 지식을 케어러들에게 교육하고 구조 상황을 전달받는 종 코디네이터가 있는데, 오랫동안 구조 활동을 한 케어러 중에 선정한다. 종 코디네이터를 통해 그 종에 대한 정보를 수집하고 이를 가이드라인으로 만들어 배포한다. 단체 안에는 응급구조 전화를 받고 야생동물을 데리고 오는 사람, 새끼들을 보살피는 사람 등 역할이 나뉘어 있다. 구조센터에서 작은 박쥐를 구조하는 와일드케어 회원을 만났는데 일반인임에도 박쥐에 대한 해박한 지식에 놀랐다. 네트워크가 탄탄해서 한 종이 구조되면 그 종에 대한 경험과 지식이 많은 사람에게 연락해서 해결했다.

하지만 여전히 일손은 부족하다. 호주에서 다치거나 고아가 되는 야생동물은 늘어나는 반면, 안타깝게도 야생동물 케어러는 매년 1퍼센트씩 줄어들고 있다. 야생동물 돌보기는 단지 밥을 먹이고 똥을 치우는 것 이상으로 많은 희생이 필요하다. 케어러가 새끼 캥거루 한 마리를 키워서 야생으로 돌려보낼 때까지 약 1,200달러가 든다. 먹이, 치료비, 약값, 보온 매트나 이동상자 구입비 등 크고 작은 비용이 들어간다. 원해서 하는 일이지만 잠 못

다양한 야생동물용 분유

이루는 밤들, 육체적인 노동, 동물을 떠나보냈을 때의 슬픔 또한 극복해야한다. 이들의 짐을 덜려면 더 많은 케어러가 나타나야 한다.

RSPCA는 많은 기부를 받는 큰 단체다 보니 퀸즐랜드주에만 5,500명이넘는 봉사자가 있다. 분야는 구조 앰뷸런스 운전, 임시보호, 재활용 숍 운영, 동물관리, 식물관리, 캠페인 돕기, 입양 안내, 마케팅, 콜센터 등 다양하다. 나는 그중에서도 동물관리 쪽에서 구조된 개들을 산책시키고 동물행동풍부화(동물원 동물, 실험실 동물, 반려동물 등 제한적인 환경에 있는 동물에게 신체적, 정신적 자극을 주어 비정상적 행동을 줄이고 삶의 질을 향상시키는 것, 이하풍부화)를 해 주는 일, 농장동물을 돌보는 일, 야생동물병원 일을 했다. 개들이 자기 전에 산책을 시키고 놀아주고 곁에 있어 주었다. 닭장을 청소하고염소와 돼지에게 먹이를 주고 기니피그와 마우스가 숨을 곳을 마련해 주었다. 야생동물병원에는 수의사와 수의 간호사가 여럿 있었지만 다친 동물이계속해서 들어와 너무 바빴다. 다른 봉사자들과 함께 쓰레기를 버리고, 동물이 썼던 담요를 세탁실에 가져다 주고, 설거지를 하고 먹이를 주고 케이지를 청소했다. 당시에 차가 없어 왕복 4시간을 버스와 전철을 타고 다녀서힘들었지만 포섬에게 꽃이 달린 나뭇가지를 잘라 주면 천으로 덮인 바구니 안에 있다가 빼꼼 나와 먹이를 먹는 모습이 내게는 큰 보상이었다.

어디든 야생동물에 대한 전체적인 관심과 지원을 어떻게 늘리느냐가 관권일 것이다. 한국은 야생동물을 담당하는 환경부 자체의 힘이 약하고 사람들이 개발 위주의 사업에 찬성표를 던지는 상황이라 야생동물의 미래는 불확실하다.

한 단체나 센터가 어느 정도 자리를 잡을 때까지는 많은 시간과 노력이 필요하다. 와일드케어는 1993년에 시작

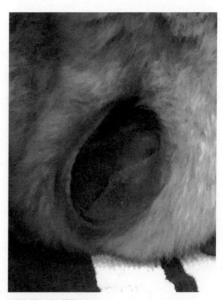

실제 포섬의 주머니

됐다. 몇 사람에서 시작됐지만 야생동물을 아끼는 마음이 호주 사람들 전반에 잘 스며들어 있었기에 지금까지 유지할 수 있었던 것 같다. 한국 동물보호단체는 아직 개와 고양이에 편중되어 있다. 왜냐하면 사람들의 관심이 그쪽에 더 많이 치우쳐 있기 때문이다. 한국은 변화를 받아들이는 속도가 빠르다. 다행히 갇혀 있는 야생동물의 삶에 더욱 집중하는 곰 보금자리 프로젝트, 어웨어, 핫핑크돌핀스, 동물을위한행동 같은 소중한 보호단체들이 생겨났다. 또한 야생동물이 생태계에 미치는 영향과 인간 때문에 받는 피해들이 알려지며 예전보다는 상황이 나아진 편이다. 한국도 머잖은 미래에 야생동물의 삶을 위해 힘을 보태고자 하는 사람들이 모여 큰 결실을 이루리라 믿는다.

08

브리즈번 농장동물 보호소
돼지의 배를 쓰다듬으면서
끊어져 있던 동물과의 연결고리를 찾았다

　브리즈번에 있는 농장동물 보호소FAR, Farm Animal Reacue에서 한 달간 자원
봉사를 하기로 했다. 농장에 사는 동물, 길들여져 개량된 동물을 농장동물
이라고 한다. 수의학을 배우면서 축산학을 배우고 실습을 간 적도 있지만
실제로는 먹는 고기로 본 적이 더 많다. 많은 동물에게 '고기'가 붙어서 소
고기, 양고기, 돼지고기, 닭고기, 물고기, 오리고기 등이 된다. 축산학 수업
에서는 어떻게 동물의 질병 발생률을 낮춰 생산율을 높이는지에 대해 배웠
다. 농장동물은 고칠 수 있는 병에 걸려도 수지타산이 맞지 않으면 죽이는
게 낫다고 말하는 그런 동물이다.
　어머니는 한때 갈비집을 운영했다. 고기에 환장하던 나는 원없이 갈비를
먹겠다 싶었지만 팔아야 하는 고기를 먹는 것은 더 어려웠다. 갈비집을 하
면서도 집에서 싼 삼겹살을 구워 먹었다. 회도 어쩌다 세꼬시를 먹을 뿐이
어서 회에는 당연히 뼈가 있는 줄 알았다. 그러다 소고기를 먹고, 장어를 먹
고, 방어회를 먹었다. 주변에 고기가 널려 있었다.

수의학과에 들어가 돼지를 해부했다. 살아 있는 돼지를 바로 죽여 배를 가를 줄은 몰랐다. 돼지가 어떻게 죽는지 상상해 본 적이 없었다. 항상 접시 위에 올려진 일부만 봤기 때문이다. 순대에 들어 있던 염통은 바로 직전까지 힘차게 뛰던 심장이었다. 좋아했던 간에서 병변을 보았다. 야식으로 즐겨 먹었던 족발 사이의 똥을 보았다. 더럽다기보다 생경했다. 분명 돼지의 일부인 건 맞는 데 한데 모여 돼지 한 마리를 이룬 모습 그리고 내부 장기까지 본 건 처음이었다. 그 후 동물복지모임에서 스터디를 하면서 동물에 대해 드러나지 않은 부분이 있다는 것을 알았다. 바로 동물의 감정과 고통이었다. 하지만 수의학과를 마칠 때까지 농장동물은 여전히 나와는 먼 이야기였다. 그래서 이곳에서 그들의 삶 한가운데로 들어가 보기로 했다.

농장동물 보호소는 브리즈번에서 조금 떨어진 한적한 동네에 있었다. 숙식하는 봉사자는 나까지 4명. 숙소는 소, 돼지, 닭, 오리, 염소 등 온갖 동물에 둘러싸여 있었다. 소 한 마리가 쌓아놓은 먹이를 먹으려고 울타리를 넘어서 난리였다. 나는 멍하니 서 있다가 염소에게 뿔로 허벅지를 받혔다. 보호소에 들어간 첫날 잠깐 사이에 벌어진 일이었다. 완전 다른 세상이었다. 동물이 주인인 세상. 모두 세어 보니 소 13마리, 돼지 7마리, 닭 19마리, 오리 1마리, 염소 13마리, 양 8마리였다. 봉사자들은 해 뜨는 시간(오전 5시 45분)에 일을 시작해 해가 질 때(오후 6시)까지 일했다.

하루 일과 : 동물들이 자는 곳을 깨끗하게 청소하고 밥 주기

굉장히 간단해 보이지만 이 문장 안에 나의 아우성과 곡소리가 숨어 있다. 염소 우리를 청소할 때는 만나자마자 내 허벅지에 피멍을 안겨준 녀석의 눈치를 보며 피해 다녀야 했다. 소나 닭 우리를 청소할 때는 장갑을 끼고 손으로 똥을 일일이 집어 들었다. 먹이를 향해 달려드는 돼지를 피해 재빨

동물이 인간을 위해 살지 않는 곳, 동물이 주인인 세상이었다.

리 먹이를 주고, 자기 걸 다 먹고 다른 돼지에게 달려들지 않는지 보면서 모자람 없이 줘야 했다. 그래서 뛰어다니며 먹이를 주는 일이 다반사였다. 엉성한 울타리 구멍 사이로 고개를 들이밀며 다른 소의 먹이를 먹으려는 소를 피해 달렸다. 맛있는 사료가 가득한 차로 돌진하는 동물들에게 먹이를 던져 시선을 돌린 후 바로 차로 뛰어들어 시동을 걸었다. 오래된 지프였는데, 경사가 급하고 포장이 안 된 비탈길을 내려갈 때는 시동이 꺼지기도 해서 정신을 바짝 차려야 했다.

또 해야 할 일은 동물들이 너무 멀리 나가 차에 치이거나 길을 잃지 않도록 지켜보고 수를 세는 것이었다. 근데 보호소 전체 부지가 63만 제곱미터, 약 19만 평. 거의 산을 누비는 느낌으로 일하면서 나의 허벅지 근육은 엄청난 성장을 보였다. 매일 아침 염소 한 마리에게 위치 추적 장치를 걸어준다. 염소는 무리를 이루어 다녀서 한 마리만 찾으면 모두를 찾을 수 있기 때문이다. 다만, 그 장치가 가끔 아니 자주 잘못된 신호를 보내는 게 문제였다.

찾느라 고생했던 염소 무리

멀리 나간 양이 차에 치였던 경험이 있는 보호소 대표는 그럴 때마다 우리에게 염소를 찾으라는 문자를 보냈다. 문자 알림음인 개구리 소리가 나면 노이로제가 걸릴 지경이었다. 거의 이틀에 한 번꼴로 하던 일을 중단하고 한참 동안 염소들을 찾으러 돌아다녀야 했다. 맛있는 먹이를 준비해 놓고 드럼통을 쳐서 소리를 내면 염소들은 대부분 돌아왔다. 이런 일이 반복되다 보니 염소들의 작당모의에 맞춰 끌려 다니는 느낌이었다.

매일 어렵고 긴박한 과제의 연속이지만 넓은 곳을 매일 뭔가를 들쳐 매고 뛰고 움직인 덕에 몸은 점점 더 건강해졌다. 언어 문제도 쉽게 해결됐다. 미국 친구는 처음에 나와 만나 일을 하다가 "이 언어 장벽을 어떻게 넘지?" 라고 말하며 걱정했는데 하루하루 격정의 날들을 함께 보내며 눈빛만 보고도 손발이 맞았다. 미국, 캐나다, 이탈리아 등 언어가 다른 나라에서 온 봉사자들과 일하다 보니 몸 근육 중 혀까지 훈련이 되는지 의사소통을 하고 서로를 지켜주는 데 큰 문제가 없게 되었다.

한 달을 동물들과 함께 지내며 그제야 농장동물 본연의 모습을 본 적이 없음을 깨달았다. 이곳에서는 동물 모두가 인간을 위한 삶이 아닌 자신의 삶을 살았다. 돼지는 자기들끼리 먹을 걸로 아옹다옹하지만 사람들에겐 친절했다. 봉사자들이 배를 문질러 주면 누워서 한껏 스킨십을 즐겼다. 진흙탕에서도 맘껏 뒹굴었다. 닭이 몸 위에 올라와도 귀찮아하지 않고 잘 어울렸다. 닭은 가장 아늑한 곳을 찾아 알을 낳고, 흙에 몸을 비벼 몸에 붙은 벌레를 떼어냈다. 누구에게도 피해를 주지 않는 삶이었다. 좁은 배터리 케이지에 갇힌 스트레스로 서로를 물어뜯는 행동도 없었다. 그래서 공장식 축산 시스템에서 하듯 생산성 향상을 위해 이빨을, 꼬리를, 부리를 잘라낼 필요가 없었다.

이곳에 있으면서 호주의 축산업에 대해서도 알게 되었다. 호주 소하면 드넓은 초원에서 마음껏 풀을 뜯으며 행복하게 사는 소를 상상한다. 나 또한 그랬다. 하지만 깊숙이 들여다본 현실은 그렇지 않았다. 물론 소나 양은 다른 나라에 비해 상대적으로 넓은 공간에 방목해 키우지만 도살장으로 가는 과정에서 물과 먹이도 없이 며칠을 버텨야 한다. 2018년에는 호주에서 중동으로 수출한 살아 있는 양들이 운송과정에서 고통받고 죽는 모습이 동물보호단체에 의해 드러나 큰 이슈가 되기도 했다. 호주도 돼지와 닭은 열악한 환경에서 키우는 경우가 많다. 방사된 곳에서 비교적 자유롭게 사는 닭이 낳은 달걀도 있지만 여전히 많은 닭들이 좁은 케이지만 아닐 뿐 충분하지 못한 공간에서 살아가고 있다.

이 보호소에 있는 동물들은 모두 이런 열악한 환경에서 구조되어 더 나은 삶을 살 기회를 얻었다. 소도 임신을 해야 젖이 나온다. 사시사철 젖이 나오는 소가 따로 있는 게 아니다. 그래서 인간은 소의 젖을 먹기 위해서 암소를 임신시켜 출산하게 한 후 새끼를 떼어 내고 젖을 얻는다. 계속 젖을 얻어야 하기 때문에 얼마 지나지 않아 또 임신을 시켜 우유를 뽑는다. 이런 과

(위) 폭신한 깔짚 위에서 자는 모습이 행복해 보인다.
(아래) 돼지농장에서 구조된 돼지들. 돼지농장에서 살을 급격히 찌우는 방식으로 키워졌다.

정 속에서 수컷 소는 필요가 없다. 그래서 우유를 만들지 못하는 수컷이 태어나면 바로 죽여서 송아지고기용으로 파는데, 이 보호소에 있는 수컷 송아지 케일과 알피는 죽음을 면했다. 케일은 만성 폐렴에 걸렸고, 알피는 온몸이 진드기로 덮이는 바람에 송아지고기로도 팔 수 없게 되자 천만다행으로 이곳으로 오게 된 것이었다.

내가 보호소에 온 첫날 먹이를 먹으려고 울타리를 넘었던 소의 이름은 샘이다. 샘의 엄마 프레셔스는 도살장으로 끌려갈 때 임신 중이었다. 이런 경우 어미는 죽여 고기로, 뱃속의 새끼는 가죽으로 쓴다. 그런데 마침 그날 도살장으로 가는 트럭이 소로 꽉 차서 프레셔스가 들어갈 자리가 없었다. 소 주인은 이동비용을 더 들이는 것보다 파는 게 이득이라고 생각했고, 덕분에 프레셔스와 프레셔스 뱃속에 있던 샘은 살아남아 보호소로 오게 되었다.

염소 조슈아는 동물복지상도 받은 유기농 방사 목장에서 태어났다. 아무리 대단한 상을 받았더라도 염소젖을 파는 목장에서 태어난 수컷 염소는 필요가 없었다. 태어난 지 며칠 만에 죽을 운명이었던 조슈아는 다행히 죽기 전에 형제와 함께 구조되었다. 조슈아의 몸은 진드기와 벼룩으로 뒤덮여 있었고, 함께 온 형제는 스트레스로 얼마 지나지 않아 죽고 말았다. 한 달을 각자의 사연을 가진 동물들과 함께 지내면서 내게 단지 소, 염소, 돼지, 양, 닭이었던 동물들은 저마다 이름과 성격을 가진 특별하고 의미 있는 존재로 다가왔다.

함께 지낸 봉사자들과도 많이 친해졌다. 이곳의 숙소에는 동물성 식품이나 물건을 가지고 들어올 수 없다는 원칙이 있어서 봉사자들은 매일 다양한 재료로 맛있는 비건vegan(모든 동물성 식품을 먹거나 사용하지 않는 채식주의자) 음식을 만들어 먹었다. 나는 어묵이 들어가지 않은 떡볶이, 고기 없는 잡채, 달걀 뺀 비빔밥 등 한식을 대접했다. 액젓이 들어가지 않은 김치로 만든 김치전이 가장 뜨거운 반응을 얻었다. 나는 당시까지 비건이 아니었지만

아서는 쇼를 위해 태어났다. 기형으로 자란 부리 때문에 안락사될 뻔했지만 다행히 구조되어 이곳으로 왔다.

지혜로운 간달프 같던 올리버. 어린이동물원에서 왔다. 그래서 아이들을 싫어한다.

비건 생활을 빨리 시작한 친구들의 경험담을 들을 수 있었다. 파티에 초대되어 갔는데 비건 음식이 없었다든지, 같이 사는 사람과의 마찰이라든지 누구든 삶이 불편해지는 것을 피하지 못했지만 누구보다 충만하고 행복한 삶을 살고 있었다. 처음에는 사람들 말마따나 풀만 먹을까 봐 걱정했는데 한 달을 겪어보니 충분히 가능하다는 생각이 들었다.

개인적으로는 건강에 큰 우려가 있던 때였다. 비자 문제로 건강검진을 받았는데 유방암일 수 있다는 결과가 나와서 재검사를 해야 했다. 호주는 1차 병원에서 초음파기계가 있는 2차 진단센터에 갔다가 다시 1차 병원으로 돌아와 진단을 확정하는 시스템이라 결과가 나오기까지 꽤 긴 시간이 걸렸다. 그사이에 봉사자들과 숙소에서 채식, 동물복지, 환경에 관한 다큐멘터리 〈포크스 오버 나이브즈Forks over knives〉, 〈카우스피러시Cowspiracy〉, 〈어스링스Earthlings〉 등을 봤다. 육식 위주의 식습관이 불러오는 많은 부작용에 대해 알게 되었다. 특히 유제품과 유방암은 상관관계가 밀접했다. 아버지는 뇌경색, 어머니는 당뇨병이 있으셨기에 먹는 것에 더 신경을 써야 했다. 호주에 오기 전에 받은 검진에서 혈당수치도 당뇨 직전이었다. 다행히 유방암 검사 결과는 음성이었다. 암에 걸려 죽을지도 모른다는 생각에 감정이 수없이 오르락내리락했다. 파울로 코엘료의 《베로니카 죽기로 결심하다》의 내용을 실제로 체험한 기분이었다. 주인공 베로니카는 결과적으로 사실은 아니었지만 살 날이 얼마 남지 않았다는 말을 듣고 자신의 삶을 돌아볼 기회를 갖는데 내가 딱 그랬다.

이런 죽음의 자각을 통해 내가 무엇을 먹고 그것이 나에게 어떤 의미인지 생각했다. 남들처럼 고기가 최고라는 말을 입에 달고 다녔고 단백질이 필요하다며 기름진 삼겹살을 배불리 먹었다. 내가 살던 세계는 그런 곳이었다. 한국 사람들이 삼겹살을 많이 먹게 된 것은 다른 나라에서 인기가 없는 부위였기 때문이다. 인간이 소의 젖을 다량으로 먹게 된 것은 축산업이라는 한 업계를 부흥시키기 위해서였다. 우유 소비를 늘리려고 로비를 한 기업들이 그 뒤에 있었다.

보호소 봉사자들과 매일 비건 음식을 만들어 먹었다.

이제까지 어떤 동물을 '먹고 싶다'는 욕망이 오로지 내 의지로 한 선택이었는지 아니면 주어진 환경에 의해 무의식중에, 무비판적으로 받아들인 것인지 생각했다. 이 과정에서 인간은 건강과 환경을 망쳤고, 동물들은 고통받았다. 축산업과 자본주의의 장막을 걷어내고 주체적인 선택을 하고 싶었다. 그러자 더 이상 동물이 먹을거리로 보이지 않았다. 더 이상 삼겹살이 생각나지 않았다. 채식주의자로 살면서 사람들에게 고기가 먹고 싶지 않느냐는 질문을 많이 받았다. 그럴 때면 보호소에서 돼지의 배를 문질러 주었을 때의 감촉을 떠올린다. 끊어져 있던 동물과 나의 연결고리는 그렇게 이어졌다.

나 또한 동물을 사랑하지만 고기를 먹었던지라 나와 같은 경험을 하지 않은 사람들에게 고기를 먹지 말아야 한다고 말하지 않는다. 남편에게도 채식을 권하지 않고 있다. 다만 이렇게 돌아가는 고기 중심의 사회는 너무 과하지 않느냐고 묻고 싶다. 다른 동물들의 고통과 환경파괴, 우리의 건강과 미래를 연료 삼아 숨차게 파멸로 돌진하는 이 세상의 속도를 줄일 필요가 있지 않을까.

09

에카 동물 축제
동물 체험은 인간에게는 질병을, 동물에게는 스트레스를 남긴다

에카Ekka는 호주 퀸즐랜드주 브리즈번에서 8월 중순에 열흘 동안 열리는 농축산업박람회다. 열흘 중에 하루를 공휴일로 지정할 정도로 큰 행사다. 호주는 단어를 호주식으로 줄여서 말하곤 하는데 에카 역시 박람회 exhibition의 약자다. 1876년에 시작된 에카는 1919년 스페인 독감, 1942년 제2차 세계대전, 2020년과 2021년 코로나 유행 때를 제외하고는 140여 년간 매년 열렸다. 초창기에는 농업과 산업 분야 기술을 선보이는 자리였다가 1964년부터 양, 염소, 소 등의 동물 체험장이 생겼고, 지금은 개, 고양이, 말, 물고기 등을 전시하는 경연대회가 열리기도 한다. 한편에는 놀이기구와 먹을거리도 많은 호주의 큰 축제다.

에카에 나오는 동물들의 상황이 어떤지 알고 싶었는데 동물 체험장은 인기가 많아 줄을 서야 할 정도였다. 들어가기 전에 안내 동영상이 나왔는데 동물을 만지기 전후 손을 잘 씻자는 내용이 전부였다. 미국의 한 페팅주 Petting Zoo(동물을 만질 수 있는 동물원)에서 남매가 동물들과 함께 시간을 보

낸 후 3살 여동생이 죽고, 5살 오빠는 중태에 빠진 사고가 있었다. 대장균 감염으로 인한 용혈성 요독증후군이 원인이었다. 독소로 인해 적혈구가 파괴되어 신장이 손상되는 심각한 병이다. 이 병은 '햄버거병'이라는 이름으로 2016년 한국에서도 주목을 받았다. 맥도널드에서 햄버거를 먹은 아이가 복통을 느끼다가 중환자실로 갔고 결국 신장장애 2급 판정을 받았다. 이 병의 원인은 다음과 같다.

- 물이나 음식이 동물의 분변으로 오염되었을 경우
- 덜 익은 고기를 먹었을 경우
- 살균되지 않은 유제품 또는 우유를 먹었을 경우
- 닦지 않은 더러운 도마를 사용했을 경우
- 세척하지 않은 과일이나 채소를 먹었을 경우
- 동물과 접촉했을 경우

에카 홈페이지에는 동물과 접촉하면 이 병에 걸릴 수 있음을 명시했지만 사람들이 이를 찾아봤을지 알 수 없고, 사람들은 안내 영상을 유심히 보지도 않았다. 드디어 문이 열리고, 한 번에 40명이 넘는 사람들이 안으로 들어갔다. 이미 안은 동물과 사람들로 빽빽했다.

양이 많았고 소, 돼지, 닭, 오리 등도 보였다. 입구에서는 동물 먹이를 팔았다. 사람들은 저마다 먹이를 사서 양에게 갔다. 나는 먹이를 사지 않고 동물과 사람을 관찰했다. 나에게 다가온 양들은 먹이가 없는 것을 알고 바로 고개를 돌렸다.

그중 새끼 양 한 마리가 눈에 띄었다. 새끼는 어미를 따라다니며 젖을 먹으려고 했다. 그런데 아이들은 그런 새끼의 입에 자꾸만 풀을 들이댔다. 아이들은 새끼를 따라가고, 새끼는 어미를 따라가고, 어미는 사람들이 주는

많은 인파와 동물이 한데 섞여 있다.

먹이를 먹으려고 자꾸만 자리를 옮겼다. 새끼는 어미젖을 물 수 없었다.

다른 새끼 양 한 마리는 사람들을 피해 구석진 곳에 앉아 있는데도 사람들은 울타리에 손을 넣어 그런 양을 계속 만졌다. 동물이 쉴 수 있는 장소가 한쪽에 마련되어 있었는데 거위와 닭은 사람의 손길이 닿을 수 없는 제일 구석진 곳에 몰려 있었다. 한계는 있지만 그런 공간이라도 마련해 준 건 다행이었다. 동물에게 선택권이 있느냐 없느냐는 복지에 매우 중요하다. 도망칠 수 없는 막다른 곳에 몰려 누군가가 몸 여기저기를 만진다면 스트레스가 엄청 클 것이다. 그때 새끼 돼지 한 마리가 밖으로 나오자 많은 사람들이 그 돼지에게로 우르르 몰려들었다. 돼지는 도망치고 한 아이는 달리는 돼지에게 걸려 넘어졌다. 그야말로 아수라장이었다.

다른 곳에서는 새끼 오리와 병아리를 만질 수 있었다. 유리상자 속에 있던 새끼들은 꺼내져서 사람들의 무릎 위 수건에 올려졌다. 두 손으로 병아리를 감싼 사람들의 모습은 행복해 보였다. 그럼 병아리는? 그 마음을 정확

한쪽 구석에 몰려 있는 새끼 양을 만지는 사람

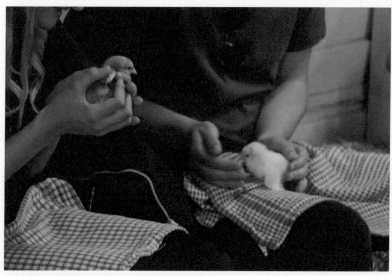

병아리를 만지는 사람들

론파인 코알라 생크추어리에서 병아리를 만 콘테스트에 나온 고양이를 만지는 사람들
지는 사람들. 이 병아리들은 체험에 이용된 후
죽임을 당했다.

히 알기는 어렵지만 무척 피곤하리라는 것은 충분히 알 수 있었다. 동물을
만지는 행위가 정서함양에 도움이 된다고 하는데 이런 상황에서 느낄 수
있는 정서에 '공감'은 없었다.

　병아리 체험을 하던 호주 론파인 코알라 생크추어리Lone Pine Koala Sanctuary
에 갔던 기억이 떠올랐다. 마침 직원이 있길래 이 병아리들이 크면 어디로
가냐고 물었다. 직원은 놀랍게도 "죽인다."라고 솔직히 대답했다. 사람들은
자신과 '체험'이라는 미명하에 만나는 동물이 오랫동안 편안히 살다가 죽을
거라고 생각한다. 하지만 새끼 때를 벗어나면 더 이상 귀엽지도 않고 몸집
이 커진 많은 체험 동물을 둘 공간이 없다. 무엇보다 더 이상 쓸모가 없으니
팔아 버린다. 그런데 더 좋은 곳으로 가는 게 아니라 더 열악한 곳으로 가거
나 죽임을 당한다.

　그 후로도 자료조사를 하려고 에카에 몇 번 더 갔다. 갈 때마다 달라지는
건 없었다. 한 번은 새끼 돼지들이 경주를 하고 있었다. 너무 더운 날 땡볕

에서 돼지들은 상자에서 나와 앞으로 빠르게 달렸다. 하루에도 여러 번 달렸을 것이다. 건강이 걱정됐다.

경주가 끝나자 미끄럼틀이 설치되었다. 돼지 한 마리가 경사진 계단을 오른 다음 물이 담긴 수조로 떨어진 후 미끄럼틀을 타고 내려온다. 돼지는 미끄럼틀에서 굴러떨어져 말 그대로 나뒹굴었다. 그런데 관객들로부터 뜻 모를 탄성과 웃음이 섞여 나왔다. 돼지는 몸을 일으켜서 준비된 먹이를 먹었다. 사회자는 "돼지가 구르는 걸 좋아한다."라고 말했다. 당연히 거짓말이다. 돼지는 체온을 낮추고 기생충을 떨어뜨리기 위해 진흙에서 뒹구는 것을 좋아한다. 미끄럼틀에서 굴러떨어지는 걸 좋아할 돼지는 없다. 돼지를 그렇게까지 웃음거리로 만들었어야 했을까? 돼지는 몇 번을 굴렀을까? 이제는 많이 사라진 동물 서커스의 잔재가 이 축제에 찌꺼기처럼 남아 있는 듯했다. 항의 메일을 보냈지만 답장은 없었다. 에카가 며칠 열리고 끝날 축제라서 동물단체가 눈감아 주는 걸까?

이런 일이 계속 반복되는 이유는 사람들이 동물을 만지거나 동물 쇼를 보고 즐기면서 정작 동물이 처한 현실은 알려고 하지 않기 때문이다. 물론 이런 현실을 일반인이 알기란 어렵기도 하지만 조금이라도 관심이 있다면 요즘은 알 수 있는 통로가 많다. 혼란의 소용돌이 같은 그곳을 나와 인파 속으로 들어갔다. 사람들은 즐거워 보였다. 그러나 나는 동물을 이런 식으로 이용하는 축제가 전혀 신나지 않았다. 화려한 놀이기구와 흥분된 분위기가 동물들의 삶을 가리고 있었다.

10

태즈메이니아데빌 언주
동물원 아닌 동물원

호주 남단의 태즈메이니아섬으로 비행기를 타고 갔다. 태즈메이니아는 우리나라로 치면 제주도 같은 곳이다. 북반구 아래쪽에 있어 제일 따뜻한 제주도와 달리 남반구 아래쪽에 있어 호주에서 제일 춥다. 내가 간 6월은 초겨울이라 기온이 최저 5.4도, 최고 12.6도였다. 숙소는 히터를 틀어도 추웠다. 한국의 온돌방이 그리웠다.

태즈메이니아는 호주 본토에 비하면 작지만 남한 면적의 60퍼센트 정도의 꽤 큰 섬이다. 이곳에서 언주unzoo, 크레이들마운틴국립공원, 나란타푸국립공원, 프레이시넷국립공원, 마운트필드국립공원, 브루니섬, 보노롱 생크추어리 등을 다녔다. 운좋게 야생 웜뱃wombat(태즈메이니아에서 사는 유대류,

짧고 근육이 발달된 다리와 짧은 꼬리가 특징이다)을 만난 크레이들마운틴도 좋았고, 파도에 위아래로 흔들리는 배를 타고 엉덩이가 부서지는 경험을 하며 야생 조류를 관찰한 브루니섬도 좋았다. 하지만 태즈메이니아에 간 목적이 언주였던 만큼 두 번이나 간 언주가 가장 기억에 남는다. 동물원을 찾아다니는 여행을 하면서 가장 가보고 싶었던 곳이었다. 동물원의 미래가 궁금한 나에게 어떤 해답을 줄지 기대를 안고 향했다.

언주 입구에서 설립자인 존 해밀턴을 만났다. 멀리서 찾아왔다고 하니 친절하게 직접 안내해 주었다. 1978년에 과수원 부지를 산 후 이듬해부터 태즈메이니아데빌 공원을 운영했다. 어미를 잃은 새끼 태즈메이니아데빌Tasmanian devil(육식성 유대류 중에서 몸집이 가장 크고, 생김새는 작은 곰과 비슷하다, 이하 데빌)을 보살피는 것으로 시작한 보호 활동은 번식 및 보전 활동으로 이어졌다. 동물원 디자이너 존 코를 만나 2007년부터 언주 프로젝트unzoo project를 시작해서 2014년에는 태즈메이니아데빌 언주Tasmanian devil

작은 곰처럼 보이는 태즈메이니아데빌

unzoo로 이름을 바꿨다.

'동물원zoo' 앞에 반대의 뜻을 나타내는 접두사 '언un'을 붙인 것처럼 언주는 사람들이 실제 또는 재현된 서식지 안에 스며들어 상호작용을 통해 야생동식물과 생태계를 배우는 곳이다. 세계 여러 나라에서 데려온 동물들을 우리에 가두고 전시하는 동물원과 다른 점은 서식지를 그대로 두거나 재현하고 해당 지역 생태계 내의 동물에 집중한다는 점이다. 앞서 다녀온 호주의 힐스빌 생크추어리나 미국의 애리조나-소노라사막 박물관도 같은 개념이다. 자연을 존중하는 마음을 갖고 동물에게 가능한 한 자연에 가까운 자연을 제공하고, 자연을 베끼려고 노력한다.

언주는 울타리를 하나둘 없애고 지역 야생동물을 위해 토종식물을 심는다. 안쪽으로 들어가니 바다와 연결된 탁 트인 공간이 나왔다. 쌍안경으로 보니 저 멀리 야생 흰배바다수리white-bellied sea eagle 둥지가 있었다. 날개 길이가 2미터인 호주에서 두 번째로 큰 맹금류다. 가이드가 물고기 한 마리를 사람들과 멀리 떨어진 곳에 두고 왔지만 흰배바다수리는 끝내 먹으러 오지 않았다. 야생 흰배바다수리는 보지 못했지만 서식지가 어느 곳인지는 볼 수 있었다. 동물원 좁은 새장에 갇혀 있는 흰배바다수리를 보는 것보다 나았다. 그밖에 다양한 바닷새들이 보였다.

낡은 케이지가 몇 개 보였다. 새것으로 바꾸려고 예산을 모으는 중이라했다. 한 케이지에는 누군가의 애완동물이었던 앵무새들이 있었다. 주인들이 '기증'했다고 적혀 있었다. 기증이라니. 선한 의미가 이렇게 쓰여서는 안된다. 버렸을 뿐이다.

앵무새의 한 종류인 코렐라corella 한 마리가 다가오더니 "헬로"라고 소리를 냈다. 설명판을 보니 50살이 넘은 치키였다. 내 앞에서 서성대며 관심을 받고 싶어 했다. 치키는 베란다의 작은 새장에 갇혀 살다가 이곳으로 왔을 것이다. 그나마 다행이지만 마음이 착잡했다. 나이가 50살이 넘는 치키에게

가이드가 흰배바다수리의 둥지를 가리키고 있다.

이만한 크기의 삶이 전부라니. 날아다닐 수 있었던 그 큰 세상을 빼앗고 의지하게 만들고는 버린 인간들이 미웠다.

언주를 모두 둘러본 후 해밀턴의 차를 타고 데빌 서식지 내 카메라 설치 장소로 갔다. 그는 카메라 앞에다 데빌을 끌어들일 동물 가죽을 매달았다. 로드킬로 죽은 왈라비라고 했다. 카메라에서 메모리 카드를 빼서 영상을 확인하니 먹이를 먹는 야생 데빌의 모습이 보였다. 데빌 가슴의 하얀 무늬가 개체마다 달라 이를 통해 누가 누구인지 알 수 있었다. 귀도 뭉툭하고 가슴에 반달가슴곰같이 하얀 무늬가 있어서 작은 곰 같아 보였다.

해밀턴은 화면으로 데빌의 얼굴에 암의 흔적이 있는지 확인했다. 데빌의 안면암Devil Facial Tumour Disease은 얼굴과 목에 큰 혹이 생기는 질병이다. 1996년 첫 발견 이후 태즈메이니아 전역으로 무섭게 퍼졌고, 데빌끼리 싸우는 과정에서 전염되어 개체수의 95퍼센트가 사라졌다.

데빌은 유대류이자 육식동물로 생태계 최상위를 차지하는 중요한 동물

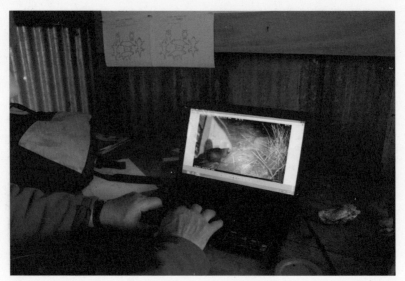

데빌의 보호와 보전을 위해 카메라를 설치하고 모니터링을 한다.

이다. 호주 본토는 호주들개라고 불리는 딩고의 유입으로 데빌이 완전히 사라지고 태즈메이니아에만 남아 있기 때문에 이들을 지키는 게 시급했다. 해밀턴은 모니터링을 지속하는 한편, 야생 복원 프로그램을 지원하면서 야생에 적응하지 못한 데빌을 보호하고 있었다.

내가 지금까지 보고 들은 이 모든 것은 입장료(39달러)를 포함해 성인 한 사람당 120달러를 내면 참여할 수 있는 데빌 트래커 투어Devil Tracker Tours로 언주의 보전교육 프로그램이다. 가난한 여행자인 내게는 비싸게 느껴졌지만 보전 현장을 경험하고 기여하기에 충분히 가치 있었다. 여느 동물원의 투어처럼 길들여진 희귀한 동물과 셀카를 찍고 특권의식을 느끼는 것보다 훨씬 나았다.

언주는 동물전시가 목적이 아니다. 야생 그대로를 보여 주고 보전 활동을 집중적으로 하는 등 동물원에서 벗어난 모습이었다. 그런데 일부는 전형적인 동물원의 모습이었다. 야생을 소개하는 것만으로 방문객을 끌어들이기에는 부족했는지 버드 쇼bird show와 캥거루 먹이 주기가 있었다. 버드 쇼에서는 다른 동물원처럼 앵무새에게 동전 가지고 오기를 시켰다. 이런 모습을 보고 좋아하는 방문객이 보였다. 야생동물이 가능한 한 인간의 개입 없이 살아가는 독립적인 모습을 기대했던 나에게는 좀 아쉬운 장면이었다.

언주의 버드 쇼는 1990년대에 도입되었다는데 동물원이 살아남기 위해 쇼나 먹이 주기를 없애는 건 불가능한 걸까? 동물원 디자이너인 존 코는 생태 설명을 접목시킨 버드 쇼는 침팬지와 오랑우탄에게 글러브를 끼우고 싸우게 하는 것보다는 동물을 존중하는 방법이라고 했다. 동물을 억압적으로 학대해 훈련시킨 후 의인화하고 희화화시키는 끔찍한 동물 쇼는 당연히 사라져야 할 악습이지만 이를 넘어 진정으로 야생에 가까운 모습을 보여 주고 생명존중을 불러일으키려면 더 깊은 고민이 필요하다. 동물원에서 완전히 탈피하지 못한 모습이 씁쓸했다.

이곳은 분명 장점이 많은 곳이다. 언주는 멋들어진 케이지를 만드는 데 집중하지 않고, 규모를 늘리거나 자국에서 볼 수 없는 외래동물을 많이 보유하려 애쓰지 않았다. 지역 야생동물을 위해 서식지를 지키고, 관찰을 통해 동물이 위기에 처하면 구한다. 그럴 능력을 충분히 지녔다. 허울뿐인 보전 활동을 하는 많은 동물원을 보았기에 직접 앞장서서 데빌을 구하는 이곳은 좋은 방향성을 가진 동물원이 분명했다. 어쩌면 나는 언주가 동물원들의 선구자적인 역할을 하길 바랐고, 너무 완벽한 것을 바랐는지 모른다. 다음에 또 가고 싶다. 언주는 분명 더 바람직한 방향으로 바뀌어 있을 거라고 기대한다.

11

톨가 박쥐 병원
코로나도 사스도… 박쥐가 아닌 숲을 침범한 인간의 문제

사람들은 박쥐에게서 불길한 기운을 느낄 뿐 아는 것이 거의 없다. 박쥐는 포유류 중에서 설치류 다음으로 수가 많은데도 나 또한 수의학과를 다닐 때 자세히 보거나 배운 적이 없어서 잘 몰랐다. 박쥐하면 자동적으로 드라큘라가 떠오른다. 그런데 1,300여 종의 박쥐 중 흡혈박쥐vampire bat는 단 3종뿐이며 중남미에만 있다는 사실도 사람들은 모른다. 주로 가축이나 야생동물의 피를 먹는데 빨아먹지 않고 피부에 상처를 낸 다음 핥아 먹는다. 아주 가끔 사람을 물기도 하지만 과다출혈이 아니라 광견병이 옮을 수 있다. 이마저도 걸릴 확률은 희박하다. 박쥐는 모두 동굴에 사는 것 같지만 숲과 집 주변에도 산다. 나무 몇 그루에 무리지어 매달려 있기도 하고 나무 구멍이나 버려진 새둥지에서도 산다. 지붕, 굴뚝, 마루 아래, 심지어 거꾸로 세워 놓은 대걸레 안에 사는 박쥐도 있다. 박쥐는 과일, 넥타nectar(식물이 분비하는 달콤한 액체), 새, 물고기, 벌레를 먹고, 무엇보다 모기를 잡아먹는다. 박쥐는 공짜로 일하는 해충 박멸 특공대다. 스페인, 프랑스 등의 도시에서는

(위) 안경날여우박쥐는 거꾸로 매달려 있다가 오줌을 쌀 때 몸을 반대로 돌린다.
(아래) 주스를 맛있게 먹는 안경날여우박쥐

철조망에 걸려 구조된 동부관코박쥐 집시

모기를 퇴치하기 위해 박쥐를 이용한다. 나무, 건물, 공원 곳곳에 상자를 설치해 박쥐가 살도록 유도하는 것이다. 실험실 환경에서는 12그램짜리 박쥐가 한 시간 동안에 초파리 1,200마리를 먹는다. 야생에서는 8그램짜리 작은 박쥐 무리 10만 마리가 하룻밤 동안 모기, 나방, 딱정벌레를 400킬로그램이나 먹는다.

또한 꽃가루를 전달한다. 바나나, 망고, 무화과 등은 박쥐를 통해 가루받이를 하고 씨를 퍼뜨린다. 박쥐가 싼 똥은 식물이 자라는 데 좋은 비료가 된다. 이처럼 박쥐는 생태계에 없어서는 안 될 중요한 동물이다. 그런데 사람들은 주로 TV를 통해 질병 매개체라는 부정적인 내용만 듣고 믿어서 박쥐는 두려움의 대상이 되었다. 생태계의 모든 존재에게는 다 이유가 있다. 산수처럼 1에서 1을 뺀다고 0이 되지 않는다. 1을 빼면 오히려 인간에게 마이너스가 된다. 해를 끼치는 것 같지만 박쥐가 사라지면 오히려 질병을 전파하는 곤충이 늘어나 문제가 커진다. 그래서 인간의 눈으로 생태계의 모든 존재를 함부로 재단해서는 안 되며 자연에 인간의 공식을 함부로 대입해서도 안 된다.

하긴 큰 박쥐가 날아다니는 호주의 하늘을 처음 봤을 때는 박쥐가 갑자기 날아와 나를 덮칠 것도 아닌데 좀 무서웠다. 호주 케언스를 여행할 때 박쥐 무리를 처음 가까이서 보았다. 거리를 걷는데 큰 나무에 큰 박쥐들이 매달려 있었다. 자세히 보니 얼굴이 어찌나 귀여운지! 눈망울이 큰 털북숭이 강아지나 새끼 여우 같았다. 그때 내가 본 박쥐는 과일박쥐의 일종인 안경날여우박쥐spectacled flying-fox였다. 한국에는 작은 박쥐밖에 없어 큰 박쥐의 세상이 궁금했다. 그래서 케언스 근처에 있는 톨가 박쥐 병원Tolga Bat Hospital에

(위) 젖꼭지를 물고 있는 안경날여우박쥐 민티   (아래) 햇빛을 쬐고 있는 새끼 안경날여우박쥐 페니

서 두 달간 자원봉사를 했다. 진드기마비증tick paralysis이 10월부터 12월까지 기승을 부려서 이때 어미를 잃은 안경날여우박쥐 새끼들이 가장 많이 들어 오므로 일부러 그 시기에 맞춰서 갔다. 진드기마비증은 64종의 진드기에 의해 발병되며 호주, 북미, 유럽 등 여러 나라에서 발생한다. 그중에서도 호주에서는 동부 해안가에 서식하는 호주마비진드기Australian paralysis tick로 인한 마비증 피해가 가장 크다.

안경날여우박쥐는 퀸즐랜드 동북부 우림 근처에 서식하는 종으로 어미는 9월 말쯤 새끼를 낳는데 10월에 어미가 진드기에 물려 죽으면 어미에게 매달려 있던 새끼도 죽게 된다. 이 진드기가 동물을 물면 신경독이 분비되어 개, 고양이, 돼지 등의 뒷다리가 마비되고, 나중에는 호흡 불능으로 죽음에 이르기도 한다. 개의 경우 폐사율이 보통 4~5퍼센트다. 그런데 1980년대 말부터 퀸즐랜드 북주 일부 지역에서 안경날여우박쥐가 진드기에 물려 발견되기 시작했다. 박쥐는 마비진드기에게 새로운 숙주다. 자연 숙주처럼 독소에 대한 면역 기전을 갖추지 못한 박쥐는 작은 진드기 한 마리에 물려도 단 몇 시간 만에 몸이 마비되어 죽는다.

그 중심에 남미에서 들어온 외래종 식물인 야생담배wild tobacco가 있다. 개발로 인해 1980년대 안경날여우박쥐의 서식지가 줄어들면서 먹이가 되는 식물이 사라지자 박쥐들이 야생담배의 열매를 먹으려고 더 낮은 곳으로 접근하면서 진드기에 물려 죽기 시작했다.

매일 방문객들을 대상으로 박쥐의 중요성을 교육한다.

톨가 박쥐 병원의 디렉터 제니 매클린은 1990년부터 박쥐를 구조하기 시작했다. 성체는 데려와 치료한 후 야생으로 돌려보내고,

(왼쪽) 박쥐가 진드기에 물리면 마비가 와서 바닥에 떨어진 채 발견된다.
(오른쪽) 눈을 뜨고 있지만 목 아래가 모두 마비 되어 안락사 시킬 수밖에 없었다. 안락사 후 심장 박동을 확인하고 있다.

죽거나 키울 수 없는 상태의 어미 곁에서 울고 있는 새끼들을 구조해 돌봤다. 새끼들이 병원에서 잘 적응해 자라면 2월쯤 자연으로 돌려보낸다. 종종 야생으로 방사한 박쥐가 돌아오기도 해서 그들에게도 먹이를 제공하며 적응을 돕고 있다.

하루는 제니를 따라서 구조를 나갔다. 박쥐가 있다고 신고를 받은 곳에 가보니 뙤약볕 아래 안경날여우박쥐 한 마리가 숨을 헐떡이고 있었다. 몸에 진드기가 붙어 있었는데 상태가 아주 좋지 않았다. 체온이 너무 올랐고, 몸이 마비되어 가망이 없었다. 어쩔 수 없이 그 자리에서 안락사를 해야 했다 (야생동물에 한해 안락사하는 자격을 호주 정부가 주는데 자격을 얻는 것이 상당히 어렵다. 수의사에게 교육을 받고, 멘토와 함께 3년간 안락사 과정을 공유해야 한다. 안락사 약물은 수의사로부터 정해진 양만 받고 매달 사용내역을 수의사에게 보고해야 한다). 진드기에 물리면 몸이 마비되어 나무에 매달리지 못하고 날 수도 없어서 대부분 바닥에서 발견되는데 마비가 진행되고 직사광선 아래 오래 있을수록 살아나기가 어렵다. 상태가 아주 나쁘지 않으면 항혈청을 주사하고 시원한 곳에 눕혀 회복시킨다.

구조 전화가 오지 않아도 진드기 시즌에는 두 사람이 매일 서식지를 돌

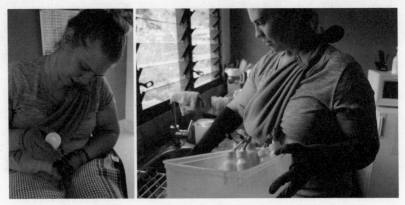

어미를 찾아 우는 새끼들은 주머니가 있는 천 포대기에 넣고 몸에 붙이면 안정을 찾는다.

며 박쥐들을 구조해 온다. 어미가 죽어가면 어미와 새끼의 몸에 파리가 알을 낳는다. 알이 구더기가 되면 아직 살아 있는 박쥐의 살을 파먹기 때문에 몸 곳곳에 붙어서 꿈틀대는 구더기를 모두 떼어내야 했다. 둘이서 박쥐를 붙잡고 날개와 겨드랑이 등의 구석진 곳을 꼼꼼히 살피면서 구더기를 떼어내고 나면 항상 땀에 흠뻑 젖는다. 날개에 있는 구더기는 붓으로 털어내고 머리와 등 뒤, 등 털에 있는 구더기는 빗으로 빗겨 없앤다. 눈과 귀, 상처 안에 구더기가 들어가 있으면 식염수와 소독제 등으로 빼내야 한다.

힘들지만 어느새 회복해서 우유를 잘 먹는 박쥐를 보면 기쁨이 차오른다. 박쥐는 어쩌면 이렇게 인간에게 친절할 수 있을까 싶을 정도로 다들 순했다. 특히 어미의 사랑이 필요한 새끼들은 울면서 안기려고 날개와 발을 뻗었다. 마치 조건 없는 사랑을 받는 기분이었다. 작은 쿠션을 안기고 천으로 둘둘 말아 주면 곤히 잠을 자고 공갈 젖꼭지를 물리면 금세 조용해진다. 물론 병원에 갓 들어온 새끼들은 최선을 다해 돌봐도 어미를 찾아 울어댄다. 그럴 때면 주머니가 있는 천 포대기에 넣고 몸에 착 붙이면 고맙게도 어미의 품 안에 있는 듯 안정을 찾았다. 물론 좀 더 크면 사람보다 박쥐 무리 안에서 편안해한다. 야생으로 돌아갈 박쥐이기에 그것은 그것대로 좋았다.

박쥐 병원에서 일하면서 인간의 활동으로 인해 환경이 급변하면 야생동물이 영향을 크게 받는다는 사실을 다시금 깨달았다. 사람들은 동물이 적응할 시간을 주지 않고 많은 것을 파괴해 버린다. 박쥐가 둥지로 사용하는 구멍이 있는 오래된 나무를 그냥 베어 버리거나 날여우박쥐 무리가 먹이를 구하는 삶의 터전에 불을 질러 서식지를 소멸시킨다. 그런 다음 철조망을 치고 가축을 기르는데 그 철망에 박쥐들이 엉켜 고통스럽게 죽는다. 서식지가 줄어들고 파편화되면, 무리가 고립되어 유전적 다양성이 낮아지고 다른 곳으로 이동하더라도 그곳에서 또다시 인간과 맞닥뜨린다.

이렇게 야생동물의 서식지가 사라지고 사람과 야생동물의 접촉이 늘어나면서 박쥐가 가지고 있던 바이러스가 인간에게 전파됐다. 광견병 바이러스rabies virus, 이와 유사한 호주박쥐 리사바이러스Australian bat lyssavirus, 헨드라 바이러스Handra virus, 메르스 바이러스Middle East respiratory syndrome coronavirus, 사스severe acute respiratory syndrome coronavirus 등이다. 광견병이나 호주박쥐 리사바이러스는 박쥐에서 사람으로 직접 전파되는 데 극히 드물고, 이 바이러스를 보유한 박쥐도 드물다. 호주의 사례는 아픈 박쥐를 구조해서 돌보던 사람에게서 발견된 경우다.

그렇다면 이 많은 바이러스를 가진 박쥐는 어째서 문제없이 잘 사는 걸까? 비밀은 면역과 비행에 있다. 이집트과일박쥐Egyptian fruit bat는 바이러스의 복제를 방해하는 인터페론(바이러스에 감염된 동물의 세포에서 생산되는 항바이러스성 단백질)을 생산하는 유전자가 많다. 검은날여우박쥐black flying fox는 바이러스가 침입하지 않아도 항상 인터페론을 만든다. 박쥐는 과도한 면역반응에 의해 세포와 조직이 손상되는 것을 막는다. 박쥐가 이런 특징을 가지게 된 것은 비행 때문이다. 유일하게 날 수 있는 포유류인 박쥐는 나는 동안 엄청난 에너지를 소모한다. 높은 대사율(먹은 음식물의 화학에너지를 열과 일 에너지 형태로 전환시키는 속도)때문에 발생하는 활성 산소(생물체의 내

(왼쪽) 새끼 안경날여우박쥐들이 다 자라 야생으로 돌아가기 전에 모여 있는 모습. 박쥐는 무리 생활을 한다.
(오른쪽) 새끼 동부관코박쥐eastern tube-nosed bat. 아직 몸 크기가 엄지손가락만 하다. 맞는 젖꼭 지가 없어서 화장용 스펀지에 우유를 적셔서 주면 빨아 먹는다.

부에서 만들어지는 반응성이 큰 산소 화합물)가 염증을 촉발시키는데, '이와 같 은 메커니즘을 막으려고 면역체계가 발달하면서 바이러스까지 방어할 수 있게 된 것이다.

사람들이 정말 두려워해야 하는 것은 박쥐에게서 직접 전파되는 것이 아 닌, 다른 숙주를 거쳐 사람에게 전파되는 헨드라, 니파nipah, 사스, 메르스 바 이러스로 인한 질병이다. 서식지 상황이 변해서 스트레스를 받으면 박쥐는 평소에 접촉하지 않았던 동물과 만나게 된다. 서식지가 파괴되고 먹이가 사 라지면 다른 지역으로 옮겨가는 과정에서 그곳의 동물에게 새로운 바이러 스를 전파한다. 숲에서 과일을 먹으며 살던 박쥐가 숲이 파괴되어 서식지를 잃자 돼지농장 근처로 옮겨갔고, 돼지를 거쳐간 니파 바이러스가 100명이 넘는 사람을 죽이는 일이 있었다.

야생동물 식용 문화도 문제가 된다. 2019년 시작된 코로나 바이러스의 유행도 야생동물 시장에서 시작됐을 가능성이 제기되었다. 박쥐와 다른 야 생동물이 비위생적이고 과도한 스트레스를 받는 곳에 한데 모여 있다면, 박 쥐의 바이러스가 새로운 숙주에게 넘어가게 되고 심각한 질병을 일으킬 가

구조를 하기 위해 간 박쥐 서식지. 많은 박쥐가 매달려 있다.

능성이 생긴다. 박쥐와 사람 사이에는 말, 돼지, 사향고양이, 낙타, 천산갑 등의 숙주가 있다. 인간의 환경파괴가 박쥐와 이 동물들이 만날 수 있는 상황을 만들었는데 사람들은 모든 책임을 박쥐에게 돌린다.

한국에는 23종의 박쥐가 있다. 우리나라에는 안경날여우박쥐 같은 큰박쥐는 없고 작은박쥐만 있다. 큰박쥐류(대익수아목megachiroptera)는 대부분 시각과 후각으로 열매를 찾아 먹고, 작은박쥐류(소익수아목microchiroptera)는 주로 반향정위ecolocation로 곤충을 찾아 먹는다. 반향정위란 박쥐가 스스로 소리를 내 물체에 부딪쳐 되돌아오는 음파를 받아 위치를 파악하는 것이다. 물론 예외도 있다. 서울동물원에 있는 이집트과일박쥐는 과일을 먹는 큰박쥐류지만 반향정위를 사용한다.

한국에 사는 박쥐 중 멸종위기종으로는 붉은박쥐copper-winged bat, 토끼박쥐brown long-eared bat, 작은관코박쥐Ussuri tube-nosed bat가 있다. 붉은박쥐와 토끼박쥐는 산림에서 생활하다가 겨울철에만 동굴이나 폐광에 들어가 동면을 한다. 작은관코박쥐는 나무껍질이나 낙엽 아래서 동면한다. 그런데 동굴이 관광지가 되고, 폐광이 사라지고 숲이 파괴되면서 많은 박쥐가 사라졌다. 붉은박쥐가 닫혀 버린 폐광에서 죽은 채 발견되기도 했다. 하지만 조사가 제대로 이루어지지 않아 정확한 현황은 알기 어렵다. 최근에는 신도시 아파트 방충망에 박쥐가 붙어 있다는 제보가 많았다. 안주애기박쥐Asian parti-colored bat 또는 집박쥐Japanese pipistrelle bat다. 나무 구멍, 절벽 바위틈이나 처마 아래 살던 이들의 서식지가 사라지고 들어선 현대식 아파트에서 갈 곳을 잃은 것이다.

개발로 인해 숲이나 동굴 하나가 사라지면 그곳에 살던 많은 생명이 사라지고, 날개가 있는 박쥐는 다른 서식지를 찾아 날아간다. 때로는 먹이를 찾아 도시로 날아가기도 한다. 그곳에서 잘 살 수 있으리라는 보장은 없다. 또한 환경에 어떤 변화를 줄지도 장담 못한다. 실제 호주 퀸즐랜드주에 있던 박쥐가 서식지 파괴로 먹이인 곤충이 부족해지자 남쪽으로 600킬로미터를 이동했음이 밝혀지기도 했다. 오래전부터 박쥐에게 있던 바이러스가 환경이 급변하면서 다른 숙주를 만나 변형되고 결국 인간에게 악영향을 미친다면 이 사슬을 어디에서 끊어야 하는지 바로 답이 나온다. 그러니 박쥐를 '주범'으로 불러서는 안 된다.

12월 중순이 되니 구조되어 들어오는 새끼들이 점차 줄어들더니 한 마리도 들어오지 않은 날도 있었다. 내가 머물렀던 진드기 시즌에 70여 마리의 새끼 안경날여우박쥐가 들어왔다. 한 해 전에는 300마리가 들어왔다면서 내가 운이 좋다고 했다. 박쥐의 개체수가 이전 해에 비해 많이 줄어서일 수도 있고, 마비진드기가 많지 않아서일 수도 있다. 새끼들이 많이 들어오면 힘들면서도 구조되어서 정말 다행이라 생각했다. 박쥐 병원에 머무는 동안 열심히 돌봤지만 여러 마리의 새끼를 하늘로 보냈다. 가느다란 목숨 줄을 잡고 들어온 새끼를 살리지 못할 때면 참담했다. 엄청난 구더기로 뒤덮인 새끼를 붙들고 힘겹게 다 떼어 줬는데 다음날 허망하게 죽어 버린 경우도 있었다. 얼마나 고통스러웠을지 상상하기도 힘들었다. 그래도 살아서 야생으로 돌아가는 새끼들이 더 많기에 힘을 냈다. 이곳에 머물면서 박쥐에 대한 두려움은 모두 사라지고 사랑으로 가득 찼다.

2장

뉴질랜드

NEW ZEALAND

오로코누이 에코생크추어리
토종새 키위 구하기를 보며 한국 토종동물 보전을 생각하다

뉴질랜드 남섬에 도착했다. 12월의 뉴질랜드는 호주와 같은 여름이지만 호주보다 적도에서 더 떨어져 있어 생각보다 추웠다. 8일간 크라이스트처치에서 테카포 호수, 퀸스타운, 밀퍼드사운드, 테아나우, 더니든을 돌며 그곳의 자연과 동물을 보기로 했다. 잘 수도 있고 간단히 요리도 할 수 있는 차를 빌렸는데 역시나 싼 게 비지떡이었다. 가장 싼 걸 빌렸더니 문도 잘 안 닫혔다. 렌터카 직원도 '이왕이면 다른 차를 빌리지그래.'라는 표정이었지만 똥차라도 마음껏 뉴질랜드를 누빌 생각에 한껏 들떴다.

끝없이 펼쳐진 녹색 땅과 양 사이를 가로질렀다. 어딜 보아도 영화 〈반지의 제왕〉 촬영지처럼 보였다. 고개를 숙이고 풀을 뜯고 있는 양들은 초록색 카펫 위에 뿌려진 하얀 소금 같았다. 하지만 그 풍경은 끝도 없이 이어졌다. 이 나라는 사람은 없고 양만 있나? 뉴질랜드는 우리나라 2배가 넘는 국토 면적에 사람 508만 명, 양 2,600만 마리가 산다. 사람이 양에게 얹혀사는 것 같다.

곳곳에서 중장비가 숲을 베어내고 있었다. 도로를 달리며 과거 이곳의 모습을 상상해 봤다. 이곳이 원래부터 푸른 목장이었던 건 아니다. 19세기에 정착한 유럽인들은 야생동물의 집이 되고 먹이가 되었던 숲을 밀어 버리고 양을 키웠다.

길을 달리다 보니 차에 치여 죽은 동물이 많이 보였다. 차를 길가에 세우고 다가가서 보니 개인 줄 알았던 사체는 포섬common brushtail possum이었다. 포섬은 '주머니여우'라고도 불리는 유대목 포유류로 1937년에 모피 거래를 위해 호주에서 뉴질랜드로 들어왔다. 그러니까 포섬은 호주에서는 토종이지만 뉴질랜드에서는 외래종이다. 뉴질랜드로 이주한 유럽인들은 포섬의 모피와 고기를 팔았다. 점차 뉴질랜드 야생으로 퍼진 포섬은 1980년대에 7,000만 마리까지 늘었다. 뉴질랜드에는 1830~1840년대에 우결핵bovine tuberculosis이 소를 통해 이미 들어와 있었다. 우결핵은 감염되면 몸무게와 유량이 줄고 쇠약해지며 결국 죽기도 하는 만성 소모성 질병이다. 그런데 소와 사슴을 통해 야생의 포섬에게 전파된 우결핵이 다시 포섬을 통해 소와

로드킬 당한 포섬

사슴에게 퍼지자 뉴질랜드는 목축업 피해를 줄이기 위해 매년 5,000만 달러를 들여 수천 마리의 포섬을 죽이고 있다. 현재 포섬의 개체수는 3,000만 마리 정도다. 당장은 눈에 보이지 않을지 몰라도 자연에 대한 무분별한 개입은 사람과 동물 모두에게 악영향을 미친다.

야생으로 퍼진 포섬은 뉴질랜드에만 서식하는 희귀 새인 키위kiwi 새끼를 잡아먹기 시작했다. 키위는 성체가 되면 포섬을 이길 수 있지만 새끼 때는 쉽게 공격당한다. 성체가 되어도 천적이 많다. 사냥감으로 들여온 토끼가 기하급수적으로 늘어서 토착종 식물을 멸종시키는 등 문제가 심각해지자 토끼를 죽이기 위해 들여온 족제비 그리고 반려동물인 개, 고양이도 키위의 강력한 천적이다. 천적이 거의 없어서 날개가 퇴화된 키위는 이런 상황에서 5만 마리 정도 살아남았고, 매년 약 6퍼센트씩 줄고 있다. 키위는 5종이 있지만 2종은 100마리도 남지 않았을 정도로 심각하다.

뉴질랜드에서는 키위 보전을 위해 70개 이상의 동물원과 보호단체가 정부와 함께 활발히 활동하고 있다. 현재 상황에서는 야생에서 살아남을 확률이 현저히 낮기 때문에 야생에서 알을 가져와 인공부화를 시킨다. 어느 정도 크면 울타리가 있는 보호구역에서 야생 적응 훈련을 시킨 후 자연으로 돌려보낸다.

퀸스타운에 키위 버드라이프 파크Kiwi Birdlife Park에서 키위 5마리를 직접 만났다. 인공부화되어 야생으로 돌아갈 날을 기다리고 있는 키위였다. 키위를 보려고 들어간 공간은 빛과 소리에 민감한 키위를 위해 어두웠다. 관람객 모두 조용히 해야 했고 사진촬영도 금지였다. 시간이 어느 정도 흘러 눈이 어둠에 적응하자 키위가 긴 부리를 이리저리 움직이며 먹이를 찾는 모습이 보였다. 키위는 새 중에서 유일하게 부리 끝에 콧구멍이 있다. 덕분에 뛰어난 후각으로 부리로 땅을 헤집으며 먹이를 찾는다.

키위는 생각보다 컸다. 키가 35~46센티미터나 되고 뒷모습은 둥글둥글

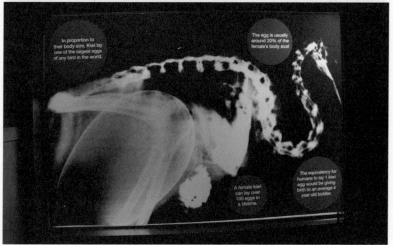

(위) 키위 박제와 실제 크기의 알로 키위에 대해 설명하는 사육사
(아래) 임신한 키위의 엑스레이 사진. 알이 거의 몸의 반을 차지한다.

축구공처럼 보였다. 색은 이름 그대로 과일 키위 껍질 색이었다. 키위는 날지 않기 때문에 깃털이 다른 새들과는 다르다. 다른 새들은 깃털 사이사이가 미늘barb이라고 하는 작은 갈고리로 연결돼 몸 표면이 매끈하고, 이는 비행을 할 때 공기저항을 줄여 준다. 하지만 키위 깃털에는 미늘이 없어서 서

오로코누이 에코생크추
어리

로 연결되어 있지 않고 따로 논다. 그래서 포유류의 털처럼 덥수룩하고 복
슬복슬해 보였다. 며칠 감지 않은 머리카락 같기도 했다.

사육사는 키위가 여러모로 일반 조류와 다르다고 설명했다. 다른 새들은
뼈 일부에 공기가 있어 가벼운 반면, 키위는 뼈에 공기 없이 골수가 차서 무
겁다. 체온도 38도로 다른 새들의 평균 체온인 40도 보다 낮다. 가장 놀라
운 점은 크기가 몸의 20퍼센트나 되는 큰 알을 낳는다는 것이다. 임신한 키
위의 엑스레이 사진을 보니 키위 몸속에 정말 엄청 큰 알이 있었다. 인간으
로 치면 네 살짜리 아이를 낳는 셈이다.

키위를 제대로 보고 싶어서 키위 버드라이프 파크를 떠나 더니든에 있는
오로코누이 에코생크추어리Orokonui Ecosanctuary로 향했다. 뉴질랜드에서 어디
가 가장 좋았냐고 묻는다면 오로코누이 에코생크추어리를 추천할 것이다.
내가 상상했던 것에 가장 가까운 이상적인 생크추어리였다. 약 93만 평(307
헥타르) 크기의 공간에 1.9미터 높이의 울타리를 쳐서 천적의 유입을 막은
곳으로 내부는 거의 야생 그 자체다. 철책 사이를 용접해서 틈을 없애고, 위
에는 전기 울타리를 달아 고양이나 포섬이 넘어올 수 없게 했다. 땅 아래에
는 40센티미터 너비의 그물을 깔아 어떤 동물도 땅을 파고 들어오지 못했

(왼쪽) 오로코누이의 보호구역으로 들어가는 입구에서 본 울타리
(오른쪽) 오로코누이의 보호구역으로 들어가는 입구

다. 울타리를 따라 묻은 수로 내부에도 그물을 쳐서 외부 생물의 유입을 막
았다. 정말 대단했다. 쥐 한 마리 들어오지 못할 만큼 촘촘했다.

관람객은 울타리 안으로 들어가기 전에 가방 안에 외부 동식물이 없는지
확인받았다. 내부에도 50미터마다 확인 장치가 설치되어 있었다. 땅콩버터
가 들어 있고 입구에 잉크가 있는 작은 상자처럼 생긴 장치였다. 이 장치를
통해 잉크를 밟고 들어가는 동물의 발자국이 있는지 두 달마다 확인한다.
개와 함께 야생동물의 천적이 남긴 냄새와 배설물 흔적을 찾기도 한다. 이
런 철저한 대비 덕에 키위를 안전하게 지키고 있었다. 이곳에서는 키위 체
중이 1.2킬로그램 정도 되면 스스로 충분히 방어할 수 있다고 보고 보호구
역으로 보낸다.

이곳을 찾을 때는 키위를 보지 못할 수도 있다는 마음으로 가야 한다. 키
위가 야행성이고 사람을 피해 돌아다니기 때문이다. 나도 키위를 보지 못했
다. 하지만 키위가 잘 숨어 있어서 다행이라 생각했다.

직접 보지 못하는 대신 생크추어리에서 틀어 주는 영상을 통해 키위를
봤다. 영상 속에서 키위는 곧 넘어질 것처럼 뛰었다. 마치 용변을 보다가 놀

약 93만 평 크기의 오로코누이 에코 생크추어리

라서 바지를 채 올리지 못하고 뛰는 것 같았다. 아이고, 뛰는 속도가 어찌 저리 느린지. 빠르게 뛰지도, 날지도 못하면서 큰 알을 하나씩 낳다 보니 인간을 비롯한 천적을 피하기가 얼마나 어려웠을지 알 수 있었다.

지금도 뉴질랜드에서는 매주 27마리의 키위가 죽는다. 태어난 지 여섯 달 이하의 새끼 키위가 보호구역이 아닌 야생에서 살아남을 확률은 5퍼센트도 되지 않는다. 보호구역은 그야말로 파괴된 자연에게 주는 심폐소생술이다. 현재 뉴질랜드의 사육-번식captive-breeding 프로그램 덕에 매년 키위 150마리가 야생으로 되돌아간다. 생존 확률은 50~60퍼센트로 꽤 높은 편이다. 인간의 개입으로 파괴된 야생이 또 다른 인간의 개입으로 희망을 보고 있다.

자연이 훼손돼서 야생동물이 돌아갈 곳이 없으니 동물원에서 살아야 한다고 주장하는 사람들이 있다. 동물이 돌아갈 곳은 있다. 돌아갈 곳이 없다고 말하는 동안 빠르게 파괴되고 사라지고 있을 뿐이다. 동물원에서 번식을 통해 태어났더라도 서식지가 지켜지지 않으면 아무 의미가 없다. 번식과 보전은 일치하는 말이 아니다. 동물원에서의 불필요한 번식은 안 하느니만 못하다. 동물원은 좀 더 적극적으로 서식지 내 보전에 앞장서야 한다. 서식지 파괴에 반대하고, 단순한 먹이 주기 활동이 아니라 생태계를 살리는 노력을 해야 하고, 지역 주민들을 교육하고 소통해서 야생동물이 돌아갈 자리를 마련해야 한다.

지금까지 한국의 동물원이 보여 준 토종동물 보전 노력은 큰 의미가 없다고 봐야 한다. 단순 번식에서 끝나거나 행사성으로 동물을 풀어 주는 경우가 많다. 방사 후 연구에 대한 지원도 미흡하다. 동물원 자체 여력이 없다면 현장 연구자들과 협력해 전문성 있고 장기적인 보전 활동을 해야 하는데 그렇지 못한 현실이 안타깝다.

로열 알바트로스 센터
뱃속 가득 플라스틱을 품은 바보 새의 날갯짓

더니든의 오타고반도 끝으로 향했다. 그곳에 알바트로스albatross가 있다고 했다. 바다와 맞닿아 파도가 들이닥칠 듯한 도로를 달려 언덕 꼭대기에 도착하자 강한 바람이 느껴졌다.

'알바트로스를 띄워 줄 바람이란 모름지기 이래야지.'

바람을 타고 나는 기분이 어떨지 궁금했다. 알바트로스는 바람에 몸을 맡겨 나는 새다. 덕분에 비행에 많은 에너지를 쓰지 않는다. 제대로 된 바람을 만나면 3미터의 큰 날개로 바람을 타고 날갯짓 하나 없이 몇 시간을 하늘에 떠 있을 수 있다. 그렇게 1년에 19만 킬로미터를 나는 새. 하늘을 날며 아래를 내려다보는 그들의 검은 눈은 우주의 진리를 꿰뚫어 보는 듯하고, 곧게 뻗은 부리에서는 강직함이 느껴진다. 사람들은 이런 알바트로스를 하늘의 조상이 보낸 새라며 신천옹信天翁이라 불렀다.

마치 신을 영접하듯 로열 알바트로스 센터royal albatross centre로 들어갔다. 예약을 해놓은 터라 바로 가이드 투어 티켓과 한국어 안내서를 받았다. 안

내서에는 '보전을 위해 1967년 설립된 비영리단체 오타고반도위원회가 운영하는 곳'이라 적혀 있었다. 투어 전에 전시공간을 둘러보는데 낚싯줄에 걸려 죽은 모습 그대로 박제된 알바트로스가 한쪽에 보였다. 하늘을 나는 웅장한 모습은 온데간데없고 비참함만 남아 있었다. 세계자연보전연맹 IUCN, International Union for Conservation of Nature이 지정한 멸종위기종인 살빈스알바트로스Salvin's albatross였다. 원양어선 선원들은 생선을 잡기 위해 생선 조각이나 오징어를 미끼로 사용하는데 알바트로스가 이를 먹다가 낚싯바늘에 걸려 익사한다. 이렇게 죽는 알바트로스가 매년 10만 마리다.

뉴질랜드 연구진은 이런 죽음을 줄이기 위한 연구를 진행했다. 일반적으로 선원들이 미끼가 달린 낚싯줄을 던지면 미끼가 가라앉기 전에 알바트로스가 이를 낚아채다가 죽는다. 따라서 낚싯줄을 물속에서 푸는 장치를 사용하자 알바트로스의 희생이 줄었다. 이 밖에 미끼 위에 긴 줄을 연결해서 알바트로스가 접근하지 못하게 하거나 미끼를 무겁게 해 빨리 가라앉게 하는

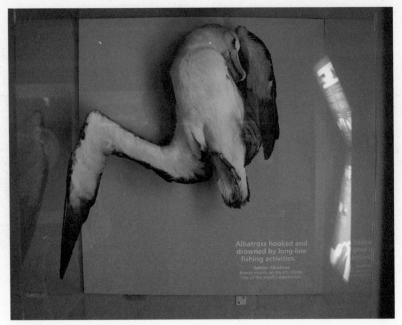

낚싯줄에 걸려 죽은 알바트로스 박제

방법 등이 현재 어업 현장에 적용되고 있다.

옛 선원들은 땅이나 갑판에 내려오면 큰 날개와 물갈퀴 때문에 뒤뚱거리는 알바트로스를 바보 새라 부르기도 했다. 프랑스의 시인 보들레르는 뱃사람에게 잡혀 괴롭힘 당하는 알바트로스를 자신의 처지에 비유했다.

자주 선원들은 심심풀이로 붙잡는다.
거대한 바닷새인 알바트로스를
아득한 심연 위를 미끄러지듯 나아가는 배를
태평스레 뒤따르는 길동무를.
선원들이 갑판 위에 내려놓자마자
창공의 왕자王者는 서툴고 창피해하며

그 크고 하얀 날개를 배의 노처럼
가련하게 질질 끌고 다닌다.

날개 달린 이 여행객은 얼마나 어색하고 무기력한가!
조금 전까지도 멋있던 그는 얼마나 우습고 추해 보이는지
선원 하나가 담뱃대로 그의 부리를 성가시게 하고
다른 이는 절뚝거리며 더 이상 날지 못하는 불구자를 흉내 내는구나!
시인은 폭풍우를 넘나들고 사수들을 비웃는
이 구름 속의 왕자와 비슷하다.
야유 속에 지상에 유배당하니
거인의 날개가 걷기조차 힘겹게 하는구나.

알바트로스는 세상에서 인정받지 못하는 시인처럼, 그 가치를 모르는 사
람들의 시야에서 사라져 갔다. 인간은 깃털로 돈을 벌기 위해 알바트로스를

알을 품고 있는 알바트로스

죽이고, 전쟁 때는 비행기에 부딪힌다고 죽이고 둥지를 파괴했다. 다행히 이 새의 고귀함을 알아본 사람이 있었다. 전망대 앞에 "한 사람이 변화를 만든다."는 문구가 적혀 있다. 이 지역은 1890년대부터 북방로열알바트로스 northern royal albatross가 찾아왔지만 번식지로 적합하지 않았다. 그때 해양 조류에 관심이 많은 한 교사가 이곳을 보호하기 위해 노력했고, 결국 1938년부터 알바트로스가 이 언덕에 알을 낳고 새끼를 키우기 시작했다. 원래 적의 침입을 살피기 위한 전망대였던 이곳은 1970년대부터 새들의 안전한 서식지가 되었다. 이곳의 변화를 보면서 우리나라의 비무장지대도 전쟁과 아픈 역사의 산물이지만 이곳처럼 동물들의 천국으로 계속 남았으면 좋겠다고 생각했다.

가이드를 따라 작은 전망대로 들어가자 멀지 않은 곳에 알바트로스가 알을 품고 있었다. 숨죽여 그 모습을 관찰했다. 북방로열알바트로스는 9월에 이곳에 도착해 11월 초에 둥지를 만들고 3주 내에 알을 하나 낳아 암수가 번갈아가며 80일을 품는다. 1월 말에서 2월 초 사이에 새끼가 부화한다는데 그때 오지 못한 것이 아쉬웠다. 다행히 홈페이지에서 라이브 캠으로 알바트로스 부부의 육아 현장을 생생히 볼 수 있었다.

무사히 부화되는 게 쉽지 않다. 알바트로스 새끼가 알을 깨고 나올 때쯤 파리가 둥지 주변에 알을 낳아 피해를 입히는데, 요즘은 알에 라벤더 향 화장실 세제를 뿌려서 파리의 접근을 막는다. 알바트로스가 라벤더 향이 나는 알을 받아들여 주어서 다행이다. 파리뿐 아니라 족제비나 고양이도 알을 노리기 때문에 알을 가짜 알과 바꿔치기해서 인공부화한 후 부모에게 돌려보내기도 한다. 이런 노력 덕분에 멸종위기종인 북방로열알바트로스는 가까스로 약 17,000마리를 유지하고 있다.

알바트로스는 여전히 멸종의 바람에 올라타 있다. 전망대에는 칫솔과 장난감 등 플라스틱 쓰레기가 담긴 상자가 있었다. 상자 안에 있는 모든 쓰레기가 한 마리의 새끼 레이산알바트로스Laysan albatross의 배에서 나온 것이라고 했다. 무려 200개가 넘었다. 사진으로 본 죽은 알바트로스의 몸에는 알록달록한 플라스틱이 가득했다. 알바트로스는 수면 위로 떠오르는 오징어를 먹는데 플라스틱 쓰레기가 오징어와 비슷해 보인다. 플라스틱은 알바트로스의 위를 찢거나 내장기관에 남아 새가 배가 부르다고 착각하게 해서 결국 굶어죽게 만든다. 끔찍한 죽음이다. 사람들이 사용한 플라스틱이 신천옹에 비극을 안겼다.

내가 죽은 후에도 내가 쓴 플라스틱이 세상에 남는다는 현실은 끔찍하다. 오랜만에 한국에 가서 장을 보는 데 채소가 플라스틱 비닐에 싸여 진열돼 있어서 놀랐다. 위생 때문인지 편리함 때문인지 모르겠지만 부지불식간에 플라스틱이 우리 삶을 덮어 버리고 있다. 예전에는 짜장면을 시키면 그릇에 담겨 오고 씻어서 내놓으면 가져가는 식이었는데 지금은 모든 배달 음식이

새끼 알바트로스 한 마리의 배에서 나온 플라스틱 조각. 20개가 넘는다.

일회용 용기에 담겨 온다. 이중 삼중으로 포장된 묶음 포장도 많다. 칫솔도 묶음 포장으로 좀 더 싸게 사게 된다.

플라스틱을 재활용하려고 노력하는 사람들이 많지만 40퍼센트만 재활용된다. 물론 개인의 관심도 중요하지만 개인적인 노력으로 될 일은 아니다. 애초에 생산량과 사용량을 줄이고 정부 차원에서 규제하는 것이 효과적이다. 뉴질랜드는 1인당 쓰레기 매립지 폐기물량이 상위 10위 안에 드는데 2019년 플라스틱 봉지 사용을 금지했고, 2022년부터 2025년 사이 단계적으로 일회용 플라스틱 제품 전체가 사라진다. 이제야 변화의 바람이 조금씩 불지만 여전히 알바트로스를 하늘로 띄워 줄 만큼 강하지 않다. 구름 속의 멋진 왕자가 지상에 영원히 유배되지 않기를 바랄 뿐이다.

죽은 알바트로스의 몸에는
알록달록한 플라스틱이 가득했다.
알바트로스는 여전히 멸종의 바람에 올라타 있다.

월로뱅크 야생동물 공원
50년 만에 나타난 뉴질랜드 토종새 타카헤 구하기

타카헤South Island takahe는 뉴질랜드에만 있는 토종새다. 뜸부기과에 속하며 우리나라의 물닭과 비슷하게 생겼지만 크고 색이 다르다. 날지 못하는 새 타카헤는 1898년에 모습을 보인 후 자취를 감췄다. 원인은 19세기에 뉴질랜드로 이주한 유럽인 때문이었다. 인간과 함께 뉴질랜드에 들어온 고양이와 족제비는 날지 못하는 타카헤를 잡아먹었고, 염소와 사슴은 타카헤가 먹는 식물을 먹어치웠다. 한동안 타카헤가 보이지 않자 사람들은 이 가엾은 새가 멸종됐다고 여겼다. 그런데 1948년, 사람의 손길이 미치지 않는 곳에서 타카헤가 발견됐다. 사라진 지 무려 50년 만이었다. 사람들은 이 새를 '숨바꼭질 챔피언'이라고 불렀다.

뉴질랜드는 오로코누이 에코생크추어리, 월로뱅크 야생동물 공원, 오클랜드 동물원, 푸카하 국립 야생동물센터 등에서 타카헤를 보호하고 있다. 오로코누이 생크추어리에 갔을 때는 타카헤가 워낙 경계심이 강해서 보지 못했다. 그래도 똥은 봐서 아쉽지 않았다. 타카헤는 식물을 먹고 즙을 흡수

오로코누이 생크추어리에서 본 타카헤 분변

한 후, 나머지는 배설하기 때문에 똥이 질겅질겅 씹다 버린 건초 줄기 같아 보였다. 이렇게 줄기 같은 타카헤가 하룻동안 싼 똥을 이으면 7미터나 된다.

타카헤 야생복원 프로젝트를 진행 중인 윌로뱅크 야생동물 공원에 도착했는데 동물보호구역이라기보다는 일반적인 동물원 같았다. 잠시 실망하려던 찰나 한가로이 물가를 거니는 타카헤 가족을 만났다.

'오로코누이 에코생크추어리에서는 코빼기도 안 보이던 타카헤를 이렇게 쉽게 볼 수 있다니!'

감격했는데 바로 앞에 또 한 마리가 있었다. 그런데 자세히 보니 타카헤와 생김새가 달랐다. 타카헤의 친척뻘 되는 푸케코pukeko였다. 3킬로그램 정도인 타카헤보다 가볍고 비행 능력도 있는 새다. 푸케코는 뉴질랜드뿐 아니라 호주, 파푸아뉴기니, 인도네시아에서도 살고 사람들이 심어놓은 농작물을 뽑기 때문에 허가를 받으면 사냥도 가능하다. 모습이 비슷해 2015년 푸케코를 잡으러 다니던 사냥꾼들이 타카헤를 푸케코로 오인해서 4마리를 죽

윌로뱅크 야생동물
공원에서 만난 푸케코

인 안타까운 일도 있었다. 타카헤의 수명은 15년이고, 1년에 한 번 번식하며 새끼 한두 마리만 성체가 되므로 이 사건은 타카헤 보전에 엄청난 손실을 안겼다. 타카헤는 현재 400여 마리가 남아 있다.

뉴질랜드라는 섬에 사는 새들에게는 맹금류 말고는 천적이 없었다. 그러다 보니 날개는 퇴화되고 몸집은 커졌다. 현재 멸종된 대형 조류 모아moa는 뉴질랜드에서만 살았는데 그중 한 종은 몸무게가 250킬로그램, 키는 3미터가 넘었다. 모아는 뉴질랜드에 폴리네시아인이 들어와 모아를 잡아 먹고, 땅을 개간해서 서식지가 줄어들면서 멸종했다. 타카헤도 뉴질랜드에 유럽인이 들어오면서 같은 일이 반복됐다. 섬에서는 동물들이 도망갈 곳이 없었다.

이곳에서 타카헤를 보고 사진 한 장을 찍기 무섭게 숨어 버려 아쉬웠지만 오히려 녀석이 숨을 곳이 있어 다행이라고 생각했다. 타카헤에게는 인간에게 모습을 보일 의무가 없다. 동물원에서 근무할 때 동물이 왜 보이지 않느냐고 불만을 터트리는 사람들이 있었다. "내가 여기까지 코끼리를 보려고 왔는데 안 보이는 게 말이 되냐."며 맡겨 놓은 돈 찾으러 온 듯 군다. 동물은 돈을 내고 보러 온 연극 무대에 나타나지 않는 연기자가 아니다. 사정이 있어 보이지 않는 동물을 마치 무책임하게 근무지를 이탈한 사람 대하듯 해서는 안 된다. 그들은 죄를 지은 게 아니다. 물론 동물원 직원들도 죄가 없다.

동물원 우리에 동물이 없는 이유는 여러 가지다. 우선 사람들의 눈을 피해 우리 어딘가에 숨어 있을 수 있다. 동물들은 숨고 싶을 때 숨고, 자신이 있을 곳을 선택할 수 있을 때 스트레스를 덜 받는다. 그건 동물원에 사는 동물도 야생에 사는 동물도 마찬가지다. 너무 춥거나 더워서 내실에 있거나 아파서 치료를 받는 중일 수도 있다. 동물들에게도 자유의지가 있음을 인정해야 한다. 조류독감이 전국적으로 확산됐을 때 예방 차원에서 동물원도 문

월로뱅크 야생동물 공원에서 만난 타카헤

을 닫았던 적이 있다. 이 시기에 동물원 조류들의 번식이 잦았다. 사람들이 없으니 울타리 근처까지 돌아다니며 행동반경이 넓어졌고, 스트레스가 주니 자연스레 번식에 집중했던 것이다. 그러니 동물원에 갔는데 동물이 숨을 곳이 많아 모습이 보이지 않는다면 어쩔 수 없다고 생각해야 한다. 인간의 시선을 피하고 싶을 때 숨을 수 있도록 그런 공간을 많이 만들어 준 동물원을 좋은 동물원이라고 생각할 수 있어야 한다.

　오히려 사람들의 시선에도 아무렇지 않게 행동하는 동물들이 안타깝다. 나는 그런 그들을 바라보는 게 미안하다. 야생동물인 그들이 인간의 시선을 운명처럼 받아들이고 마치 아무도 자신을 보고 있지 않는 양 행동하는 것이 얼마나 애처로운가. 시선에 둘러싸여 평생을 살아야 하는 운명이 얼마나 가혹한가.

타카헤의 귀환을 보며 한국 멸종위기종이자 천연기념물인 겨울 철새 느시가 2016년, 10년 만에 한국에 돌아왔을 때가 생각났다. 느시가 내려앉은 경기도 여주 들판은 카메라로 빼곡했다. 사람들은 마치 슈퍼스타를 따라다니는 파파라치처럼 느시가 움직일 때마다 흙바람을 일으키며 쫓아다녔다. 나도 조류 탐조를 좋아해 그 사람들이 어떤 마음인지 알지만 느시가 너무 많은 사람들 때문에 스트레스를 받을까 봐 걱정됐다. 게다가 사냥꾼들이 느시를 다른 새로 오인해서 총을 쏠까 봐도 걱정됐다. 멸종위기종이고 천연기념물인 느시를 사냥하는 것은 불법이다. 당시 상황을 뉴스로 접하면서 한국을 찾아온 귀한 손님이 편히 지낼 수 있는, 사람의 손길이 닿지 않는 곳이 있었으면 좋겠다고 생각했다.

그 후 보이지 않던 느시는 2020년 만경강에 다시 나타났다. 사라진 줄 알았던 야생동물이 다시 돌아왔다는 소식만큼 반가운 것은 없다. 까막딱따구리와 비슷한 크낙새는 우리나라에서 모습을 감춘 지 오래다. 우리나라에서 만날 수 있던 새들을 앞으로 영영 못 만난다는 사실이 슬프다. 우리가 안전하고 건강한 생태계를 만들지 못하면 이들은 영영 우리 곁으로 돌아오지 않을 것이다. 뉴질랜드의 타카헤처럼 우리나라에도 사라졌던 새들이 돌아오기를 바란다.

3장
말레이시아

MALAYSIA

01

세필록 오랑우탄 구조센터 & 열대우림 디스커버리 센터
팜 오일 때문에 내쫓긴 오랑우탄

비행기가 쿠알라룸푸르 공항에 가까워졌다. 창문 밖으로 내려다본 풍경은 온통 푸르렀다. 그런데 단순했다. 다양한 식물로 가득한 열대우림이 아니었다. 팜나무(기름야자나무)만 빼곡했다.

쿠알라룸푸르 공항에서 바로 코타키나발루로 가는 비행기로 갈아탔다. 그곳에서 동물원에 있을 때 함께 일했던 동료들을 만나 함께 여행하기로 했다. 공항에 도착하자마자 안타까운 소식을 접했다. 인도네시아에서 팜 오일 농장을 만들려고 숲을 태워서 그 연기가 말레이시아까지 넘어온다는 것이었다. 말레이시아와 인도네시아는 같은 보르네오섬 안에 있다. 연기로 앞을 보기 힘들 때도 있다고 했다. 팜 오일의 영향을 현지에서 직접 당하니 심각성이 바로 와닿았다. 팜 오일을 소비하기만 하는 나라의 사람들은 직접 피해를 받지 않으니 팜 오일이 어떤 해악을 끼치는지 알기 어렵다.

팜나무에서 추출하는 팜 오일은 현재 전 세계에서 가장 많이 쓰는 식물성 기름이다. 라면, 과자, 초콜릿, 비누 등 다양한 제품에 들어간다. 제품 설명에 그대로 표기되어 바로 알아볼 수 있는 트랜스지방(국내에서는 2007년부터 의무 표기)과 달리 팜 오일은 여러 이름으로 표기되며 자신의 정체를 숨긴다. 우리나라에서는 주로 '식물성 유지'로 표기된다. 말레이시아는 인도네시아와 함께 팜 오일의 최대 생산국 중 하나다.

많은 사람이 오랑우탄과 팜 오일의 연관성을 잘 모르지만 보르네오섬 오랑우탄 개체수는 팜 오일 산업의 성장과 밀렵으로 15만 마리나 감소했다. 팜 오일 농장을 만들기 위해서 밀어 버리는 밀림은 아시아의 유일한 대형 유인원 오랑우탄의 서식지다. 오랑우탄이 다양한 먹이를 얻고 둥지를 지을 나무들은 다 팜나무로 바뀌고 있다. 세계자연보전연맹에 따르면 오랑우탄을 포함한 190여 종의 야생동물이 팜 오일로 인한 피해를 입고 있다.

야생동물의 운명은 역사적으로 기름과 연관이 많다. 고래기름은 어두운 밤의 등불을 밝히는 원료가 되었다. 포경산업은 1800년대 중반에 절정을 이루다가 고래기름의 가격 상승과 대체제인 석유 개발로 쇠퇴하기 시작했다. 덕분에 잠시 숨을 돌렸지만 석유 시추를 위한 지진파 탐사가 고래 및 해양생물에 악영향을 주고 있다.

가공식품이 발달하면서 트랜스지방 사용이 늘었는데 건강에 좋지 않다는 것이 알려지면서 그 자리를 팜 오일이 대체했다. 팜 오일에도 포화지방산이 많지만 트랜스지방만큼 주목받지는 않았다. 다른 걸 다 차치하고 팜 오일은 값이 싸다. 말레이시아와 인도네시아의 값싼 노동력 덕분에 다른 식물성 기름 보다 상대적으로 재배면적당 많은 양을 생산할 수 있기 때문이다. 그 계산에 오랑우탄을 비롯한 많은 생명에 대한 고려는 없다. 말레이시아를 뒤덮은 팜나무의 행렬을 보니 몸 곳곳에 퍼진 암 덩어리 같았다. 이 거대한 산업의 공격적인 전이를 과연 막을 수 있을까?

말레이시아 여행 중 타와우에 위치한 카카오 농장에 갈 기회가 있었다. 초콜릿의 원료인 카카오 열매를 직접 본 것은 처음이었다. 럭비공같이 생긴 열매 안의 수십 개의 씨앗이 초콜릿이 된다. 농장에 계신 분은 카카오 또한 팜 오일과 관련이 있다고 했다. 1980년대에 급격한 성장률을 보이던 카카오 농업은 1990년대 초반 최고점을 찍고 기세가 꺾였다. 자본이 코코아 산업에서 수익성이 높은 팜 오일로 이동했기 때문이다.

한 산업이 몰락하면 다른 산업으로 불이 옮겨붙고, 거기에 자본이 모여들면서 걷잡을 수 없이 강력해지는 구조는 현재 지구 어디에서나 볼 수 있다. 아보카도의 인기로 멕시코에서 대량생산이 시작되었는데 결국 마약 카르텔과 다국적기업의 배만 불렸다. 이로 인해 소규모 영세 농민, 아보카도 농장에 서식지를 빼앗긴 야생동물이 가장 직접적인 피해를 입었다. 자본주의는 언제나 돈을 따라 흘러가고 다양성을 염두에 두지 않는다. 돈이 더 많은 돈을 벌게 하는 시스템은 영세 농민과 야생동물을 파괴한다. 오직 자연만이 다양성을 지키려 하는데 그마저도 용납하지 않는다. 자연은 하나씩 멸종해 가고 있다.

카카오 농장에서 나와 숲이 사라지고 양쪽으로 팜나무만 빼곡하게 심어진 길을 달렸다. 보르네오섬을 다시 찾을 때 야생 오랑우탄을 못 볼 수도 있겠다는 생각이 들었다.

다음 행선지인 산다칸에는 세필록 오랑우탄 구조센터, 보르네오 말레이곰 보전센터, 열대우림 디스커버리 센터, 코주부원숭이proboscis monkey 구조센터가 모여 있었다. 이곳에 하루 밖에 머물 수 없어서 가능한 한 많이 볼 방법을 찾다보니 인터넷에 여러 에코 투어 회사가 보였다. 가이드와 함께 차를 타고 이동할 수 있었다. 비쌌지만 '시간이 금이다.'라는 말을 실감하며 예약했다. 시간이 부족해 어쩔 수 없이 코주부원숭이 구조센터는 포기해야 했다.

여행을 시작하면서 가고 싶은 곳을 모두 가는 것은 불가능할 거라 생각했다. 그래서 '다음에 또 올 수 있다.'는 마음을 먹기로 했다. '다시는 오지

사방이 팜나무로 빼곡하다.

않을 기회'라는 집착이 여행 중 많은 불화와 사건 사고를 만든다는 믿음 때문이다. 가지 못한 곳은 나중에 다시 오길 바라며 여행을 즐기기로 했다.

가이드는 친절한 말레이시아 중년 여성이었다. 마치 잘 알던 한국 사람 같았다. 차는 크고 깨끗하고 에어컨도 빵빵했다. 돈이 좋다는 걸 실감했다. 주로 가난한 여행을 했기에 적응이 안 될 정도였다. 덥고 습한 나라에서 에어컨 바람의 시원함을 느낄 때마다 지구는 더워진다는 생각에 좋으면서도 불편하다. 에어컨 바람에 추워서 옷을 입어야 할 때는 더욱 그렇다.

세필록 오랑우탄 구조센터Sepilok Orangutan Rehabilitation Centre는 어미를 잃거나 다친 보르네오오랑우탄Bornean orangutan을 치료하고 보살피는 곳이다. 새끼 오랑우탄은 나무에 매달리는 법, 천적을 피하는 법, 먹이 구하는 법 등 생존 기술을 배워 야생으로 돌아간다.

마침 먹이 주는 시간이었다. 먹이를 주는 곳은 사람들로부터 어느 정도 떨어져 있었다. 센터 내에 있지만 야생과 연결된 준방사soft-release 지역이었다. 사육사가 바나나와 파파야를 들고 나오자 어미 오랑우탄 두 마리와 새끼 오랑우탄 여러 마리가 모여들었다. 사람들 머리 위로 밧줄이 있어 오랑

세필록 오랑우탄
구조센터

우탄은 자유롭게 매달려 돌아다녔다.

오랑우탄이 6살 정도가 되면 이곳을 떠나 야생에서의 삶을 시작한다고 했다. 새로 방사된 오랑우탄은 먼저 방사된 오랑우탄들을 보며 필요한 기술을 익힌다. 바나나와 파파야만 주는 이유는 사람이 주는 먹이에 의존하지 말고 야생에서 스스로 다양한 과일을 찾아먹으라는 것이다. 그래서 센터 주변에 많은 과일이 열릴 때면 오랑우탄들은 먹이를 먹으러 센터로 오지 않는다. 센터를 방문한 사람들은 오랑우탄의 먹는 모습을 보지 못해서 아쉬울 수도 있지만 오랑우탄이 야생에서 잘 적응했다는 의미니 더 좋은 일이다.

이 센터에서는 760마리가 넘는 오랑우탄을 구조해서 80퍼센트 이상을 자연으로 돌려보냈다. 이렇게 야생으로 돌아간 오랑우탄을 헬리콥터까지 이용해 둥지 개수를 정기적으로 세면서 모니터링하고 있다. 현재 사바 지역의 야생 오랑우탄 개체수는 약 15,000마리다.

전문 지식이 풍부하고 유머가 많은 가이드와 함께 다니며 이런저런 이야기를 많이 나눴다. 팜 오일에 관해 어떻게 생각하냐고 물으니 팜나무는 산소를 만들고 지역 주민에게 일자리를 주기 때문에 공장을 짓는 것보다 낫

어린 오랑우탄은 자연으로 돌아가기 전에 이곳에서 생존 기술을 배운다.

다고 했다. 일면 맞는 이야기지만 팜나무는 엄청난 물이 필요하다. 다양한 나무가 있던 숲을 태워서 팜나무만 있는 농장을 만드는 과정에서 폐수를 방출하기 때문에 대기와 수질을 오염시킨다. 소탐대실이 적합한 표현일 것이다. 또한 일자리는 생기지만 저임금과 과도한 노동으로 착취한다. 이런 이유로 팜나무 농장은 자연친화적이지 않으며 좋은 일자리도 아니다.

말레이시아는 1960년대 주요 수출 품목이었던 고무 가격이 급락하면서 팜 오일 사업에 세금을 낮추는 등 지원을 시작했다. 장기적으로 보면 생태계가 파괴되고 피해가 지역민과 동물들에게 돌아가니 잘못된 선택이지만 경제 개발이 급선무였다. 보이지 않을 뿐 환경 파괴적인 산업은 약자에게 가장 먼저 피해를 준다. 우리가 먹는 식품들의 설명서에 식물성 기름이라고 뭉뚱그려 표시된 글자 뒤에는 이런 파괴성이 숨어 있다. 어느 나라에서나 훗날 파괴된 것들을 복구하려면 더 큰 부담과 희생이 따르기 때문에 노동자와 생태에 친화적인 산업 구조를 만드는 것이 중요하다.

야생으로 돌아간 오랑우탄이 먹이를 찾아 센터에 오기도 한다.

세필록 오랑우탄 구조센터를 나와 근처의 야생보호구역인 열대우림 디스커버리 센터Rainforest Discovery Centre에 갔다. 25미터 높이의 전망대에 오르니 오랑우탄의 시선으로 세상을 볼 수 있었다. 운 좋게 전망대보다 더 높은 나무 위에 있는 어미와 새끼 오랑우탄을 보았다. 어미와 새끼는 다른 나무로 이동하려고 다른 나무의 나뭇가지를 잡아당기려 애쓰고 있었는데 이내 포기하고 말았다. 오랑우탄이 처한 현실을 비유적으로 보는 느낌이었다. 서로 연결돼 있던 서식지가 팜나무 때문에 끊어지면서 오랑우탄이 다른 서식지로 갈 수 없는 현실처럼 보였다.

이런 현실은 많은 동물들에게 현재진행형이다. 북극곰도 비슷한 처지다. 온난화로 빙하가 녹자 먹이를 구하기 힘들어졌고, 쉴 곳도 줄었다. 야생동물들은 점점 작은 서식지 안에 고립되고 있다. 빙하 위에서 살던 북극곰이 점차 육지로 내려오는 것처럼, 오랑우탄도 어쩔 수 없이 땅으로 내려오는 경우가 늘면서 점점 더 위험한 상황에 처하게 된다.

이런 상황이 더 악화되지 않게 막으려면 팜 오일 재배 확장으로 인한 열대우림 파괴를 막고 보전할 방법을 반드시 찾아야 한다. 환경단체와 기업, 기관 등이 모여 '지속가능한 팜 오일 생산을 위한 원탁회의Roundtable on Sustainable Palm Oil'가 결성되었지만 나빠지는 환경에 비해 부족하다. 지금도 여전히 보루네오섬에서는 벌목이 진행되고 그 자리에 팜 오일 농장이 들어서고 있다. 한국 기업들도 말레이시아와 인도네시아에 진출해 있다. 한국 정부가 국민이 낸 세금으로 이런 기업을 지원하지 않도록 하고, 팜 오일 생산을 위해 대규모로 환경을 파괴하지 않도록 압박해야 한다.

야생동물에 대한 설명을 하다가 가이드가 지나가는 말로 일하는 곳의 대표가 천산갑pangolin을 먹는다고 해서 깜짝 놀랐다. 천산갑은 멸종위기종 중의 멸종위기종이다. 몸에 좋다는 미신 때문에 많은 수의 천산갑이 인간에게 잡아 먹혔다. 천산갑을 먹는 것은 불법이다.

열대우림 디스커버리 센터에서 만난 야생 오랑우탄

나무 위쪽에 야생 오랑우탄 둥지가 보인다.

순간 많은 생각이 스쳐 지나갔다. 녹음할까? 고발할까? 고발하면 가이드는 이 일을 잃겠지? 이 가이드가 속한 회사의 대표가 천산갑 사먹을 돈을 내가 지원했다는 생각에 화가 났다. 가이드도 대표를 이해할 수 없다고 말했다. 에코 투어 회사를 운영한다는 사람이 자연을 파괴하는 데 앞장서는 이 아이러니.

하지만 이런 일은 비일비재하다. 우리나라 대기업도 앞에서는 자연보호 기금을 내며 친환경 기업을 표방하지만 팜 오일 같은 자연파괴 산업에 투자한다. 직접 야생동물을 잡아 먹는 것이나 야생동물의 서식지를 파괴하는 것이나 똑같이 자연 파괴적인 행동이다. 다시는 '에코'나 '친환경'이라는 이름에 속지 않겠다고 다짐했다.

돈이 더 많은 돈을 벌게 하는 시스템은
영세 농민과 야생동물을 파괴한다.

02

보르네오 말레이곰 보전센터
착취당하고 학대받는 한국의 사육곰을 떠올리다

보르네오 말레이곰 보전센터Bornean Sun Bear Conservation Centre는 세필록 오랑우탄 구조센터 앞에 있어서 바로 찾아갈 수 있었다. 말레이시아 생물학자와 사바 주정부, 비영리단체 LEAPLand Empowerment Animals People가 함께 2008년에 세운 후 2014년부터 대중에게 개방해 교육을 시작했다. 말레이시아 보르네오섬에서는 예전부터 야생 곰을 사냥했다. 곰의 웅담뿐 아니라 발바닥, 발톱, 송곳니, 털을 먹거나 장식하고, 애완동물로 팔기 위해 새끼를 어미로부터 빼앗는다. 말레이시아 정부는 이를 막으려 노력하지만 여전히 끔찍한 일은 계속 벌어진다. 2019년에는 표범, 수마트라산양, 말레이곰 등 멸종위기종을 불법 소지한 두 명의 베트남인에게 야생동물보호법을 적용해 각각 벌금 156만 링깃(한화 약 4억 2,000만 원)과 징역 2년형을 선고했다. 바로 다음 달에도 말레이시아의 유명 가수가 새끼 말레이곰 두 마리를 허가 없이 콘도에서 키우는 것을 찾아내 기소했다.

말레이곰을 구조하면 먼저 전염병 등 건강 상태를 확인한 후 한 달간의 검역기간을 거친다. 이후 내부 공간에서 주변 곰들의 냄새와 소리에 익숙해지면 숲에 있는 외부 방사장으로 옮긴다. 야외 방사장에서 곰은 나무에 오르고 둥지를 만들고 먹이를 찾는 법을 배운다. 곰은 서너 살이면 성체가 되는데 이 즈음 어린 곰을 공격할 가능성이 있기 때문에 나이별로 공간을 나눠서 생존 수업을 시킨다. 이런 긴 과정을 마친 후 마침내 목에 추적기를 달고 야생에 방사된다. 추적기가 1년 후 저절로 닳아서 떨어질 때까지 곰이 야생에서 잘 적응하는지 확인한다.

나무의 높은 곳까지 올라간 말레이곰

곰들에게 제공하는 풍부화 먹이 및 물건

말레이곰에게 다는 추적장치

　센터에서 만난 말레이곰은 한국의 동물원에서 볼 때와는 달랐다. 일단 한국의 동물원에서처럼 맨눈으로 가까이에서 볼 수 없었다. 먼 나무 위에 높이 올라가 있는 말레이곰을 보려면 센터에 비치되어 있는 쌍안경을 사용해야 했다. 한국 동물원에는 곰이 올라갈 만한 키가 아주 큰 나무가 없었기 때문에 이렇게 멀리서 곰을 본 적이 없었다.

　동물원 환경은 동물의 몸뿐 아니라 태어난 그대로 살고 행동하고자 하는 욕구 또한 제한한다. 사람들의 시선에서 숨고자 하는 욕구, 땅을 파 안전하고 편안한 공간에 누울 욕구, 위로 올라가 아래를 굽어보고자 하는 욕구를 모두 충족시켜 주는 동물원은 극소수다. 동물원 동물은 동물이 보이지 않는다고 불평하는 방문객을 위해 몸을 보여 줘야 하는 의무를 떠안고 산다. 그러다 보니 원래해야 할 행동 외에 무엇을 해야 하는지 모르는 동물들은 좁은 공간을 빙글빙글 맴돈다. 정형행동이다. 일정 구간을 왔다갔다하거나 몸을 흔들기도 한다. 또한 머리를 반복적으로 벽에 부딪치고 스스로의 몸을 물어뜯는 자해도 이에 속한다.

하지만 이곳의 곰들은 인간에게 자신을 보여 줘야 할 의무가 없으니 자연스러웠다. 자신의 존재에 대해 한 치의 의심도 없어 보였다. 동물원에서 일할 때 그곳 동물들은 종종 나에게 이렇게 묻는 듯했다.

'내가 왜 여기 있는지 알아요?'

대학생 때 서울동물원에서 자원봉사를 했다. 동물들에게 다양한 행동을 하도록 도움을 주는 '동물행동풍부화' 자원봉사였다. 풍부화 전후의 반달가슴곰 행동을 관찰했다. 오랫동안 곰을 지켜보면서 이제껏 동물원에서 긴 시간 동물을 본 적이 없다는 사실을 깨달았다. 미국국립동물원 큐레이터의 연구 결과에 따르면 동물원 방문객은 평균적으로 뱀 우리 앞에서 8초, 사자 우리 앞에서 1분을 머물렀다. 동물보호단체인 주체크캐나다Zoo Check Canada의 조사에서는 토론토 동물원을 방문한 방문객이 코끼리를 보는 시간이 평균 2분이 안 됐다. 눈도장만 찍듯 동물을 보고 지나가는 것이다. 환경이 단순하고 할 일이 없어 동물이 꼼짝 하지 않으니 동물을 오래 보는 것이 쉽지 않다. 보는 사람도 이렇게 지겨운 데 갇혀 있는 동물은 오죽할까.

야생 반달가슴곰은 유전자에 각인되고 어미에게 배운 대로 계절의 시계에 맞춰 행동하고 먹이를 찾고 겨울잠을 자고 깨어나 새끼들을 키운다. 반면 동물원에 사는 반달가슴곰에게 주어진 선택지는 극히 적다. 야생에서 하

자연 속에서 자연스럽게 행동하는 말레이곰

센터에 오게 된 말레이곰들의 사연이 적혀 있다.

는 다양한 행동을 할 수 없으니 그 많은 빈칸을 대부분 잠자기로 채웠다. 동물원 동물에 대한 사람들의 관심이 높아지면서 회색 페인트로 칠해진 바위에 고사목만 덩그러니 있던 반달가슴곰 방사장이 좀 더 넓어지고, 흙이 깔리고, 나무가 심어지고, 수영할 수 있는 공간이 마련되었지만 여전히 부족했다.

서울동물원 말레이곰 꼬마가 탈출 후 돌아왔을 때도 새로운 방사장을 지어 주었지만 여전히 좁고 한계가 있었다. 키가 아주 큰 나무를 심어 주지도 못했다. 말레이곰은 타고난 발톱으로 땅을 파고 살지만 바닥에는 그럴 만한 흙이 많이 깔려 있지 않았다. 바닥은 곰들이 파서 곧 콘크리트가 훤히 들여다 보였다.

한국에도 곰이 다양한 욕구를 누리며 편히 쉴 만한 곳이 필요하다. 특히 사육곰이라 불리는 반달가슴곰을 구조해서 말레이곰 보전센터 같은 곳에서 지내게 한다면 얼마나 좋을까. 한국에는 쓸개 때문에 평생 작은 철창

안에 갇힌 채 죽을 날을 기다리는 반달가슴곰이 400여 마리나 있다. 식용으로 쓰기 위해 반달가슴곰 사육을 장려했던 1980년대에 말레이시아, 베트남, 일본에서 들여왔다가 멸종위기종거래금지법 때문에 오도가도 못하게 된 곰들. 나라에서 복원하려고 노력하는 지리산 반달가슴곰*Ursus thibetanus ussuricus*과는 아종이 달라 사육곰은 야생으로 돌아가지 못한다. 토종 곰이 아니기 때문이다.

사육곰은 없는 존재로 살다가 종종 곰이 탈출하면 기사화되곤 한다. 1990년대 중반부터 지금까지 탈출사고만 스무 건이 넘는데 대부분 소동으로 끝이 난다. '아이고 또 곰이 탈출했네.'하고 뒤돌아서면 잊는다. 참 이상한 세상이다. 여전히 자양강장제로 곰의 쓸개인 '웅담'을 탐하는 것도 이해가 되지 않는다. 사육곰이 얼마나 잔인하게 사육되고 있는지 많이 알려졌는데도 혼자 잘 살고 오래 살려는 인간의 욕심은 끝이 없다. 한국과 중국은 웅담 채취를 위해서 곰 사육을 허용하는 유일한 나라다. 우리나라에도 말레이곰 보전센터처럼 남은 사육곰들이 자연과 흡사한 곳에서 여생을 보낼 곳이 필요하다.

다행히 최근 국내 몇몇 동물보호단체가 꾸준히 문제 제기를 하고 있고, 특히 사육곰 문제에 관심이 많은 이들이 모여 만든 단체 곰 보금자리 프로젝트가 적극적으로 활동하고 있다. 나도 갇혀 있던 곰들이 남은 생을 편안히 보낼 수 있는 곰 보호구역을 만드는 일에 조금이나마 힘을 보태고 있다. 생각보다 많은 이들이 이 목표에 공감하고 응원하고 있으니 곧 좋은 소식이 들리지 않을까 고대한다. 이런 이들 덕분에 곰이 받는 거대한 고통의 덩어리가 작아질 수 있을 것이다. 곰 보호구역에서 사육곰들이 그들 본연의 모습으로 살아갈 날을 기다려 본다.

곰 보금자리 프로젝트 http://projectmoonbear.org

03

바투동굴의 게잡이원숭이 & 더 해비탯의 검은잎원숭이
관광지에서 노예처럼 이용당하는 동물과 사진 찍기, 타기…
하지 말자

유명 관광지인 힌두교 성지 바투동굴 입구에서 원숭이 신 하누만 입상과 만났다. 두 발로 우뚝 선 모습은 사람 같지만 원숭이 얼굴이고 꼬리가 있다. 그리고 그 주위를 진짜 원숭이들이 호위하듯 둘러싸고 있었다. 바닥에 있는 음식물을 집어 먹고 있는 녀석들은 게잡이원숭이crab-eating macaque다. 이 원숭이는 꼬리가 길어서 긴꼬리원숭이long-tailed macaque, 실험에 쓸 때는 사이노몰거스원숭이cynomolgus monkey라고 불린다. 다양한 이름만큼 사람들이 이 종에 부여한 의미도 다양하다. 인간이 경작한 농작물을 먹는 유해동물, 원서식지가 아닌 홍콩에서는 외래 침입종, 동남아시아 여러 나라에서는 멸종위기종이다.

우리나라에서는 불법 애완동물로 키워졌던 삼순이가 유명하다. 인도네시아에서 식용으로 갇혀 있던 삼순이를 한국 사람이 데려와 11년간 애완용으로 키우다가 보호자 사정으로 동물원으로 보내졌다. 하지만 인간처럼 자랐기 때문에 바뀐 환경에 적응하지 못했고, 현재는 한 개인이 허가를 받아 보

동굴로 올라가는 계단에서 게잡이원숭이를 촬영하는 사람들

호하고 있다. 애초에 밀렵으로 잡혔을 거라서 처음으로 돌아간다면 구조해서 야생으로 돌려보내는 것이 맞지만 너무 멀리 와 버렸다. 야생동물을 애완동물로 키우는 것은 동물의 삶을 망가뜨리는 일이다. 삼순이를 포함한 게잡이원숭이들은 사람들이 붙인 이름과 떠안긴 의미에 따라 운명이 크게 달라지는 안타까운 동물이라서 부주의한 관광객의 카메라나 음식을 뺏어가는 정도는 이해해 주고 싶을 정도다.

원숭이들을 뒤로하고 동굴로 향했다. 동굴로 올라가는 272개의 계단 앞에 선 42미터의 거대한 전쟁과 승리의 신 무루간 입상은 머리부터 발끝까지 황금색으로 뒤덮여 있었다. 주변에는 더 많은 사람과 게잡이원숭이, 비둘기가 뒤섞여 혼란스러웠다. 원숭이들은 계단에서 관광객들의 과자나 음료수 등을 먹으려고 눈을 부릅뜨고 있었고, 경쟁이 치열해서 주는 것을 받아먹기보다는 빼앗을 틈을 노렸다. 신이 아닌 거지나 도둑의 모습이었다.

사원으로 들어가니 누군가 아이스크림을 빼앗겼는지 원숭이가 아이스크림을 먹으면서 나를 빤히 쳐다보았다. 이 원숭이의 모습을 보며 히말라야를 옮겼다는 하누만 신을 떠올리기란 쉽지 않았다.

게잡이원숭이는 '욕심 많은', '미친', '공격적인' 등으로 묘사되고는 한다. 관광지뿐 아니라 거주지나 농장에서도 미움을 받는다. 인간의 입장에서는 쓰레기통을 뒤져 주변을 더럽히고, 애써 키운 바나나와 망고 등을 가져가는 동물이기 때문이다. 말레이시아 정부는 유해동물이라는 이유로 2012년에 10만 마리를 죽였다. '인간의 안전을 도모하고 경제적 손실을 최소화하기 위해서'라고 했다. 인간은 지구가 오직 인간만을 위해 존재한다고 착각에 빠진 듯하다. 인간의 잘못은 어쩔 수 없다 생각하고 책임을 동물에게 떠넘긴다. '너만 없어지면 돼.'라는 식이다. 완충지대를 조성해서 먹이를 공급해 마찰을 줄이고, 지역민과 관광객에게 야생동물을 대하는 수칙을 알리자는 해결책도 제안됐지만 받아들여지지 않는다.

바투동굴을 떠나 피낭으로 향했다. 세계문화유산인 조지타운을 돌아다녔는데 성공회교회 등 영국 식민지 시절 지어진 건물, 절에서 향을 피우며 기도하는 모습, 사진 찍기 좋은 벽화들이 어우러져 분위기가 묘한 곳이었다.

비가 와서 잠시 몸을 녹이려고 카페에 들어갔는데 루왁luwak 커피를 팔고 있었다. 루왁 커피는 야생 사향고양이common palm civet(서식지에서는 사향고양이를 루왁이라고 부른다)에게 커피 열매를 먹인 후 다 소화되지 않고 나온 커피 열매로 만든 커피다. 예전에는 야생 사향고양이가 싼 똥에서 채집한 열매로 만든 커피여서 희소성 때문에 가격이 상당했다. 그러자 돈에 눈이 먼 사람들이 사향고양이를 좁은 케이지에 가두고 커피 열매만 먹이면서 루왁 커피를 얻고 있다. 오리나 거위를 가둔 채 사료를 목구멍으로 억지로 쑤셔 넣어 비대해진 간으로 만든 요리인 푸아그라foie gras와 비슷하다. 인간의 입맛과 허영을 위해서도 동물들은 극심한 스트레스와 고통 속에 산다. 이런

길거리의 게잡이원숭이

바투동굴 안에 있는 게잡이원숭이

카페에 제 발로 걸어 들어왔다니 한심했다. 가게 주인이 루왁 커피를 권했다. 당장 자리를 박차고 나오고 싶었지만 이미 앉아 버려 소심하게 다른 걸 시켰다. 왜 당차게 박차고 나오지 못하는지 이럴 때마다 자괴감이 든다.

다음 날 조지타운에서 버스를 타고 피낭 힐Peneng Hill로 갔다. 피낭에서 가장 높은 이곳은 영국인들의 휴양지였다. 높은 곳에서 보는 경치는 좋았지만 어디서든 볼 수 있는 관광지의 모습은 그다지 흥미롭지 않았다. 이곳에도 앵무새, 뱀 등과 사진을 찍는 곳이 있었다. 왜 사람들은 노예처럼 이용당하는 동물과 사진을 찍으면서 돈을 낼까? 동물을 색다른 경험의 도구로 여기는 관광 상품은 없어져야 한다. 인간의 순간의 재미를 위해서 이용당하는 동물의 삶이 끔찍하다는 걸 사람들이 알고 그들의 생명도 존중해 주기를 바란다.

나도 어릴 때 제주도에서 말을 타고 사진을 찍었다. 1990년대였다. 한 아저씨가 우리에게 다가와 말에 타라고 하는데 나는 말에 타기 싫었고, 말도 그다지 내켜하지 않은 눈치였다. 하지만 그때의 나도 당차지 못해 거절을 못했다. 어머니가 찍은 사진 속 내 모습에서 불편함이 그대로 느껴진다. 내가 말에서 내리자 아저씨는 어머니에게 돈을 요구했다. 그런 일이 비일비재하던 때였다. 동물과 사진을 찍고 돈을 낸다는 발상이 1990년대 제주도에서 21세기의 피낭까지 사라지지 않고 연결되고 있다.

관광지의 분주함을 피해 안쪽으로 들어가는 데 원숭이가 그려진 표지판이 있었다. 더 해비탯The habitat. 서식지란 뜻이다. 피낭에 원숭이 서식지가 있다니 홀린 듯 입구로 들어갔다. 1.6킬로미터의 트레일을 따라 걸어가면 곳곳에 동물을 볼 수 있는 지점이 있다고 했다. 30분마다 가이드가 안내를 해 준다기에 따라나섰다. 가이드는 대학에서 동물 생태를 공부하는 학생이었다. 운 좋게 입구에 들어서자마자 표지판에 그려진 야생 검은잎원숭이 dusky langur를 만났다. 어미가 새끼를 안고 높은 나무 위에 앉아 있는데 어미는 털색이 검은색과 회색인데 새끼는 밝은 노란색이었다. 생후 6개월이 지나면 털색이 부모처럼 바뀐다고 했다. 어미의 눈 주변에는 털이 없고 색이 밝아서 마치 안경을 쓴 것처럼 보였다.

　길을 걸으며 토종식물에 대한 설명도 듣고 타란툴라 집도 관찰했다. 나무 사이를 분주히 움직이는 검은날다람쥐도 있었다. 새와 나비도 가끔 모습을 드러냈다. 이런 곳에 있으니 나를 포함한 모든 생명이 연결돼 있다는 느낌이 들었다. 원래 이곳은 관광지에서 나온 쓰레기로 가득한 곳이었는데 설립자가 거액의 돈을 들여 쓰레기를 처리하고 자연친화적 공간으로 조성했다. 매년 입장료의 일부는 말레이시아 자연생태를 연구하는 대학에 기부한다.

　예전과 다를 것 없는 관광지를 돌아다니다가 이곳에 오니 비로소 사람들의 동물에 대한 인식이 변하고 있구나를 실감했다. 구시대적인 동물 착취 관광은 점점 설자리를 잃고 있다. 프랑스는 동물 쇼를 금지하는 법안을 통과시켰다. 우리의 선택이 세상에 더 좋은 영향을 끼칠 것이다. 루왁 커피 마시지 말고, 사람 옷을 입고 목줄을 한 원숭이와 사진 찍기를 하지 말자. 나도 앞으로는 거절할 것은 당차게 거절하며 살기로 했다.

　갇혀 있는 동물보다 자연 속에 사는 동물을 만나길 원한다. 앞으로 관광의 흐름이 자연 안에서 주체적으로 살아가는 생명을 발견하도록 돕는 방향으로 나아갈 것이라는 증거를 더 해비탯에서 발견했다. 마음에 시원한 바람이 불었다.

4장
미국

UNITED STATES
OF AMERICA

― 01

우드랜드파크 동물원
몰입전시란 세련되게 만들어진 동물들의 연극무대일까?

미국의 첫인상은 좋지 않았다. 캐나다 벤쿠버에서 버스를 타고 미국으로 넘어가는데 국경 직원이 우리를 범죄자처럼 대했다. 욕을 하고 싶을 정도였는데 잡혀갈까 봐 참을 수밖에 없었다. 고양이 앞의 쥐처럼 쫄아 있다가 끝나자 안도의 한숨이 나왔다. 14달러를 내고 신청한 전자 비자는 비행기로 입국할 때만 소용이 있어서 육로이동 시 내는 비자 수수료 6달러를 또 냈다. 시애틀에 도착해서는 선입견을 가지지 않으려 했지만 많은 노숙인을 보며 극심한 빈부격차의 나라임을 실감했다. 계절은 9월인데 춥고 비가 왔다. 마음이 스산했지만 앞으로 두 달간 가볼 장소들을 떠올리며 마음을 다 잡았다.

이번 미국 여행에서 가장 보고 싶은 동물원은 우드랜드파크 동물원Woodland Park Zoo이었다. 동물원 최초로 몰입전시immersion exhibit를 적용한 곳이다. 몰입전시란 동물원을 방문하는 사람들이 마치 자연에서 동물을 만나는 느낌을 가지도록 환경을 조성하는 전시 기법으로, 야생과 비슷하게 식물을 많

(왼쪽) 말레이호랑이 야외 방사장. 방문객과 동물의 공간이 연결된 것처럼 만들었다.
(오른쪽) 방문객 쪽이 어두워 동물이 사람을 잘 볼 수 없다.

이 심거나 식물처럼 보이는 구조물을 만들어 울타리, 건물 벽 등 인공적인 모습을 최대한 가리는 동물 전시법이다. 기존의 우리 한가운데 있는 동물을 사람이 사방에서 관찰하는 방식을 벗어나 일부 관람 공간만 노출하고 동선을 복잡하게 만든다. 방문객들은 구불구불한 길을 따라가다 우연히 동물을 만나 숨어서 보는 듯한 경험을 하게 된다. 동물은 사람들의 시선에 몸을 항상 노출시키지 않아도 되고, 사람들은 주변 환경에 몰입되어 동물이 보이지 않는 상황을 받아들이기도 한다.

　미국은 1960년대부터 생태와 보전을 향한 관심이 커지면서 동물원을 바라보는 시각이 달라졌다. 곳곳에서 동물원 환경을 향한 비판의 목소리가 높아졌다. 동물원은 스스로의 역할을 자문하며 동물복지와 보전 중심으로 동물원을 개선할 필요성을 느꼈다. 시카고에 있는 링컨파크 동물원Lincoln Park Zoo은 1975년에 고릴라가 사는 환경을 자연스럽게 개선했지만 여전히 인위적이었다. 그물, 밧줄이 많아 고릴라들이 다양한 행동을 하기에는 좋았지만 야생에 있는 것 같지는 않았다.

몰입전시로 고릴라들의 모습을 가까이서 볼 수 있다.

이듬해 우드랜드파크 동물원 원장 데이비드 핸콕은 생물학자 데니스 폴슨, 건축가 존 코와 함께 동물원 변화를 위한 장기 계획을 세우면서 몰입전시 개념을 도입했다. 시작은 서부로랜드고릴라western lowland gorilla 전시관이었다. 고릴라들은 야생에서 사는 것처럼 보였다. 나뭇잎을 먹고, 땅을 헤집고, 낮잠을 자고, 풀을 뒤집어썼다. 자신을 쳐다보는 사람들을 신경 쓰지 않고 스스로의 삶을 사는 모습이었다.

방문객들은 유리창을 통해 고릴라들을 가까이서 볼 수 있었다. 고릴라 한 마리가 유리창 앞에 앉아 있어서 아이들을 비롯한 많은 사람들이 그 앞에 몰렸다. 그때 고릴라가 자신이 싼 똥을 집어 먹기 시작했다. 똥을 먹는 식분증은 야생에서도 볼 수 있다. 특정 시기에 특정 식물을 먹은 후 나온 똥을 먹으면 영양소 흡수율이 높아지고 독성을 줄일 수 있다. 그런데 갇힌 상태의 고릴라에게서는 식분증이 현저히 많이 나타난다. 조사 결과 56개 미국 동물원에 있는 206마리 고릴라 중 반 이상이었다. 스트레스와 지루함이

원인으로 여겨진다. 이런 경우 충분한 자극을 제공하면 줄어든다는 보고가 있다.

"으아~ 똥 먹고 있어!"

아이들이 소리를 질렀다. 몰입을 무참히 깨는 순간이었다. 그 순간 몰입전시란 세련되게 만들어진 연극무대가 아닐까 하는 생각이 들었다. 아이들이 소리를 지르는 순간은 NG 장면 같았다. 철장에 갇힌 동물보다 자연스러운 환경에 있는 동물의 모습이 사람들의 이해를 높이는 건 맞다. 방문객은 자신이 야생에 있는 느낌을 받으며 더 집중할 수 있고, 사람이 동물보다 우월한 지위에 있다는 인식도 줄어든다. 그래서 동물원의 몰입전시는

재규어 야외 방사장. 재규어를 찾기가 어려울 수 있다.

설득력 있는 환경에서 '우리가 동물을 잘 돌보고 있다.'는 메시지를 효과적으로 전달할 수 있다.

하지만 우리가 보는 장면이 진짜 야생은 아니다. 우드랜드파크 동물원처럼 진짜 식물과 흙이 있는 곳도 있지만 콘크리트 구조물에 페인트로 나무를 그리고 바닥과 벽에는 초록 칠을 하는 등 어설픈 무대장치를 한 곳도 많다. 그런데 이런 어설픔을 방문객이 잘 느끼지 못하는 이유는 이미 그런 장면에 익숙해졌고 무감각해졌기 때문이다. 어색함은 동물만 느낄 뿐이다.

몰입전시라 할지라도 동물이 제한된 환경에 있다는 사실은 변함없다. 우

드랜드파크 동물원의 진짜 식물 사이에서 정형행동을 하는 곰과 재규어를 보았다. 가려져 있기 때문에 주의 깊게 보지 않으면 그저 이쪽에서 저쪽으로 걸어가는 것처럼 보였다. 몰입전시는 사람의 시선에서 동물을 가려주는 것과 더불어 동물원의 기본적인 틀인 '동물을 가둔다'는 사실을 가리는 역할도 한다는 생각이 들었다. '몰입'의 주체는 동물이 아니라 인간이었다.

몰입전시의 요소 중 하나는 '동물이 제한된 환경에 사는 것처럼 보이지 않아야 한다.'다. 일부 사파리는 동물이 넓은 공간에서 자유롭게 사는 것처럼 보이지만 동물들은 해자와 전기 울타리로 둘러싸여 있어서 행동반경이 사람들이 생각하는 것만큼 넓지 않다. 이런 전시 기법은 환상이다. 어쩌면 동물은 사파리보다 오히려 사람들의 눈에 띄지 않는 시멘트 바닥과 철장 안에 있는 것을 원할 수도 있다.

몰입전시는 동물에게 야생에서 경험하는 복잡성과 변화를 조금이라도 맛보게 하는 의미가 있을 것이다. 하지만 동물원 동물을 보는 사람들은 장막을 걷고 현실을 직시해야 한다. 우리가 잠깐 보고 떠나는 동물원 무대에서 동물은 평생을 산다. 영화 〈트루먼쇼〉의 주인공처럼 리얼리티 프로그램에 출연하는 배우와 같다. 야생동물의 모습을 직접, 아주 잠깐 보고 싶어 하는 사람들을 위해 카메라는 계속 돌고, 동물은 죽을 때까지 연기를 해야 한다.

02

울프 헤븐 인터내셔널
버려진 늑대개들의 사연이 빼곡한 늑대 보호소

시애틀에서 차로 한 시간을 달려 늑대들의 안식처 울프 헤븐 인터내셔널 Wolf Heaven International에 도착했다. 늑대류에만 집중하는 이곳은 자연으로 돌아갈 수 없는 늑대와 늑대개를 보호하는 곳이면서 멕시코늑대, 붉은늑대를 번식해 자연으로 방사하는 멸종위기종 보전기관이다. 외국에는 늑대, 곰, 대형 고양잇과 동물, 영장류 등 특정 종만 보호하는 보호단체가 많다. 이런 단체들은 보다 전문성 있고 집중적인 활동을 한다.

늑대는 한때 가장 번성했던 포유류다. 한국에도 늑대가 살았지만 현재는 멸종했다. 일제강점기 때 해수구제 정책으로 많은 수가 줄었다. 1967년 영주에서 잡힌 야생 늑대의 마지막 후손이 서울동물원에서 1997년에 생을 마감했다. 늑대의 천국이던 북미 또한 유럽인이 들어오면서 천국은 지옥으로 바뀌었다. 늑대가 소나 양을 잡아먹으면서 인간과 충돌했고, 늑대는 악마의 누명을 쓰고 살해당했다. 사람들은 19세기부터 현상금까지 걸고 닥치는 대로 늑대를 잡아들였다. 또한 늑대가 살던 곳이 농경지나 목초지로 바뀌면서 대형 야생 초식동물이 줄어든 것도 늑대가 준 원인이다. 반면 사람들이 키우는 가축이 늘었다.

1920년대 이후 극소수의 야생 늑대가 간신히 명맥을 이어갔다. 그러나 인간들은 1970년대에 이르러서야 상황을 인지했고, 본격적인 보호활동은 느리게 시작되었다. 옐로스톤국립공원은 멸종된 늑대를 데려와 방사하기로 결정했다. 들소, 와피티사슴 등의 개체수를 적정 수준으로 유지하기 위해 포식자를 도입하는 것이었다. 가축을 키우는 농장주, 와피티사슴을 사냥하는 사냥꾼 등의 반대가 많았지만 멸종위기종 목록에 오른 동물의 복원은 멸종위기종보호법Endangered Species Act에 따른 연방 차원의 결정이어서 가능했다. 1995년 캐나다에서 포획한 야생 회색늑대를 옐로스톤국립공원에 방사했다.

늑대는 새로운 땅에 쉽게 적응해서 개체수가 예상한 것보다 더 빨리 늘어났고, 덕분에 전체적인 생태계가 되살아났다. 늑대의 출현으로 초식동물의 수가 줄자 숲의 키 작은 관목이 복원되었다. 하지만 늑대 개체수가 늘어나며 또다시 사람과의 갈등이 시작됐다. 국립공원에서의 경쟁이 심해지면서 늑대가 공원 밖으로 나오자 와피티사슴 사냥업체는 늑대가 와피티사슴을 먹는다고 불만이고, 농장주들은 늑대를 감시할 인원을 더 고용해야 한다며 아우성이다. 늑대는 여전히 인간에게 미움을 받고 있다. 옐로스톤에서 환영받는 늑대는 아주 조금만 밖으로 나가도 이렇게 대우가 달라진다. 옐로스톤에서는 인간과 동물이 공존한다지만 그 안에서만 실현되는 꿈처럼 느껴진다.

하지만 울프 헤븐 사람들은 다르다. 그들은 늑대를 사랑한다. 울프 헤븐은 보호하고 있는 늑대들에게 방해가 되지 않는 선에서 일반인들의 입장을 제한적으로 허용한다. 가이드를 따라 50분가량 둘러보는 교육 프로그램으로 방문객이 내는 입장료, 기부금, 기념품 판매, 입양(실제로 동물을 입양하는

것이 아니라 결연을 맺고 후원하는
방식), 자원봉사 등으로 단체를 꾸
려간다.

열댓 명의 방문객들과 입장을
기다리면서 주의사항을 들었다.
직원도 늑대와 접촉하지 않고 어
울리지 않는 곳이니 절대 가까이
가거나 신체적인 접촉을 해서는
안 된다고 했다. 늑대를 못 볼 수

가이드의 설명을 듣고 있는 사람들

도 있으며, 늑대의 복지를 위해서라면 언제든지 프로그램은 중단된다고 했
다. 동물보호소가 동물원과 다른 점이 바로 이것이다. 방문객들은 늑대의
쉼터에 온 손님이지 돈을 내고 늑대를 관찰하는 권리를 누리려고 온 것이
아니다. 떠들어서도 안 되고 간식을 먹어서도 안 된다. 인간이 아닌 동물 중
심의 공간이었다.

가이드를 따라 들어가 늑대 한 마리 한 마리의 이야기를 들었다. 그중 늑
대개 런던이 인상적이었다. 알래스카는 '늑대의 나라'라고 불릴 만큼 늑대
로 유명하다. 그래서 늑대와 개를 교배시킨 늑대개도 많다. 런던의 주인은
런던을 영화에 출연시키려고 데리고 있다가 훈련이 어렵자 버렸다. TV 프
로그램과 영화에 색다른 동물이 나오면 사람들은 흥미를 느낀다. 그래서 동
물을 훈련시켜서 동물 연기자로 출연시키려는 사람들이 있는데 이것이 수
많은 부작용을 야기한다. 미디어에 나오는 귀엽고 멋진 동물들은 인간의 소
유욕을 자극하지만 현실에서 부딪치는 어려움은 유기나 포기로 이어진다.
그리고 고통은 언제나 동물의 몫이다.

사람은 늑대나 늑대개를 길들일 수 없다. 개와 섞였다고 늑대의 성질이
사라지는 것이 아니다. 늑대개는 성적으로 성숙하면 있던 곳을 떠나고 싶어

멕시코늑대

코요테

한다. 늑대가 가족과 함께 살다가 2살이 되면 무리를 떠나는 것처럼. 자연
환경이 아닌 인간의 환경에서 본능을 충족시키지 못한 늑대개들은 물건을
부수거나 공격 성향을 보인다. 그 결과 늑대개의 80퍼센트가 안락사된다.

늑대개

또 다른 늑대개 주노도 주인의 차를 박살내고 이곳으로 왔다. 미국은 일부 주를 제외하고 늑대개 번식 및 소유가 불법이지만 여전히 많은 이들이 늑대개에 대한 욕심을 놓지 않는다.

늑대개뿐 아니라 야생동물인 진짜 늑대를 키우다 버리기도 한다. 섀도도 그렇게 버려지고 버려지고 버려지다 마지막으로 이곳에 왔다. 인간은 '야생동물을 길들인다'는 것에 어떤 환상이 있길래 야생동물을

회색늑대

가축화하지 못해 안달일까. 동물 관련 프로그램이나 유튜브에서 버젓이 북극여우, 사막여우, 수달, 원숭이 등을 집에서 키우며 '사고뭉치' 정도로 의인

화해 묘사하는 장면이 나올 때마다 끔찍하다. 야생동물을 데려다 놓은 동물 카페도 마찬가지다. 그런 환경에서 계속 산다면 자유롭게 본능을 표출하지 못하고 야생동물이라는 것을 잊은 채 살게 된다. 야생동물 그 자체로 살아 갈 수 없다. 그래서 누군가 무심코 던지는 '키우고 싶다'는 말이 무섭다. 정 말 실행에 옮길까 봐.

울프 헤븐을 둘러보던 중 근처에서 기차 기적 소리가 들렸다. 늑대들이 하울링을 시작했다. 어딘가 인간 사이에 남아 있는 늑대들을 부르는 소리 같았다.

03

옐로스톤국립공원
야생성을 잃은 야생동물은 자유도 목숨도 잃는다

솔트레이크시티에 도착해 튼튼한 차를 빌렸다. 캠프 장비 가게에서 텐트, 침낭, 냄비 등을 사고 마트에서 먹을거리도 충전했다. 옐로스톤국립공원 Yellowstone National Park(이후 옐로스톤)에서 시작해 애리조나주 투손까지 내려 갔다가 샌디에이고, LA 등을 거쳐 요세미티국립공원Yosemite National Park까지 가는 여정으로 한 달을 잡은 로드트립이었다. 캠핑 경험도 미국 운전 경험도 없었다. 9월에도 옐로스톤국립공원에는 눈이 온다는데 싸게 산 얇은 텐트에서 얼어 죽지 않을지 걱정하면서 출발!

옐로스톤에서 3박 4일을 보내기로 했다. 말로만 듣던 그 옐로스톤에 가다니. 미국 여행의 하이라이트가 될 터였다. 옐로스톤으로 가는 길은 휑하고 엄청 넓은 게 마치 다른 행성 같았다. 군데군데 로드킬로 죽은 동물들을 보고 이곳이 지구구나 생각했다. 제한속도가 시속 130킬로미터인데 다들 그보다 훨씬 빨리 달리길래 나도 별생각 없이 달리다가 딱지를 뗐다. 무의식중에 액셀을 밟았던 것이다. 경찰차가 따라와서 갓길에 차를 세웠다. 경찰이 차를 세우면 허락 없이 차에서 내리거나 손을 주머니에 넣어서는 안 된다고 들어서 땡을 해 줄 때까지 얼음이 되어 있었다. 총에 맞을지도 모른다는 상상 때문에 조금 무서웠다. 내가 너무 얼어 있었는지 경찰이 농담을 하며 웃는데도 나는 웃을 수가 없었다. 공손하게 90달러짜리 딱지를 받았다. 친구가 미국 경찰은 안 보이는 데 숨어 있다가 짠하고 나타난다더니 바로 그랬다. 90달러짜리 교훈이었다.

차로 4시간 반을 달려 옐로스톤 서쪽 입구에 도착했다. 미국 내 여러 국립공원에 가려고 80달러짜리 연간 회원권을 샀다. 마음 같아서는 1년 내내 국립공원만 돌아다니고 싶었다. 옐로스톤은 1872년에 국립공원으로 지정됐다. 국립공원이라는 개념이 처음으로 도입되었고, 이후 세계적으로 확산됐다. 지금 옐로스톤에는 그리즐리불곰grizzly bear, 흑곰black bear, 회색늑대gray wolf, 아메리카들소American bison(이하 바이슨), 와피티사슴Elk 등 수많은 야생동물이 보호를 받으며 살고, 아름다운 자연을 만나기 위해 매년 400만 명 이상의 사람이 방문한다. 이렇게 많은 사람들 속에서 동물들이 야생 그대로 살아갈 수 있을지 궁금했다.

첫 숙소인 그랜트빌리지 캠프장으로 가는데 사람들이 차를 세우길래 따라 세웠다. 땅에서 물이 솟아올라 수증기를 내뿜었다. 간헐천이었다. 옐로스톤에서 어떤 장소가 유명한지 알아보지 않아서 처음 만난 간헐천이 무척이나 신기했다. 이곳을 처음 발견한 사람은 어땠을까. 몸에 닿으면 화상을 입을 수 있는 온도라서 아무것도 모르고 손이라도 담갔을 상상을 하니 자연이 무섭게 다가왔다. 그래, 원래 자연은 무서운 것이다.

캠프장 시설은 유명 국립공원이라 그런지 생각보다 좋았다. 따뜻한 물이 나오는 샤워실, 코인 세탁기, 작은 편의점과 주유소까지 있어 불편함을 느끼지 못할 것 같았다. 밥을 먹으려고 준비하다가 중대한 실수를 했다는 걸 깨달았다. 버너가 없다. 가게에 갔더니 작은 알코올램프같이 생긴 것뿐이었다. 물을 데우는 데만 한참 걸렸다. 도구 없는 현대인은 너무 무능력하다. 힘들게 허기를 채우니 비가 오기 시작했다. 비를 맞으며 텐트를 쳤다. 그렇게 첫날이 지났다.

입구에 들어설 때 받은 지도를 보니 옐로스톤에는 8자 모양의 도로가 있었다. 계절이나 날씨에 따라 폐쇄되기도 하는데 내가 갔을 때는 노리스부터 매머드 핫 스프링까지의 구간이 막혀 있었다. 방문하기 좋은 계절은 여름이고, 9월은 곰이 겨울잠을 자려고 고도가 높은 곳으로 이동 중이라 보기 힘들다는 말을 들었다. 눈앞에서 곰과 마주치고 싶은 마음은 없지만 그래도 조우에 대한 기대를 버리지 않았다.

캠핑장에는 낯선 철제 상자가 있었다. 곰이 음식 냄새를 맡고 사람들 가까이 오는 것을 막기 위해 음식을 넣고 잠그는 저장고였다. 캠핑장에서는 식사 후 모든 것을 치우고 텐트 안에도 음식을 남겨 놓아서는 안 된다. 쓰레기는 봉지에 넣어 쓰레기통에 버려야 했다. 당연히 모든 야생동물에게 먹이를 주는 것도, 야생동물의 먹이를 야생에서 채취해서도 안 된다. 금지 투성이지만 당연한 것이다.

곰에게 먹이주기를 허용했을 때 곰이 사람들 가까이 오고, 먹을 것을 가진 사람들을 공격하는 일이 생겼다. 1890년대에는 곰이 호텔 쓰레기통을 뒤지고, 1910년 즈음에는 길에서 구걸을 하기에 이르렀다. 그뒤로 수백 명의 사람이 다치고 수백 마리의 곰을 죽여야 했다. 1970년이 되어서야 곰이 공원 쓰레기통에 접근하지 못하도록 조치를 취했다.

곰한테 먹이주기를 하는 모습을 그린 그림

지금은 먹이를 주면 벌금이 500달러다. 지속적으로 교육하고 있지만 여전히 1년에 한 마리 정도가 야생성을 잃고 자꾸 사람들 근처로 온다. 한 주 전에도 먹이를 찾으러 캠핑장에 접근했던 흑곰 한 마리를 죽여야 했다는 슬픈 소식을 들었다. 2016년에는 관람객이 '얼어 죽을 것 같아 보이는' 새 끼 바이슨을 차에 태웠다. 그들은 선의로 구조했다고 생각했겠지만 무지하 고 어리석은 행동이었다. 새끼 바이슨은 무리가 다시 받아들이지 않아 안락 사되고 말았다.

이런 일을 사전에 방지하려고 옐로스톤에서는 야생동물과의 거리를 가 장 강조했다. 곰과 늑대는 91미터(100야드), 다른 야생동물은 23미터(25야 드) 떨어져 관찰해야 한다는 규정이 있다. 91미터가 멀게 느껴지겠지만 곰 이 마음만 먹으면 5~6초 만에 달려올 수 있는 거리다. 사고는 끊임없이 일 어난다. 2018년에는 바이슨이 5미터 이내로 접근한 군중을 공격해 한 사람 이 다쳤고, 이듬해에는 그보다 더 가까이 있던 9살 소녀를 공중에 날려 버 렸다.

거리두기를 지키지 않으면 동물과 사람 모두 위험한 게 자명한데 이를 안 지키고 먼저 선을 넘어 접근하는 쪽은 언제나 사람이다. 영화 〈쥐라기 공원 2〉 주인공은 야생에서 만난 공룡에 손을 대고, 다친 티렉스 새끼를 치 료하다가 따라온 부모 공룡의 공격을 받고, 주인공을 도우려던 사람이 결국 찢겨 죽는다. 영화에 꼭 이런 캐릭터가 있어야 하는지 분통이 터졌는데 생 각해 보니 적절한 현실 반영이었다. 그런 사람이 꼭 있으니까!

방문자센터에서는 아침마다 야생동물 설명회가 열렸다. 레인저들은 특 색 있고 재미있게 이야기를 푸는데 그중 한 레인저가 새끼 곰을 우연히 마 주친 일화를 들려주었다. 깜짝 놀란 새끼 곰이 레인저보다 먼저 도망갔는데 그곳에 어미 곰이 있었다. 어미가 달려들면 죽을 수도 있는 상황이었는데 다행히 어미가 새끼 곰을 한 대 퍽 치고는 함께 가 버렸다고 한다. "그러게 엄마 옆에 착 달라붙어 있으랬지!" 새끼를 교육하는 어미 곰의 목소리가 들

(왼쪽) 교육 중 야생동물과의 거리를 강조하는 레인저
(오른쪽) 야생동물에 대해 교육하는 레인저. 주로 박제나 뼈를 가지고 설명한다.

리는 듯했다. 레인저는 꼭 서너 명이 함께 다니고 소리가 날 만한 물건과 곰 스프레이를 준비하라고 당부했다.

방문자센터 뒤쪽의 호수는 15만 년 전 화산폭발이 만든 곳이다. 따뜻한 물이 나와 겨울에도 얼지 않아서 주변에 와피티사슴을 비롯한 야생동물이 많았다. 와피티사슴은 사람에 익숙해서인지 경계를 덜했다. 한가로이 풀을 뜯고 물을 마시는 모습이 평온해 보였다. 하지만 그들이 완전히 마음을 놓은 건 아니어서 사람이 너무 가까이 있거나 계속 쳐다보면 자리를 옮겼다.

환경 손상을 막기 위한 보드 워크(데크) 위로만 걸어 다녀야 하는데 이것이 와피티사슴에게 는 장애물이 되기도 했다. 뿔이 멋진 수컷 와피티사슴 한 마리 가 보드워크를 건너가려다 망 설이고 있었다. 사람들은 가지 않고 모두 기다려주었다. 와피 티사슴은 사람들이 쳐다보고

데크 위로 걸어다니는 사람들

뿔이 멋진 수컷 와피티사슴

물을 먹고 있는 새끼 와피티사슴

있어서 그런지 쉽게 건너지 못하고 주저하다가 급히 뛰었는데 하마터면 넘어질 뻔했다. 한국의 국립공원에도 우후죽순으로 데크가 깔려 있다. 안전하게 정해진 경로로 다니게 하는 이점이 있지만 필요 없는 곳까지 과도하게 설치해서 오히려 미관을 해치고 무엇보다 야생동물의 행동권에 영향을 주고 있다.

바이슨은 옐로스톤에 돌아오기까지 오랜 시간이 걸렸다. 1800년대 유럽에서 미국으로 온 사람들은 원주민의 식량인 바이슨을 말살했다. 옐로스톤에서도 1883년까지 사냥이 합법이어서 바이슨 수백만 마리가 죽었다. 1901년에는 옐로스톤 펠리컨계곡에 20여 마리만 살아남았다.

미국으로 들어온 유럽인들은 바이슨을 사냥해서 말살시켰다. 수북하게 쌓인 바이슨 가죽. 1874년.

1902년부터 개인 소유주로부터 바이슨을 사들여 방사하는 등 개체수를 회복시키려 노력한 덕분에 50여 년이 지나 1,300여 마리로 늘릴 수 있었다. 개체수가 늘어나고 행동권이 넓어지자 이번에는 사람들과 마찰이 생겼다. 목장주들은 바이슨이 가축이 먹을 풀을 먹고, 가축에게 브루셀라병brucellosis을 전파할 위험이 있다며 목소리를 높였다.

브루셀라병은 인수공통 세균성 질병으로 유산을 일으켜 번식률을 떨어뜨린다. 농장주들에게 경제적 타격을 줄 수 있다는 의미다. 바이슨이 가축에게 브루셀라를 옮긴 사례는 없지만 와피티사슴이 가축에게 전파시킨 사례가 있어 목장주들은 예민하다. 결국 바이슨은 이 땅의 모든 야생동물이 그렇듯 사람이 허용하는 공간 안에서만 자유를 허락받았다. 애초에 블루셀라가 옐로스톤에 들어온 것은 1900년대 초 사람들이 데리고 온 가축 때문

이었는데 사람들은 그런 건 기억하지 않는다. 씁쓸하다.

옐로스톤에 머물면서 바이슨 무리를 여러 곳에서 마주쳤다. 도로에 차를 세우고 서 있는데 한 마리가 바로 내 옆을 지나가기도 했다. 바이슨의 숨소리가 '훅-' 하고 들렸다. 덩치만큼 큰 호흡이었다. 눈이 마주치면 차 유리창에 머리를 박아댈 것 같아 눈을 내리깔았다. 동물의 세계에서 눈을 똑바로 마주치는 것은 예의가 아니다.

어느새 옐로스톤에서 비와 눈을 맞으며 보낸 시간이 지나고 떠나야 할 때가 왔다. 곰을 보지 못해 아쉬웠다. 방문자센터에 가면 어디서 언제 어떤 동물을 봤는지 적는 일지가 있는데 곰을 본 사람이 있었다. 곰을 찾아다닐 수도 없는 노릇이라서 아쉽게 떠나려던 그때 사람들이 차를 세우고 나와 산중턱 어딘가를 가리키고 있었다. 이럴 땐 대부분 그곳에 동물이 있게 마

곰 찾았다! 사진 중앙에 있는 검은 곰팡이 같은 생명체가 곰이다.

련이라 일단 따라 내렸다. 사람들이 곰이 있다고 하길래 쌍안경으로 열심히 찾으니 쓰러진 나무 위에 웅크리고 있는 흑곰의 모습이 보였다. 너무 멀어서 흡사 검은 곰팡이 같았지만 야생 그대로 살아가는 모습을 보니 기뻤다. 국립공원을 찾은 사람들이 약속을 지켜야 동물들이 태어난 그대로 삶을 영위할 수 있다.

동물과의 거리를 지키라는 약속을 잊은 일부 사람들 때문에 동물은 스트레스를 받고 사람은 위험에 처한다. 이 글을 쓰는 순간에도 옐로스톤에서 한 사람이 야생동물보호법 위반 혐의로 기소됐다. 곰 가족에게 너무 가까이 갔다가 어미 곰의 위협을 받는 모습이 CCTV에 고스란히 찍혔다. 다행히 곰이 되돌아가 사고는 없었지만 그 사람은 야생 곰을 도대체 뭘로 보는 걸까? 옐로스톤은 동물원이 아니다. 동물원이 사람들에게 야생동물에 대한 두려움을 느끼지 않도록 한 것일까? 아니면 곰돌이 인형이 나오는 영화를 너무 많이 봤을까? 영화 〈레버넌트〉에서 곰에게 몸이 찢겨 죽다 살아난 주인공 레오나르도 디카프리오를 보며 테디베어의 환상을 버리길 바란다.

우리나라에도 야생 적응에 실패한 반달가슴곰들이 있다. 올무에 걸리거나 교통사고를 당한 곰도 있다. 정해진 등산로를 벗어나 곰이 먹을 도토리 등을 채취하는 사람이나 곰에게 먹이를 준 사람도 곰의 야생 적응 실패에 책임이 있다. 곰이 야생성을 잃으면 자유도 잃는다. 야생동물과의 거리두기는 그래서 중요하다.

동물과의 거리를 지키라는
약속을 잊은 일부 사람들 때문에
동물은 스트레스를 받고 사람은 위험에 처해.

04

그리즐리 앤 울프 디스커버리 센터
차에 치이고, 총에 맞고… 야생으로 돌아갈 수 없는 야생동물

엘로스톤국립공원 서쪽 입구를 나서면 그리즐리 앤 울프 디스커버리 센터Grizzly and Wolf Discovery Center(이하 디스커버리 센터)가 보인다. 그리즐리라 불리는 북미 불곰과 회색늑대, 여러 맹금류, 유인타땅다람쥐Uinta ground squirrel, 북미수달North American river otter을 구조해서 보호하는 곳으로 야생으로 돌아갈 수 없는 동물들의 집이다. 사실 야생동물에게는 피난처일 뿐 진정한 의미의 집이 될 순 없지만 그래도 이곳에서는 비교적 야생과 유사한 환경에서 살 수 있다. 자극을 위해 방사장 곳곳에 동물 가죽으로 새로운 냄새를 묻혀 주고 야생에서처럼 살아 있는 물고기나 죽은 사슴고기, 가죽과 뼈를 여기저기 숨겨서 찾아먹도록 한다. 이렇게 다양한 환경을 접해야 지루함에서 벗어날 수 있다. 곰은 시간에 맞춰 방사장을 바꿔 주고, 늑대는 무리별로 지낸다. 야생으로 돌아갈 수 없으니 이곳에 최선의 환경을 마련해 주고 남은 생을 야생동물의 모습으로 살아가도록 하려는 마음이 느껴졌다.

트럭에 치여서 이곳으로 온 검독수리는 아퀼라라는 이름을 얻었다. 맹금

검독수리 아퀼라

류는 밀리 볼 수 있는 높은 곳을 좋아하지만 제대로 날 수 없는 아퀼라는 낮은 나뭇가지에 앉아 있었다. 옆 칸에 있는 흰머리수리 잭은 날개가 부러진 채 구조되었다. 다친 이유는 정확하지 않지만 흰머리수리는 도로 위의 사체를 먹다가 차에 치이는 경우가 많다.

운전을 하면서 차에 치여 길가에 죽어 있는 동물 사체를 세다가 지쳐 그만둔 적이 있다. 지금까지 차를 몰며 동물을 죽이지 않은 게 신기할 지경이었다. 여행 중에 장거리 운전을 하면서 도로 위의 주검에 무뎌지는 나를 발견했다. 사람이면 멈추었겠지만 동물의 사체는 다들 빠른 속도로 지나칠 뿐이다. 길가에 널브러지고 터지고 납작해진 사체가 너무 많아서, 슬퍼하기엔 갈 길이 너무 멀어서, 멈춰서 살펴볼 시간이 없어서…. 핑계는 많다.

동물을 잡아먹지는 않지만 죽일 수 있는 천적이 바로 자동차와 도로다. 동물을 차로 치고 싶은 사람은 없을 것이다. 도로는 고의 없이 일어난 살해 현장이다. 하지만 무감각은 위험하다. 일부 운전자들이 의도적으로 핸들을 조정해 파충류를 치고 지나간다는 보고도 있다. 약육강식이니 나약한 존재에게 피해를 주고 죽이는 것은 당연한 거라는 변명은 생태계 순환을 거스르고 사는 인간에게 적용할 말은 아니다.

도로 위 동물 사체를 먹으려고 모인 까마귀들이 보여 속도를 줄였다. 까마귀들이 사체를 먹으므로 생명이 순환되기는 하지만 그러다가 그들도 차

하늘에서 자유롭게 날았을 흰머리수리

에 치이는 경우가 있다. 로드킬로 인한 동물 사체는 도로에 방치되다가 교통 장애물이 되어 도로와 야생동물 관련 부서에서 수거해 간다. 1960년대 조사에 따르면 미국에서는 로드킬로 매일 100만 마리 이상의 척추동물이 죽었다. 2000년대에 들어서는 매년 대형동물 100만~200만 마리가 차에 치이며 그 수가 점차 늘고 있다. 한국은 매년 약 200만 마리의 척추동물이 죽는다. 이렇게 많은 동물이 포식자의 먹이도 되지 못하고 사라진다. 로드킬은 인간에게도 위험하다. 와피티사슴같이 큰 동물과 부딪히면 차가 망가지거나 사람도 다칠 수 있다. 하지만 이 전쟁에서는 거의 대부분 야생동물이 패배한다. 적도 아닌데.

이곳의 불곰들은 대부분 어미가 총에 맞아 죽어서 이곳으로 오게 되었다. 국립공원에서 사람에게 너무 가까이 다가가거나, 사람들이 키우는 닭을 잡아먹었거나, 도시로 들어가 쓰레기통을 뒤지는 곰은 총에 맞아 죽게 된다. 이렇게 어미를 잃은 새끼들이 야생에서 먹이를 찾지 못해 사람 가까이 갔다가 잡히면 이곳으로 온다. 새끼가 아니라 좀 더 컸다면 어미처럼 총에 맞는 결말이었을 것이다. 사람의 활동 영역이 곰의 서식지까지 넓어지면서 이

먹이를 찾아 먹고 있는 불곰

곰의 습격에도 안전한 쓰레기통인지 실험한 결과물들

제 곰은 자연사보다 인간과의 충돌로 죽는다.

다친 야생동물의 운명은 누구에게 구조되어 어디로 가는지에 따라 크게 달라진다. 한국의 일부 동물원이나 야생동물구조센터가 야생으로 충분히 돌아갈 수 있는 동물을 전시하기 위해서 방사하지 않는 경우가 있다. 치료 후 날려 보내야 할 새를 야생동물구조센터에 방문한 사람들에게 보여 주려고 가두어 놓는다거나 동물원에 넘기는 식이다. 2012년에는 개장을 불과 며칠 앞둔 한 수족관에서 이런 일이 벌어졌다. 제주 앞바다에서 그물에

(왼쪽) 디스커버리 센터의 늑대들은 자연과 가까운 환경에서 무리를 이루어 산다.
(오른쪽) 숨겨진 먹이를 찾아 먹는 늑대. 먹이를 숨기는 것은 필수적인 풍부화다.

걸린 야생 고래상어 두 마리를 수족관은 바로 풀어 주지 않고 전시하다가 40여 일 만에 한 마리가 죽자 별 수 없이 남은 한 마리를 방류했다. 구조한 야생동물은 가능한 한 사람과의 접촉을 줄이고 빠른 시간 내 야생으로 돌려보내 생태계에서 역할을 하도록 해야 한다. 그렇지 않고 계속 가둬 두는 것은 동물 모으기에 집착하는 애니멀호딩animal hoarding(잘 보살피거나 책임질 수 없으면서 과도하게 많은 동물을 키우는 행위)과 다를 바 없다.

　동물원은 다친 동물을 전시하는 것을 꺼린다. 방문객들이 보기 불편하다는 이유다. 새로운 동물을 구입하기보다 오히려 몸이 온전하지 않아 야생으로 돌아갈 수 없는 야생동물을 돌보는 것에 자부심을 가지면 좋을 텐데 그게 잘 안 된다. 다친 동물을 전시하는 것은 인간으로 인해 피해를 입은 동물들을 보고 인간이 환경에 어떤 영향을 끼치고 있는지 경각심을 일깨워 줄 수 있다. 미국 디트로이트 동물원에 갔을 때 구조된 야생동물을 전시하는 모습을 봤다. 설명판에는 동물의 사연과 함께 사람들이 어떤 도움을 줄 수

Today's Schedule ~ Saturday, September 16
Bears in the Habitat
8:30-9:15 Spirit & 101
9:30-10:30 Roosevelt, Grant, & Coram
10:45-11:15 Sam
11:35-12:30 Coram & Nakina
12:45-1:45 Roosevelt, Grant Spirit, & 101
2:00-3:15 Coram & Nakina
3:35-4:30 Sam
4:45-6:00 Roosevelt, Grant Spirit Coram, & 101
6:15-7:00 Sam

Wolf Enrichments
10:00 High Country Pack
1:30 Granite Peak
5:30 River Valley Pack

Programs
9:15 Wildlife Watching
10:45 Keeper Kids
11:45 Birds of Prey
2:00 Yellowstone Ranger Talk
2:45 Keeper Kids
4:30 Bear Spray Demo
Schedule may change without notice

곰들은 돌아가며 야외 방사장을 사용한다. 왼쪽은 그 순서고, 오른쪽은 풍부화 및 교육 프로그램이다.

있는지 적혀 있었다. 인간의 행동이 동물에게 어떤 영향을 주는지 직접 눈으로 보고 해결책을 고민하게 만들었다. 물론 많이 다쳐서 큰 정신적, 신체적 고통을 겪고 있다면 전시가 아니라 안락사하는 것이 동물을 위해 옳은 일이다.

자연으로 돌아가지 못하는 야생동물은 날로 늘고 있고, 인간 중심의 사회에서 그런 동물의 존재조차 알지 못하는 경우가 많다. 인간의 영향으로 죽거나 다치는 야생동물의 삶에 무뎌지지 않도록 노력해야 한다. 그러려면 야생으로 돌아갈 수 없는 야생동물이 자연과 흡사한 환경에서 지낼 공간을 마련해야 한다. 동시에 불필요한 도로를 만들지 않고, 야생동물이 돌아갈 서식지 보호에 찬성해야 한다. 무분별한 개발은 야생동물의 서식지를 파괴하는 일이다.

분명 달라질 수 있다고, 공존이라는 말이 공허하지 않을 수 있다고, 너무 늦지 않았다고, 도로 위에서 죽은 그리고 그곳에서 살아남은 야생동물이 온몸으로 말하고 있다.

05

자이온국립공원
미국의 사막큰뿔양이 케이블카로 시끄러운 한국의 산양에게

아치스국립공원Arches National Park과 브라이스국립공원Bryce Canyon National Park을 거쳐 자이온국립공원Zion National Park으로 향했다. 강렬한 태양을 바라보며 장기간 운전을 하다 보니 속이 메스꺼웠다. 좋은 풍경도 몸이 안 좋으면 다 헛것이다. 그래도 붉고 거대한 바위 위를 걸으니 화성에 온 기분이 들었다. 해저였던 곳이 어떻게 이런 색을 내며 내 눈앞에 있을 수 있는지 감탄하며 자연이 오랜 시간에 걸쳐 만든 아치형 다리와 원형 극장을 둘러보았다. 지구과학 시간에 졸았던 것이 아쉬웠다. 자연의 거대함 앞에 인간은 한없이 작은 찰나의 존재임을 다시금 느꼈다.

아치스국립공원에서 본 암각화에는 말을 탄 사람과 큰 뿔이 달린 양 여러 마리가 있었다. 큰뿔양은 원주민의 신화 속에 등장하곤 했다. 이 암각화는 1650년에서 1850년 사이에 북미 원주민 유트Ute족이 남긴 것으로 유타Utah주의 이름도 여기서 따왔다. 바위에 새겨진 전설로 남아 있을 것 같던 큰뿔양은 자이온국립공원 입구에 있었다. 그들은 살아 남았다. 세 마리

아치스국립공원에서 본 암각화

가 멋진 뿔을 머리에 이고 환영인사를 나온 듯했다. 넬슨큰뿔양이라고도 불리는 사막큰뿔양desert bighorn sheep이다. 물이 부족한 사막에서 몇 달을 버티고, 가파른 바위 지형을 빠르게 오갈 수 있는 강인한 초식동물이다.

자이온국립공원은 1919년 유타주 최초로 지정된 국립공원으로 오래전부터 사막큰뿔양, 매, 캘리포니아콘도르, 퓨마 등 수많은 야생동물이 머물던 곳. 하지만 북미를 점령한 유럽인들은 원주민과 달랐다. 오자마자 야생동물 서식지를 파괴하기 시작했고, 많은 야생동물이 죽었다. 생명력이 강한 사막큰뿔양도 유럽에서 온 가축인 양에게서 전파된 폐렴, 먹이경쟁, 사냥으로 1960년대에는 7,000여 마리밖에 남지 않았고, 이 국립공원에서는 1953년을 마지막으로 자취를 감췄다.

1978년 자이온국립공원은 보전 계획에 따라 네바다주에서 사막큰뿔양 14마리를 들여왔고, 40년 만인 2018년에 500여 마리로 늘었다. 수가 늘어나면 활동영역이 확대되고 그러다 보면 인간이 기르는 가축과 만나 질병에 걸릴 수도 있어서 현재는 적절한 서식지를 골라 단계적으로 이동시키는 프로젝트를 진행 중이다. 그간 국립공원은 개인 자동차 출입을 제한하고, 공원 내 무료 버스를 운영했다. 식당이나 상점 같은 시설도 없다. 케이블카도 설치하지 않았다. 이런 강력한 규제 덕에 야생동물이 비교적 안전하게 살아남아 번식할 수 있었다. 이처럼 사라졌던 동물을 되돌리기까지는 많은 노력과 오랜 시간이 걸린다.

그런데 날로 늘어가는 방문객이 문제였다. 2016년 한 해 자이온국립공원을 방문한 사람은 약 430만 명이었다. 2010년 보다 60퍼센트가 증가했

입구에서 만난 사막큰뿔양. 큰뿔양의 아종 중 하나다.

다. 북적이는 사람들로 쓰레기가 넘치고 자연이 훼손됐다. 사람들의 안전도와 만족도도 떨어졌다. 이는 또한 서식하는 야생동물에게도 큰 문제가 된다. 같은 유타주에 위치한 캐니언랜즈국립공원에서 조사한 바에 따르면 방문객의 행동은 사막큰뿔양의 행동에 영향을 미쳤다. 사막큰뿔양은 하이킹하는 사람을 만났을 때 61퍼센트 도망쳤고, 차가 17퍼센트, 산악자전거가 6퍼센트였다. 특히 번식철인 봄에는 암컷이, 발정기인 가을에는 수컷이 예민해서 사람이 많은 곳을 피하다 보니 그들이 사용 가능한 서식지 면적이 줄어들었다. 공원 측은 방문객 수를 줄이려고 예약제 등 여러 대안을 내놓았지만 그 후 방문자 통계를 보면 코로나가 발생하기 전까지 크게 줄지 않았다.

공원을 나서며 큰뿔양을 또 만났다. 우리나라 천연기념물이자 멸종위기종 1급인 산양Amur goral이 떠올랐다. 산양이 사는 설악산에 케이블카를 설치

동물이 원래 살아야 할 곳에 사는 모습을 보면 행복하다.

하느냐를 두고 엎치락뒤치락하고 있다. 산에 케이블카를 설치한다고 더 많은 관광객이 와서 더 많은 이익을 가져다줄 거라는 생각은 근시안적이다. 케이블카가 설치되면 경관을 훼손하고 야생동물의 보금자리를 침범할 것이 뻔하다. 오히려 어떻게 하면 원래의 설악산 모습 그대로 미래에 물려줄 수 있을지 고민해야 한다. 자이온국립공원이 가치 있는 이유는 아름다운 전경 때문만이 아니다. 그곳을 떠났던 야생동물을 다시 되돌리려는 노력과 그에 화답해 돌아온 사막큰뿔양 때문이다.

06
그랜드캐니언국립공원
매의 눈으로 매를 찾아다니는 사람들

드디어 그랜드캐니언국립공원Grand Canyon National Park에 도착했다. 이름도 그랜드 '웅장하다'는 뜻이다. 그랜드 피아노에서 나오는 선율처럼 흐른 콜로라도 강물과 땅, 바위가 합작하여 만든 협곡이다. 그 안에 90종이 넘는 포유류와 440여 종의 조류, 수백 종의 곤충과 거미 등 많은 야생동물을 품고 있다. 그동안 국립공원들을 거치며 많은 야생동물을 봤지만 솔직히 그랜드 캐니언에서 야생동물을 보리라는 기대는 없었다. 그랜드캐니언은 한 해에 약 600만 명이 찾는 거대한 관광지기 때문이다. 유명한 관광지일수록 사람들의 편의를 위해 만들어진 데크, 전망대, 편의시설이 서식지를 침범해 야생동물이

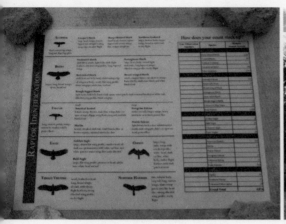

기록지. 실루엣을 보고 종을 구분한다.

그랜드캐니언을 지나가는 맹금류를 관찰하고 자료를 수집하는 자원봉사자들

설 자리가 줄어들곤 한다. 풍경을 따라 여유를 즐기던 첫날 입간판 하나가 눈에 띄었다. 맹금류 설명회라니 신난다. 야생동물 냄새다!

그랜드캐니언에서 하늘을 나는 맹금류를 많이 봤다. 정확히 어떤 새일까 궁금했는데 설명회가 있다니 이보다 좋을 수 없었다. 다음 날 공원을 순환하는 오렌지색 버스를 타고 야키 포인트로 가니 자원봉사자가 있었다. 9월 말이었다. 매년 이 시기에 맹금류 수천 마리가 추운 북쪽에서 따뜻한 남쪽으로 이동하는데 그랜드캐니언이 중간 기착지라고 했다.

그랜드캐니언은 곤충과 설치류 같은 맹금류의 먹이가 많고, 상승하는 온난 기류는 새들의 비행을 돕는다. 따뜻한 날에는 날갯짓 없이도 기류를 타고 400킬로미터를 이동한다. 덜 따뜻한 날에도 절벽에 부딪혀 올라가는 바람이 있어 에너지를 적게 쓰고 하늘을 날 수 있다. 맹금류 입장에서 이곳은 명절에 뻥 뚫린 고속도로를 달리다가 휴게소에 들러 맛있는 음식을 먹고 고향에 가는 기분일 것이다.

자원봉사자를 따라 덤불 사이로 들어갔다. 절벽 위에 서너 명의 사람이 맹금류를 관찰하고 있었다. 때마침 하늘에 붉은꼬리말똥가리red-tailed hawk가 나타나자 사람들이 아이처럼 좋아했다. 빠르게 휙 날아가는 모습만 봐도 어

떤 새인지 알아채는 전문가들이었는데 바로 호크와치 인터내셔널Hawkwatch International(이하 호크와치) 자원봉사자들이었다. 그들은 가을에 그랜드캐니언을 지나가는 맹금류 수를 세고 자료를 수집하는 일을 한다. 이 포인트에서만 연평균 4,800여 마리가 관찰된다고 했다. 현재 19종의 맹금류가 그랜드캐니언을 집이나 휴게소로 삼고 있다.

가장 많이 오는 손님은 줄무늬새매sharp-shinned hawk, 붉은꼬리말똥가리, 쿠퍼매Cooper's hawk다. 매peregrine falcon, 물수리osprey, 아메리카황조롱이American kestrel, 검독수리golden eagle도 온다. 북미 하늘을 이동하는 맹금류의 존재는 100년 전부터 이미 알려져 있었지만 그랜드캐니언 하늘 고속도로는 1987년에서야 주목받기 시작했다. 호크와치가 1991년부터 관찰한 결과 캐나다와 미국 서부를 지나는 맹금류의 이동경로 중 그랜드캐니언을 지나는 맹금류가 19종, 1만~1만 2,000마리로 가장 많았다.

맹금류를 관찰하는 이유는 생태계 상황을 전체적으로 파악하는 데 도움이 되기 때문이다. 생태계 상황을 파악하는 척도가 되는 생물을 지표종이라

땅다람쥐, 국립공원에서 가장 많이 볼 수 있는 설치류다.

한다. 맹금류는 먹이사슬의 최상위에 있어 살충제, 서식지 파괴, 기후변화에 급격한 타격을 입는다. 대표적인 예는 많이 알려진 DDTdichloro-diphenyl-trichloroethane의 영향이다. 1960년대까지 살충제로 쓰인 DDT는 말라리아를 줄이는 역할을 했지만 먹이사슬 단계가 올라갈수록 동물의 몸에 고농도로 축적됐다. 흰머리수리, 매 등 맹금류의 몸에 DDT가 쌓여 알 껍데기에 칼슘이 부족해지자 결국 번식률이 떨어졌다.

미국 과학자 레이철 카슨은 이를 발견해 1962년 《침묵의 봄》이라는 역사적인 책을 펴냈다. 이를 통해 DDT가 인간에게 암을 유발할 뿐 아니라 생태계에도 큰 피해를 입힌다는 사실이 알려졌다. 10년 후 미국 정부가 DDT 사용을 금지하자 맹금류 번식률이 다시 올라갔다. 레이철 카슨은 소리 없이 파괴되는 생명을 바라보는 눈을 우리에게 빌려 주며 경종을 울렸다. 그와 같은 눈으로 그랜드캐니언에서 하늘의 맹금류를 찾는 사람들이 있어 고마웠다.

애리조나-소노라사막 박물관
지역 생태계인 소노라사막 보호 메시지를 전달하는 동물원

북쪽에서 남쪽으로 내려올수록 마치 한 나라 안에 여러 행성이 들어서 있는 듯 풍경이 달라졌다. 먼지를 마시며 애리조나주 소노라사막에 도착했다. 메마른 땅에 큰 키를 자랑하며 솟아 있는 사와로saguaro 선인장이 나를 내려다봤다. 이렇게 척박한 환경에 적응해 살아가는 생명이 존재한다는 사실은 언제나 놀랍다. 애리조나-소노라사막 박물관Arizona-Sonora Desert Museum은 소노라사막의 동식물을 집약해 놓은 곳이다. 데이비드 핸콕이 《디퍼런트 네이처Different Nature》에서 이 동물원 칭찬을 많이 했기에 이곳이 내가 보고 싶은 동물원의 이상향이기를 바랐다.

박물관이라 이름 붙인 이 동물원의 큰 장점은 소노라사막 생태계라는 단 하나의 주제를 다각도에서 심도 있게 배울 수 있다는 점이다. 원래부터 이 지역에 서식하는 동물을 자연스러운 환경에서 보여 준다. "이곳은 동물만 보여 주는 동물원이 아닌 환경 그 자체로 이루어진 박물관이다"라는 걸 말해 주는 듯했다. 사막이라고 하면 덥고 모래만 있을 것 같지만 이곳에는 봄,

애리조나-소노라사막 박물관 야외 풍경

건조한 여름, 여름, 가을, 겨울 이렇게 다섯 계절이 있다. 다양한 계절이 있는 덕에 생태학적으로 다양성이 매우 큰 사막이다. 봄에는 야생화가 피고, 건조한 여름인 5~6월에는 선인장이 꽃을 피우고 열매를 맺는다. 여름인 7월부터 9월 중순 사이에 비가 내리면 꽃이 피고 동물이 번식한다. 그뒤로 메마른 가을이 오고 다시 비가 내리는 겨울이 온다.

다른 동물원은 세계 주요 지역과 기후대를 한 동물원에 구겨넣는다. 대륙별로 나누거나 열대우림, 사바나, 툰드라, 사막 등으로 구획한다. 이곳 또한 1952년부터 40년간은 여러 동물원과 다를 바 없는 동물원이었다. 소노라사막을 대표하지 않는 동물 위주로 전시했다. 그러다가 사막 파괴 속도가 점차 빨라지자 동물원은 결단을 내렸다. 지역 생태계인 소노라사막을 보호하자는 메시지를 전달하는 데 집중하기 시작했다.

처음으로 들어간 곳은 동굴 생태계를 재현한 '고대 생명의 자연 박물관'으로 동굴 내부는 어둡고 종유석을 만들어 놓아 진짜 동굴 같았다. 팩래트 packrat라 불리는 쥐가 동굴에 다양한 식물이나 동물의 잔해를 모아두었기에 이곳이 8,000년 전에는 사막이었지만 1만 2,000년 전에는 숲이었다는 사실을 알 수 있었다. 메마른 동굴 환경 덕에 섀스타땅늘보Shasta ground sloth라는 동물의 뼈, 똥, 털까지 잘 보전되어 있었다.

다음으로 동물원 안에 있는 사막 길을 걸었다. 입구에는 더위에 쓰러지지 않도록 조심하라는 설명이 있었다. 걸어서 30분 정도지만 곳곳에 물을 마실 수 있는 곳을 표시해 놓고, 이른 아침이나 늦은 오후에 가는 게 좋다는 말도 덧붙여 놓았다. 동물을 반드시 볼 수 있다는 장담은 하지 않았다. 도마뱀을 전시한 곳에 가니 동면에 들어갔거나 날씨와 계절에 따라 자고 있을 거라고 했다. 엄밀히 말해서 이곳은 동물원이지만 사막 길은 야생과 거의 다를 바 없었다. 동물원에서는 동물이 안 보이면 방문객이 불만을 가질 수 있다. 사람이 보기 위해서 동물을 데려와서 가둬 놓았다는 인식이 깔려 있다. 그래서 입장료를 냈으니 모든 동물을 보는 것이 권리인 듯 여긴다. 그런데 야생에서는 동물이 보이지 않아도 그들의 서식지에 우리가 들어선 것이기 때문에 동물을 보지 못할 수도 있다는 것을 자연스레 수긍하게 된다. 동물원이 야생과 비슷한 환경일수록 사람들은 시간을 들여 동물을 찾고 발견했을 때 더 큰 기쁨을 느낀다. 그리고 그런 동물원을 동물복지 측면에서 더 높게 평가한다.

주변에 펼쳐진 야생 도마뱀과 벌새, 새가 만든 둥지, 곰 인형처럼 생긴 테디베어 선인장을 보며 걸었다. 사람이 다니는 길 뿐 아니라 동물이 살고 있는 전시장 내 식물 모두 이 지역의 진짜 식물이다. 가짜 식물도 있지만 인공적인 느낌이 없고 주변 환경에 잘 스며들어 있었다. 동물을 가두는 울타리는 없는 것처럼 보였지만 자세히 찾아봤더니 죽은 선인장 모양의 구조물이 기둥 역할을 하고, 신경 써서 보지 않으면 눈에 띄지 않는 얇은 그물이 기둥 사이에 있어서 울타리 역할을 하고 있었다.

테디베어선인장

페커리peccary가 산다는 곳에 가서도 페커리를 찾기는 쉽지 않았다. 페커리는 미국 남서부와 중남미에 서식하는 멧돼지같이 생긴 우제류(소, 돼지,

뜨거운 햇빛을 피해 그늘에서 쉬고 있는 페커리

양 등 발굽이 짝수인 동물군)다. 무리를 이루어 살고 강한 냄새로 서로를 구별하는데 등, 귀 근처, 눈 아래에 있는 냄새 분비샘을 사용해서 영역을 표시하고 서로 몸을 비빈다. 냄새 때문에 스컹크돼지skunk pig라고도 한다. 그중 목도리페커리collared peccary가 서울동물원 남미관에 있는데 위협을 받았다고 느끼면 쿵쿵 소리를 내면서 등의 털을 순식간에 곤두세우곤 했다. 한참을 걷고 있는데 한쪽 그늘에서 쉬고 있는 페커리 무리를 발견했다. 반가웠다. 전시 환경이 바뀐 후 페커리와 사람 모두의 행동이 변했다고 했다. 페커리들은 소리를 내며 더 다양한 의사소통을 하고 진흙에서 놀았다. 동물원 환경이 자연에 가까울수록 사람들이 동물을 보는 데 더 많은 시간을 쓴다는 연구 결과가 있다. 여기서도 사람들은 모두 조용하고 세심히 동물들을 관찰하며 걸었다.

곳곳에 있는 도슨트docent(박물관이나 미술관 등에서 관람객에게 설명하는 사람)들은 많은 교육 재료를 가지고서 동물에 대해 자세하고 친절하게 설명해 주었다. 이곳에서 활동하는 봉사자는 350명 정도며 거의 나이 지긋하신 어

동물에 대해 설명하는 도슨트

르신들이었다. 열정적으로 설명하는 모습에서 이곳을 사랑하는 마음이 고
스란히 전해졌다. 일반 동물원에 가면 별 배움 없이 동물원을 나오는 경우
가 많다. 설명회를 들으면 좋지만 시간을 맞추기 어렵고, 사육사도 일이 많
아 오랜 시간을 할애하기 힘들기 때문이다. 그러다 보니 사람들은 침팬지를
원숭이나 고릴라로 알고 지나가거나 유리창을 두드려 갇힌 동물의 관심을
요구할 뿐 정확한 지식을 얻거나 존중하는 마음을 얻기란 어렵다. 반면 도
슨트의 설명은 일대일 과외나 마찬가지여서 사람들은 집중해서 들을 수 있
었다.

　처음 만난 도슨트는 힐라딱따구리Gila woodpecker가 만든 선인장 둥지를 들
고 아이들 앞에서 이야기 중이었다. 머리에 빨간 모자를 쓰고 날개와 등에
는 줄무늬 담요를 덮은 이 딱따구리는 선인장에 구멍을 뚫고 3~4달간 그대
로 둔다. 그러면 선인장은 스스로를 보호하려고 구멍 주변에 껍질을 만드는
데 이 공간을 둥지로 쓴다고 한다. 이 구멍은 힐라딱따구리뿐만 아니라 엘
프올빼미elf owl, 피그미올빼미pygmy owl 등 다른 새들에게도 인기가 좋다. 사

오셀롯

막에 적응해 살아가는 동물은 얼마나 대단한가! 머릿속에 느낌표가 파바박
꽂혔다.

여러 도슨트를 만나고 설명을 들으며 '소노라사막 생태계'라는 단 하나
의 주제에 흠뻑 빠졌다. 동식물과 인간은 서로 독립된 존재가 아니라 관계
를 맺고 생태계를 떠받치는 중요한 역할을 한다. 기후에 맞는 야생과 흡사
한 공간은 이 기관이 전달하고자 하는 주제를 잘 전달했다. 그리고 이곳의
동물들은 원래 살던 곳에 살고 있기에 비교적 자연스러워 보였다. 북극곰을
데려와 온도를 낮추려고 과한 에너지를 사용하지 않아도 되고, 기린을 데려
와 추운 겨울 내내 내실에 가둬 둘 필요도 없다. 동물들은 오랜 시간 진화해
온 이유를 부정당한 채 맞지 않는 기후에서 사느라 고생하지 않아도 된다.

이처럼 훌륭한 면이 많은 동물원이지만 좁고 단순한 공간에서 사는 동물
도 여전히 남아 있었다. 게다가 한쪽에서는 돈을 따로 받고 가오리 만지기
체험을 하고 있어서 매우 실망했다. 점점 줄어가는 방문객을 어떻게든 끌어
들이기 위한 미봉책일 것이다. 이런 체험 공간을 설치하거나 대여하는 동물

보브캣

원이 늘어나고 있다. 하지만 이런 공간은 동물복지에 문제가 크다. 가오리는 스스로의 몸을 보호하기 위한 방어 수단으로 꼬리에 가시가 있는데 사람들을 다치게 할 수 있어서 미리 가시를 없앤다. 인간의 호기심과 즐거움을 위해 자연스러운 삶을 망치는 행위다. 몇몇 동물원에서는 가오리가 다른 개체의 공격을 받아 죽거나 수온이 너무 높아서 또는 물속에 산소가 부족해서 죽는 사례가 나오고 있다.

가오리 터치풀

　동물원의 비전이나 철학이 명확하지 않거나 동물복지에 대한 이해가 없는 사람이 결정권을 가질 경우 유행을 좇아 사람들의 일방적이고 수준 낮은 욕구에 맞춰 돈을 벌기도 한다. 애리조나-소노라박물관은 부디 타 동물원의 모범이 되어, 동물을 존중하지 않던 시대로 되돌아 가지 않기를 바란다.

08

샌디에이고 동물원
보노보는 평화주의자라는 착각, 우리는 보고 싶은 대로 본다

애리조나에서 조슈아트리국립공원Joshua Tree National Park을 거쳐 샌디에이고 동물원San Diego Zoo을 보려고 샌디에이고로 갔다. 국립공원에서의 캠핑과 동물원 방문으로 고행과 같은 나날을 보내며 몸이 망가질 대로 망가져 있었다. 원해서 선택했지만 열심히 일한 나의 다리에게 미안했다.

아침밥도 먹지 않고 동물원 개장 시간인 오전 9시에 들어가 문을 닫는 오후 6시까지 또 걸었다. 전날 겨우 4시간 정도 자고 돌아다녀 정신이 혼미했지만 커피를 마셔가며 남은 힘을 쥐어짰다. 동물원 동선이 복잡해 같은 길을 몇 번이나 왔다갔다했다. 지도를 거의 외울 지경이었다. 다리가 아파서 신음이 나올 정도였는데 중간 중간 지름길이나 무빙워크가 없었다면 쓰러질 뻔했다.

샌디에이고 동물원에는 보노보bonobo, 오카피okapi, 북극곰Polar bear, 자이언트판다giant panda, 아무르표범Amur leopard, 말레이호랑이Malayan tiger 등 멸종위기종이 많은데 특히 보노보가 기억에 강렬하게 남았다. 보노보 무리를 보고

유리창을 사이에 두고 방문객과 마주보고 있는 보노보

있는데 옆에 있는 사람이 유리창을 사이에 두고 보노보와 지그시 눈을 맞추고 있었다. 손으로 보노보의 이마를 만지듯 유리창을 문지르자 보노보는 고개를 끄덕였다. 서로 유리창에 머리를 대고 눈썹을 씰룩이기도 했다. 반가운 친구를 만난 듯했다.

　그녀에게 다가가 인사를 하고 이야기를 나눴다. 아프리카에서 개코원숭이를 연구했고, 한때 이 동물원에서 일해서 보노보 무리와 30년 넘게 알고 지냈다고 했다. 어쩐지 보노보와 소통하는 게 익숙해 보였다. 그녀는 보노보들에게 인사를 하고 불빛이 나오는 장난감과 휴대전화을 보여 주며 오랜 시간을 함께 보냈다. 그들 사이의 친밀감을 옆에서 조금이라도 느끼고 싶어서 나도 계속 머물렀다.

보노보 두 마리가 유리창 앞에 딱 붙어 앉더니 휴대전화 화면을 뚫어지게 봤다. 예전에 그녀가 찍었다는 이곳 보노보들 영상을 보는 그들의 표정은 뭐라 표현하기 어려웠지만 분명 호기심과 놀라움으로 가득해 보였다. 눈을 크게 떴고 눈썹은 올라갔다. 집중해서 영상을 보는 모습이 유튜브를 보는 나와 다를 바 없었다.

그녀와 처음에 인사한 보노보의 이름은 로레타. 이 무리에서 나이가 가장 많은 암컷이다. 로레타는 수컷 카코웻과 암컷 린다 사이에서 1974년에 태어났다. 아빠 카코웻은 콩고에서 어릴 때 잡혀 1960년에 이곳으로, 엄마 린다도 콩고에서 잡혀 벨기에 앤트워프 동물원을 거쳐 이곳으로 왔다. 둘은 그 후 18년간 새끼를 10마리나 낳았다.

보노보는 야생에서 4~5년마다 1마리를 출산한다. 4년 정도 새끼를 돌본 후 임신하기 때문이다. 그런데 동물원은 린다에게서 다 크지 않은 새끼를 빼앗아서 임신을 시켜 야생에서 보다 많은 새끼를 얻었다. 그 후 카코웻

샌디에이고 동물원의 보노보

은 심부전으로 1980년에 죽었고, 린다는 당뇨병을 앓고 있었는데 51살에 심장병이 심각해 안락사됐다. 동맥경화증과 심근경색증이었다. 샌디에이고 동물원은 야생에서 태어난 카코웻의 유전자가 후대에 전달되기를 바라는 마음에서 카코웻의 정자를 채취해 냉동 상태로 보관해 놓았다.

멸종위기 보노보를 보호하자는 내용의 설명판

보노보의 현재를 이해하려면 식민지 시대로 거슬러 올라가야 한다. 벨기에 국왕 레오폴드 2세는 19세기 말부터 20년 넘게 식민지인 콩고를 사유화하고 끔찍한 착취와 학대를 저질렀다. 할당된 고무를 채취하지 못한 콩고 사람들의 손발을 자르고 죽였고, 벨기에로 데려와 '인간 동물원'에 전시하기도 했다. 콩고는 1960년 독립했지만 러시아, 프랑스, 미국 등 강대국에 의해 분열돼 내전이 끊이지 않고 있다. 안타깝게도 보노보는 콩고에만 산다. 내전으로 보노보의 서식지가 파괴되었고, 사람들은 보노보를 잡아먹기도 했다. 현재 야생에 남은 보노보는 10,000마리 정도밖에 되지 않는다. 비교적 넓은 지역에 걸쳐 사는 침팬지보다 멸종에 취약한 상황이다.

보노보는 한때 침팬지의 한 종류로 여겨져 피그미침팬지라고 불리기도 했지만 1933년 독립된 종으로 분류됐다. 그러다 보니 다른 유인원 보다 보노보는 잘 알려지지 않았다. 대체로 침팬지는 수컷이 우위에 있고 공격적인 성향이 큰 반면 보노보는 암컷이 우위에 있고 싸우기보다는 성적 행위로 문제를 해결하는 평화주의자로 여겨졌다.

나도 인간의 잣대로 보노보를 봤다. 인간과 DNA가 98.7퍼센트 동일한 보노보에게 인간의 선한 면을 찾으려 했다. 인간과 DNA가 98.8퍼센트 동일한 침팬지에게서는 전쟁을 일으키고 싸우는 인간의 모습을 찾았다. 그런데 야생의 무리를 관찰해 보니 아니었다. 보노보에게서 새끼를 공격하거나 죽이고 먹는 사례가 발견됐다. 다른 무리에게까지 먹이를 나눠 주기도 했다. 인간의 욕망을 정당화시키려는 마음과 고정관념이 동물을 있는 그대로 보지 못하게 만들고 있었다.

침팬지는 공격적이고 보노보는 평화주의자라는 식의 이분법으로 동물을 판단한 것은 내 실수였다. 동물원이라는 제한된 환경에서 보는 동물의 행동이 전부가 아니듯 야생에서도 먹이 등 그때의 상황에 따라 또는 인간의 개입에 따라 동물의 행동은 많은 영향을 받는다. 우리는 아직도 동물을 모른다. 동물을 안다고 자부하면서 동물을 대상화하거나 동물에 자신을 투영한다. 이런 시각은 동물을 대하는 방식에 큰 차이를 만든다는 점을 알아야 한다.

09
샌디에이고 동물원 사파리 공원
치타와 개의 조작된 우정

    샌디에이고 중심지에 있는 샌디에이고 동물원에서 차로 30분 정도를 가면 샌디에이고 동물원 사파리 공원San Diego Zoo Safari Park이 나온다. 샌디에이고 동물원보다 13배 정도 큰 사파리 형식의 공원이다. 성인 1일 입장료는 52달러지만 카라반을 타고 돌아다니는 경우는 135달러, 카트는 59달러, 사육사만 접근 가능한 곳을 가보는 비하인드 투어는 99달러다. 그중 64달러를 내면 경험할 수 있는 치타 사파리는 치타런cheetah run 쇼에 나오는 치타를 따로 직접 만날 수 있다. 치타런 쇼는 시속 112킬로미터의 속력으로 달리는 치타를 보여 준다.

    치타런을 보러 가니 많은 사람이 몰려 있어 앞이 보이지 않았다. 제일 잘 볼 수 있는 곳에 있는 사람들은 64달러를 냈을 것이다. 사육사가 치타와 친구라는 개 두 마리를 데리고 나왔다. 쇼가 시작되자 개가 먼저 달리기 시작했다. 개와 치타의 속도 차이를 보여 주기 위해서였다. 이어서 주인공인 치타가 등장해서 미리 달아둔 가짜 먹이를 향해 빠르게 달리기 시작했다. 사

샌디에이고 동물원 사파리 공원을 비롯한 여러 동물원에서 치타런 쇼가 진행된다.

람들은 개보다 훨씬 빠른 치타에 환호했다.

사파리 공원의 홈페이지에는 새로운 대사ambassador 루사의 등장을 축하하는 글이 올라와 있었다. 한 살 반인 치타 루사는 어미에게 '버려졌다'고 했다. 루사의 심리적 안정을 위해 개 레이나를 데려와 함께 키웠고, 루사가 앞다리 기형으로 수술을 받을 때 레이나가 옆에서 지켜주었다는 일화도 적혀있었다. 이 이야기는 우리나라에 훈훈한 이야기로 전해지기도 했다.

어미와 형제를 잃은 치타가 밝고 명랑한 강아지를 만나 정답게 노는 모습은 가슴 뭉클하고 아름다워 보인다. 야생에서는 이루어지지 않았을 두 종의 하모니에 사람들은 시선을 빼앗긴다. 그런데 동물원에는 이와 비슷한 이야기가 한두 개가 아니다. 메트로 리치먼드 동물원에는 어미젖이 부족해서 사람 손에 자란 치타 쿰발리가 개 카고와 함께 산다. 신시내티 동물원에도, 댈러스 동물원에도 치타런 쇼를 하는 치타가 모두 개와 함께 살고 있다. 종을 뛰어넘는 우정도 유행이 되는 세상이다. 어미가 새끼를 자연스럽게 키우지 못한다면 이는 근본적으로 환경이 부적절하거나 건강상 문제가 있다는 의미다. 두 종의 우정에 감동할 일이 아니다.

침팬지나 오랑우탄이 새끼 호랑이에게 젖병으로 우유를 먹인다든지 고릴라와 토끼가 같은 방사장에서 지낸다든지 하는 모습 또한 화제성이 있기에 최근까지도 이용되고 있는 동물원의 홍보 전략이다. 그런데 이런 우정 이야기를 기반으로 한 쇼가 동시에 도처에서 일어나고 있다니 이런 우연이 있을까?

샌디에이고 동물원에서는 치타와 개가 한 울타리 안에 있는 모습을 봤다. 치타런 쇼는 없지만 애니멀즈 인 액션Animals in Action이라는 프로그램에서 치타를 포함해 코뿔소, 홍학 등을 가까이에서 볼 수 있었다. 설명판에는 목줄을 한 치타와 개가 함께 산책하는 사진이 있었다. '수줍어하는' 치타가 사람들 앞에 설 때 개가 함께 있으면 안심을 한단다. 이들은 죽는 날까지 사람들에 의해 조작된 우정을 지키며 살 수 있을까? 치타와 개의 만들어진 우정의

개와 치타의 우정은 동물원을 홍보하려고 만들어진 것이다.

샌디에이고 동물원에서 야생동물을 '대사'라고 지칭하면서 치켜세우고 있지만 야생동물을 그 자체로 존중하는 모습은 아니다.

유행이 어서 끝나기를, 그래서 한때 유행이었다고 말하는 날이 오기를 바란다. 한 구조단체 전문가는 치타가 야생동물이기 때문에 언제든 개를 공격할수 있다고 했다. 개뿐만 아니라 사람도 위험하다. 2021년 3월 콜럼버스 동물원 사육사가 치타를 산책시키던 중 공격당해 부상을 입기도 했다.

애니멀즈 인 액션 프로그램에는 개와 함께 있는 치타가 야생동물을 대표해서 메시지를 전하는 순서가 있다. 치타는 야생동물을 대표하는 '대사'라고 했다. 아무 의미 없는 직함을 주고 목줄을 한 채 대사라는 역할을 치타에게 강요하는 게 치타를 위한 일인지 의문이 들었다.

10

샌디에이고에서 만난 참돌고래
야생동물을 본다는 것은 아직 그들이 존재한다는 의미

샌디에이고에서 야생 돌고래를 보러 갔다. 항구에 도착하니 최근 관찰된 고래와 돌고래를 기록한 표지판이 보였다. 지난주에 참돌고래common dolphin, 큰돌고래 bottlenose dolphin, 혹등고래humpback whale가 나왔다고 적혀 있었다. 그렇다면 혹시 나도 볼 수 있을까? 귀신고래gray whale가 캘리포니아를 지나가는 12월에서 4월 사이가 가장 인기 있는 시즌이지만 지금은 9월이다. 귀신고래를 못 본다 하더라도 대왕고래blue whale, 참고래fin whale, 밍크고래minke whale, 가끔 지나간다는 범고래killer whale를 만나고 싶었다.

최근 관찰된 고래와 돌고래를 기록한 표지판

인간이 야생동물을 만나는 것은 당연하지 않다. 그들이 우리를 위해 존재하는 것이 아니기 때문이다. 그런데 사람들은 동물원의 동물이 보이지 않거나 활동적이지 않으면 불만을 쏟아낸다. 동물의 생활을 압축해서 드라마틱하게 보고 싶다면 다큐멘터리를 봐야 한다. 동물을 보려면 동물원이나 수족관보다 야생에서 봐야 한다. 야생동물을 둘러싼 환경과 그들이 하는 행동 모든 것이 있는 그대로를 보여 주기 때문이다.

물론 야생에서라도 그들의 삶을 방해하지 않는 선에서 만나야 한다. 호주 허비베이에서 혹등고래를 본 적이 있다. 선장님의 설명을 들으면서 배는 끝없이 바다로 나갔다. 고래에게 100미터 이내 접근불가 등 고래 관찰 업체로 허가를 받으려면 매우 까다로운 규정을 지켜야 한다. 내가 탄 배는 친환경 관광 인증도 받았고, 배 안에는 종보전에 관한 책자와 해양환경보호단체인 시셰퍼드Sea Shepherd의 자료도 있어서 동물에게 해를 끼치지 않을 거라는 믿음이 생겼다.

기다림 끝에 고래를 처음 보았을 때의 기쁨은 이루 말할 수 없었다. 공룡 같은 미지의 거대한 생명체가 몸의 일부만 바다 위로 내보이며 유영하고 있었다. 어미와 새끼가 함께였는데 갑자기 비가 억세게 내리기 시작했다. 고래의 출현을 축복하는 듯했다. 카메라와 몸이 비에 젖어도 행복했다. 지느러미가 매우 섬세하게 움직였다. 수컷이 지느러미로 수면을 때리는 모습, 새끼 한 마리가 뒤집어져 입을 벌리며 먹이를 먹는 듯한 모습, 여섯 마리로 이루어진 무리도 만났다.

호주에서 고래를 볼 운을 다 썼다고 생각했는데 샌디에이고에서도 고맙게 참돌고래 무리를 만났다. 멀리서 헤엄치던 돌고래들이 배 앞으로 다가와 빠르게 헤엄쳤다. 말로만 듣던 선수파 타기bow riding였다. 뱃머리(선수)가 앞으로 나아갈 때 생기는 압력으로 물살을 만드는데, 이 물이 회전하며 돌고래를 앞으로 밀어낸다. 이것을 선수파 타기라고 한다. 쇠돌고래류porpoise, 바

호주 허비베이에서 만난 혹등고래

다사자sea lion, 물범seal 등도 선수파 타기를 하는데 그중 단연 돌고래의 실력이 월등하여 화물선을 만나면 20킬로미터도 넘게 따라간다.

참돌고래는 물살을 타고 자유자재로 움직이며 자리를 엎치락뒤치락 바꿨다. 마치 레이싱대회 같았다. 이런 행동은 헤엄치는 데 쓰는 에너지를 줄여 힘을 덜 들이고 이동하게도 하지만 무엇보다 재미있기 때문이다. 더 타려고 왔던 곳으로 돌아가는 돌고래도 있었다.

한참 놀던 돌고래들이 떠나고 달리던 배가 멈춰 섰다. 한 직원이 물 위에 떠

선수파 타기를 하는 돌고래들

바다에 떠 있던 풍선을 건졌다. 해양 쓰레기는 해양생물에게 큰 피해를 입힌다.

있는 비닐 풍선을 건졌다. 색이 빠지면 해파리와 비슷해서 바다거북이 먹고 죽을 수 있다. 돌고래도 이런 쓰레기를 먹거나 쓰레기가 몸에 걸리면 위험하다. 실제 제주 앞바다에서도 지느러미에 비닐봉지가 걸려 있거나 폐그물에 걸려 꼬리가 잘린 남방큰돌고래Indo-Pacific bottlenose dolphin가 목격됐다.

항해를 하는 2시간 동안 비닐 풍선 4개, 비닐봉지 2개, 플라스틱 통 1개를 건졌다. 빙산의 일각이다. 이미 바다 아래에 가라앉은 쓰레기가 얼마나 많을까? 전 세계에서 한 해 동안 바닷새 100만 마리, 해양포유류 10만 마리가 해양 쓰레기 때문에 죽는다. 생을 다한 고래들의 뱃속에서는 플라스틱 컵, 슬리퍼, 비닐봉지, 밧줄, 낚시 그물, 호스, 수술용 장갑, 운동복, 골프공 등이 나온다.

이런 폐해가 알려지면서 최근 많은 변화가 있었다. 슈퍼에서 공짜로 주던 비닐봉지가 사라졌고, 플라스틱 빨대 대신 종이 빨대를 쓰는 등 많은 국가가 점차 일회용 플라스틱 사용을 법적으로 제한하기 시작했다. 하지만 여전히 육지에서 바다로 엄청난 쓰레기가 흘러가고 바다 밑에는 해양 쓰레기가 넘쳐난다. 바다에 쓰레기가 있는 게 아니라 바다가 쓰레기다. 〈플라스틱

호주 허비베이에서 웨일
왓칭을 갔을 때 배에 시셰
퍼드 리플릿이 있는 것을
보고 반가웠다.

차이나Plastic China〉, 〈시스피러시Seaspiracy〉 등의 다큐멘터리가 경종을 울렸지
만 처리 속도가 쓰레기가 만들어지는 속도를 따라가지 못한다. 거대한 수산
업계는 괴물처럼 바다 생명을 잡아 올려 생태계를 파괴하고, 각종 쓰레기로
바다를 오염시키고 있다. 좀 더 급격한 법적 조치가 필요하다.

해양 생태계가 받은 영향은 바다를 거쳐 우리에게 돌아온다. 단순히 바다
에서 고래와 돌고래를 못 보는 정도가 아니다. 현재와 미래를 파괴하는 삶
의 방식은 자연에 고통을 주고 목숨을 빼앗고 생물다양성을 줄인다. 먹이사
슬의 꼭대기에 있는 인간의 몸에는 미세 플라스틱과 오염물질이 쌓인다. 결
국 어떤 방식으로든 피해를 입을 것이 자명하다.

야생동물을 본다는 것은 아직 그들이 존재하므로 우리에게 시간이 있다
는 의미다. 하지만 거기에 그쳐서는 안 된다. 시간이 얼마 남지 않았다. 눈
앞에서 파도를 즐기는 돌고래들이 사라졌다는 걸 깨닫기 전에 뱃머리를 돌
려야 한다.

11

링컨파크 동물원
방문객은 동물의 스치는 순간을 볼 뿐
고통받는 삶은 보지 못한다

시카고에 도착해서 만난 친구가 고맙게도 시카고 미술관 티켓을 선물해 주었다. 언제부터인가 여행이 마치 일의 연장선 같다는 생각이 들었다. 여행을 시작하면서 다음에 다시 올 수 있다는 생각을 하자고 했지만 어느새 '같은 값이면 미술관보다 동물원이지. 여길 언제 또 오겠어.'라며 호랑이에게 쫓기는 토끼처럼 뛰어다녔다. 동물원 방문객 중에는 모든 동물을 다 보려고 급히 돌아다니는 사람들이 있는데 내 모습이 그랬다. 그림을 좋아하는 나는 친구 덕분에 미술관에서 직접 보고 싶은 작품을 천천히 즐길 수 있었다. 고흐가 그린 자화상과 그의 방, 풍경, 사람들을 오랫동안 보았다. 그림에는 고흐의 시간이 남아 있었다.

다음 날 도시 내 공짜 동물원인 링컨파크 동물원Lincoln Park Zoo으로 들어가니 동부검은코뿔소eastern black rhinoceros가, 그 옆에는 '월터 가족의 북극 툰드라'라는 이름의 북극곰 전시관이 보였다. 이 동물원은 1868년에 문을 열어 북미에서 4번째로 오래됐지만 북극곰 방사장을 포함한 일부 동물사는

북극곰 야외 방사장

고릴라 실내 전시장 고릴라가 바닥에서 뭔가를 찾고 있다.

리모델링을 해서 깔끔하고 새로웠다. 북극곰 방사장은 가짜 바위 위에 흙, 얼음 동굴, 개울, 수영장, 식물 등으로 뒤덮여 있었다. 북극곰은 물속에서 장난감을 가지고 놀고, 종이가방 안에 숨겨진 먹이를 찾느라 바빴다. 풍부화를 잘해 주는 것 같았다. 다른 동물원에서 본 북극곰처럼 멍하게 있거나 정형행동을 하는 모습이 보이지 않았다.

고릴라와 침팬지가 있는 아프리카 영장류 센터는 1976년에 지은 건물을 2004년에 리모델링했다. 겉보기에는 연구소 같았는데 내부 전시장은 유리로 되어 있어 안이 훤히 들여다보였고, 인공 대나무와 덩굴, 개미집이 뒤섞여 매우 복잡했다. 바닥이 눈에 띄었다. 좋은 의미로 굉장히 지저분했다. 풍부한 흙과 깔짚 위에 먹이가 흩뿌려져 있어 거의 모든 동물이 먹이를 찾는데 열중했다. 먹이를 뿌리는 장치, 선풍기, 물 스프레이에는 동작 감지 센서가 있어서 동물이 앞에서 움직이면 작동됐다. 제한적이기는 해도 선택권이 있는 공간이었다.

동물원 중심부에 있는 코블러 라이언 하우스Kovler lion house는 1912년에 지어진 건물이다. 건물 안의 내실은 칸칸이 늘어서 있는데 판으로 가려져 안에 있는 동물이 보이지 않았다. 외부로 나가자 해자로 둘러싸인 사자와 호랑이

정형행동을 하고 있는 눈표범

정형행동을 하고 있는 아무르호랑이

방사장이 있고, 다른 쪽에 여러 고양잇과 동물들이 좁은 케이지 안에 있었다. 그중 눈표범snow leopard, 아무르표범Amur leopard, 아무르호랑이Amur tiger는 정형행동을 하고 있었다. 패이싱pacing(일정 구간을 왔다갔다하는 행동)이다.

육식동물이 정형행동을 하는 원인은 사냥 본능 좌절, 먹이를 먹기 전의 흥분, 탈출하고자 하는 욕구, 계절 등에 따른 성호르몬 변화 등이다. 야생에서는 정형행동을 거의 볼 수 없거나 낮은 수준이다. 다양한 자극이 주어지는 야생과 달리 동물원은 자극이 부족한 환경이라서 동물들의 욕구가 충족되지 않다 보니 정형행동이 나타난다. 정형행동이 야생에서 관찰되지 않는다고 비정상으로 보는 게 맞는지에 대한 논란이 있다. 생리적 행동이거나 자극을 줄이기 위한 보상행동일 수 있으며, 정형행동을 하는 동물이 안 하는 동물보다 나쁜 환경에 있다고 단정 짓기 어렵다는 주장이다.

하지만 정형행동을 하는 육식동물은 스트레스를 받을 때 분비되는 호르몬인 코르티솔 수치가 높다. 호랑이, 사자 등 대형 고양잇과 동물 옆 우리에 사는 삵에게 상자와 나뭇가지 등으로 숨을 곳을 마련해 주면 코르티솔과 함께 정형행동이 감소한다. 이는 숨을 곳을 제공하는 것이 매우 중요한 복지 요소임을 말해 준다. 또한 정형행동으로 신체적 문제가 생기기도 한다. 이빨이 나갈 정도로 철장을 씹고 자신의 몸을 해하는 행위는 절대 정상이 아니다.

다른 곳을 돌아보다가 몇 시간 후에 다시 갔는데도 눈표범, 아무르표범, 아무르호랑이는 여전히 정형행동을 하고 있었다. 영상을 찍으려고 고작 5분을 지켜보았는데도 똑같은 행동만 하니 보는 나도 지루했다. 스쳐가는 사람들이 하는 말이 들렸다. 정형행동인지 아는 사람도 있었지만 대부분 동물을 잠시 구경하고 사진을 찍은 후 바로 떠났다. 동물원을 찾는 사람들은 많은 동물을 보고 싶어 하지 한 동물 앞에 오래 있지 않는다. 사람들은 동물의 한 순간을 바라볼 뿐 그들의 삶은 보지 못한다.

사회적인 동물이거나 넓고 복잡한 서식지에 사는 동물은 동물원이라는 한정된 공간에 살면서 그들의 다양한 욕구를 충족하지 못한다. 그래서 동물원은 동물복지 문제로 가장 먼저 주목을 받는 코끼리, 북극곰, 유인원의 사육 환경을 우선적으로 바꾼다. 이른바 인기 있는 동물들이기도 하다. 이 동물들은 열악한 환경에서 눈에 띄는 정형행동을 한다. 코끼리는 몸이나 머리를 지속적으로 흔들고, 북극곰도 마찬가지다. 북미 동물원 북극곰 중 85퍼센트가 정형행동을 한다. 침팬지, 고릴라 등 유인원은 벽에 머리를 박거나 앉아서 몸을 앞뒤로 흔들고 털을 과도하게 뽑거나 토한 먹이를 뱉었다가 다시 먹는다.

그러나 고양잇과 동물들의 패이싱이나 서클링circling(원을 그리며 같은 길만 걷는 행동) 같은 정형행동은 잠깐 보면 걷는 것처럼 보이기 때문에 다른 동물만큼 비정상적으로 보이지 않는다. 그래서 그들의 환경 개선이 후 순위로 밀리는 경우가 많고, 이는 잘 움직이지 않는 양서파충류도 마찬가지다. 이렇다 보니 어떤 동물사는 최신식이지만 어떤 동물사는 구식 그대로다. 한 구석에 시간이 멈춘 방사장이 있는 곳. 그렇게 동물원 안의 시간은 다르게 흐른다.

최근 2년여에 걸친 링컨파크 동물원의 고양잇과 동물들이 있는 코블러 라이언 하우스와 북극곰 우리의 리모델링이 거의 끝났다는 소식을 들었다. 시카고의 자존심Pride of Chicago이라는 1억 3,500만 달러짜리 동물원 개선 계획의 마지막 프로젝트로 약 4,000만 달러가 들었다. 물론 프로젝트의 돈이

링컨파크 동물원은 리모델링 후 사자의 행동 및 복지 변화를 주모니터Zoo Monitor라는 애플리케이션을 통해 연구할 예정이다.

모두 동물을 위해 쓰이지는 않는다. 현대식 입구를 짓는데도 많은 예산이 들어갔다.

리모델링을 통해 사자의 영역이 커지자 아무르호랑이는 워싱턴 스미스소니언 국립동물원Smithsonian's National Zoo으로 보내졌다. 동물원이 보유 종수를 줄이고, 동물이 사용하는 공간을 크고 복잡하게 만드는 것에는 찬성하지만 밀려나는 동물들이 어디로 가는지 끝까지 지켜봐야 한다. 서울동물원은 미국동물원수족관협회의 인증 조건을 충족시키려고 알락꼬리여우원숭이를 체험 동물원으로 보냈다. 미국동물원수족관협회 인증은 그동안 중구난방으로 돌아가던 동물원의 발전 방향을 잡고, 동물의 복지와 직원의 안전 문제 등 동물원이 지켜야 할 기준을 더 세밀히 확립하는 계기가 되지만 기준을 억지로 끼워맞추다 보니 부작용이 생기는 것이다. 동물원 환경이 좋아질수록 동물들의 운명은 환경이 더 열악한 동물원으로 갈지 또는 동물원 뒤편 좁은 공간으로 옮겨질지 운에 맡겨진다.

근본적인 환경을 개선하고 변화를 주지 않으면 동물원은 시대에 뒤떨어진 수용소에 지나지 않는다. 환경운동연합 소모임 '하호'가 낸 동물원 모니터에 나온 바와 같이 동물원 동물들은 '살아 있는 박제'나 다름없는 삶을 산다. 어마어마한 예산을 들여 리모델링을 한다고 동물들의 삶이 그만큼 더 나아진다고 말하기는 어렵다. 갇혀 있는 동물을 보는 인간의 불편함을 없애는 데 더 많은 돈을 쓰고 있는 게 아닐까?

시대는 빠르게 변한다. 리모델링으로 겨우 따라잡은 시간대는 또 저 멀리 도망간다. 링컨파크 동물원의 영장류 센터가 28년 만에 바뀌었다면 2032년이 돼야 다음 기회가 온다는 말인데 아직도 열악한 환경에서 차례를 기다리는 동물들이 있으니 기회는 더 멀어질 것이다. 동물원은 영원히 시대에 뒤처질 수밖에 없다. 차라리 동물원의 한계를 인정하고, 그 예산을 보전이나 동물복지에 집중적으로 쓰는 게 진정 동물을 위한 일일 것이다.

12

브룩필드 동물원
오랑우탄이 채혈하라고 팔을 내미는 훈련은 왜 필요할까?

링컨파크 동물원에서 차로 30분 정도 떨어진 곳에 있는 브룩필드 동물원 Brookfield Zoo으로 향하며 다른 동물원을 갈 때보다 긴장되는 한편 기대도 됐다. 지인을 통해 브룩필드 동물원 직원을 만나기로 했기 때문이기도 하지만 동물복지, 보전, 연구 분야에서 두각을 나타내는 수준 높은 동물원이기 때문이다. 비영리기관인 시카고동물학회에서 운영하는 곳으로 미국동물원수족관협회의 인증을 받았다.

핼러윈 즈음이라서 들어가니 두 개의 사자상 주변에 호박이 널려 있었다. 도심에 있는 링컨파크보다 더 넓고 자연에 둘러싸인 느낌이 드는 동물원이었다. 처음 나를 맞아준 직원은 영장류 팀장이었다. 팀장은 가장 먼저 나를 고릴라 내실로 안내했다. 들어가는 복도 옆에는 먹이가 나오는 장치를 만들수 있는 생수통과 플라스틱 관, 공이나 상자 등 풍부화에 사용하는 물건들이 가지런히 쌓여 있었다. 사육사실 벽에 붙어 있는 큰 화이트보드에는 고릴라의 이름과 훈련하는 행동 목록이 적혀 있고 칸마다 알록달록 색이 칠

새끼 서부로랜드
고릴라

해져 있었다. 한 행동에 대한 훈련을 모든 사육사가 완료할 때까지 표시해
서 현황을 한눈에 알 수 있도록 했다.

　고릴라 사육사가 오더니 건강관리를 위한 기본적인 훈련행동 몇 가지를
직접 보여 주었다. 사육사가 앞에 서자 수컷 고릴라가 테이블 위로 올라왔
다. 테이블 아래에 체중계가 설치되어 몸무게를 측정하는 훈련이다. 사육사
가 검지손가락을 한 바퀴 돌리자 고릴라가 뒤로 돌아 등을 보이고, 이어서
가슴, 배, 발 등을 차례로 내밀었다. 이런 식으로 몸을 만지거나 초음파를
사용해 건강검진을 하기 위한 훈련을 했다. 내실 한쪽에 있는 통에 오줌을
싸는 훈련도 한다. 그렇게 받은 샘플로 혈당, 호르몬 등을 분석한다. 고릴라
가 훈련된 행동을 할 때마다 휘슬을 불고 땅콩을 주는 방식으로 훈련을 한
다. 고릴라는 모든 것을 편안하고 자연스럽게 받아들였고, 이를 통해 고릴
라의 건강을 체크할 수 있게 된다.

　오랑우탄도 고릴라처럼 배를 내밀고 뒤로 도는 등의 건강관리를 위한 훈
련을 했다. 나이 든 오랑우탄은 운동이 필요해서 자리 옮기기와 그네 타기
를 훈련했다. 보상은 무가당 주스다. 스프레이를 사용해 입 안에 뿌려 주니
맛있게 삼켰다. 팔에서 채혈하는 훈련도 했다. 이런 훈련은 간단한 행동에

서 시작해 점차적으로 목표 행동에 가까운 행동을 하면 보상하는 방법이다. 셰이핑shaping 또는 행동형성이라고 한다. 팔을 PVC로 만든 관에 넣고, 알코올 솜으로 소독하고, 주사기를 팔에 대고, 바늘을 찌르고 피를 뽑는 과정을 동물이 받아들일 수 있도록 순서대로 훈련한다.

이 같은 긍정강화훈련positive reinforcement training은 학대가 아닌 신뢰를 기반으로 한 훈련법으로, 훈련자가 원하는 행동을 동물이 했을 때 동물이 좋아하거나 원하는 것을 보상으로 주어 그 행동이 일어날 가능성을 높이는 방법이다. 앞에서 사육사가 등을 보여 달라고 했을 때 고릴라가 등을 보여 주면 땅콩으로 보상하는 것처럼. 브룩필드 동물원의 모든 동물은 이런 긍정강화훈련을 기반으로 관리되고 있다. 덕분에 동물들의 건강관리는 훨씬 수월해졌고 동물들도 스트레스 없이 일련의 과정들을 받아들인다.

훈련과 풍부화를 담당하고 있는 팀장을 만나 훈련이 정착하기까지의 이야기를 들었다. 1997년 브룩필드 동물원은 샌디에이고 동물원에 이어 미국에서 두 번째로 코끼리의 긍정강화훈련을 도입했다(2010년에 코끼리 전시를 포기해 현재는 코끼리가 없다). 이전까지 돌고래 등 해양포유류에만 적용하던 훈련 방식이다. 훈련은 점차 전 동물원으로 퍼지고 체계화됐다. 고릴라 사육사들은 아침에 모이면 가장 먼저 회의를 하고 훈련을 한 후에야 청소를 시작한다. 그만큼 훈련이 우선순위다. 동물이 훈련에 흥미를 느껴야 하기 때문에 한 번 할 때 오래 훈련하지 않고, 일과 중에 틈틈이 한다.

이전에는 동물을 이동시키거나 내실에 들어가게 하려면 소리를 지르거나 호스로 물을 뿌려댔다. 동물은 사육사를 두려워했고 믿지 않았다. 야생동물은 아픔을 잘 드러내지 않기 때문에 안타깝게도 죽기 직전에서야 동물의 건강이 악화됐음을 알게 됐고, 이미 치료가 힘들었다. 동물을 잡아서 마취하는 과정에서도 동물은 큰 스트레스를 받고 다치기도 했다. 여전히 원래 방법을 고수하고 긍정강화훈련을 불신하는 사육사들이 있었다. 그런데 훈련을 통해 아주 작은 성과로 시작해 동물이 달라지고 관리가 수월해지는 걸 느끼기 시작하면서 많은 사육사들이 이를 받아들이기 시작했다. 브룩필드 동물원에서 훈련팀장이 됐을 때만 해도 훈련팀장이 있는 동물원은 미국 전역에 2개였지만 지금은 40개로 늘었다.

최근에는 야생 서식지의 보전 프로그램에도 긍정강화훈련이 쓰이고 있다. 시에라리온에서는 야생 침팬지들이 밀렵꾼에게 죽거나 잡혀가는 일이 잦아서 이를 해결하기 위해 훈련을 시켰다. 원래 침팬지는 사람이 나타나면 몇몇 침팬지들이 소리를 질러 위험을 무리에게 알리는데 이를 무리 내 모든 침팬지에게 퍼트리기로 한 것이다. 먼저 먹이통을 나무에 설치한 후 사람과 트럭이 지나갈 때 침팬지가 소리를 지르면 리모컨으로 먹이통 문을 열어서 먹이를 먹을 수 있게 했다. 이렇게 훈련을 시키자 부모 침팬지가 새끼들에게도 가르쳐 밀렵이 86퍼센트나 감소하는 결과를 낳았다. 알래스카에서는 마을로 내려와 쓰레기통을 뒤지는 북극곰에게 폭죽으로 위협을 해도 그때뿐이었고 또 나타났다. 사람이 사는 곳 주변에서 먹이를 얻는 게 야생에서보다 쉽기 때문이다. 그래서 북극곰이 쓰레기통, 울타리, 트럭 등 인

브룩필드 동물원은 북극곰이 자발적으로 채혈에 응하도록 훈련했다.

간의 물건에 접촉하는 순간 폭죽을 쏘았더니 한 해 동안 마을로 찾아오던 북극곰의 수가 300마리에서 3마리로 줄었다.

한국의 동물원도 몇 년 전부터 긍정강화훈련을 확대하고 심화하기 시작했다. 동물원에서 일하며 가장 보람 있던 순간 중 하나는 그 과정에 함께했던 것이다. 특히 아시아코끼리는 전문 훈련사를 초빙해 훈련을 배우고 훈련벽을 만들었다. 그 결과 서울동물원의 코끼리 훈련 방식은 자유접촉free contact에서 보호접촉protect contact으로 바뀌었다. 그러기까지 사육사들을 포함한 직원들의 많은 노력이 있었다. 자유접촉은 코끼리와 같은 공간에서, 보호접촉은 코끼리와 사육사 사이에 훈련벽을 두고 코끼리를 관리하는 것이다. 훈련벽에 구멍을 뚫어 코끼리가 코나 발 등 몸의 일부만 내놓도록 훈련시켰다. 훈련을 통해 코에 물을 넣었다 빼 결핵검사도 하고 귀에서 채혈도할 수 있었다. 먹이를 이용해 자발적으로 훈련에 참여하도록 하기 때문에 마취를 하지 않아도 된다. 자유접촉 훈련의 경우 코끼리가 사람을 공격하거나 사람이 때로 불훅bullhook이라는 한 쪽 끝에 날카로운 쇠갈고리가 있는 꼬챙이를 사용해 코끼리를 찔러 훈련하기 때문에 코끼리와 동물 모두에게 안전하지 않다.

당시 서울동물원이 초청해서 온 훈련 전문가들은 자유접촉 방식을 고수하다 일어난 사고 영상들을 보여 주었다. 코끼리가 사육사를 공격해 죽은 사건도 여럿이다. 미국에서는 1987년부터 2015년까지 코끼리 사육사 18명이 죽었고, 135명이 부상을 입었다. 호주 시드니의 타롱가 동물원도 자유접촉 훈련을 하다가 사육사가 코끼리에게 공격당해 부상을 입은 후 보호접촉으로 바뀌었다. 하지만 몇몇 동물원은 여전히 자유접촉 훈련을 선호한다. 포트워스 동물원Fort Worth Zoo은 1987년 코끼리로 인한 사망 사고가 있었지만 수컷만 보호접촉으로 바꾸고, 암컷과 새끼는 계속 자유접촉 훈련을 고수했다. 결국 2015년, 사육사가 코끼리에게 공격받아 다쳤고 동물원은 고용인을 보호하지 못했다는 이유로 12,500달러의 벌금을 냈다.

이렇게 위험한 방법을 고수하며 방문객 몰래 한 손에 들어가는 작은 불혹을 쓰는 곳도 있다. 동물복지를 저해하고 사육사에게 언제 사고가 일어날지 모르는 상황이라는 점에서 특히 코끼리의 자유접촉 훈련은 반드시 없어져야 한다. 활발한 정보 교류와 경험 축적으로 전반적인 사육관리 방법이 개선되고 있는데도 과거의 방법만 고수하는 경향이 보이곤 해 안타깝다. 물론 옛 방법이라고 다 틀린 것은 아니지만 동물과 사람 모두에게 더 안전한 방법이 있다면 반드시 귀 기울여야 한다.

훈련 팀장과 함께 풍부화 도구를 만드는 곳에 갔다. 아티스트의 작업실

오랑우탄을 위한 풍부화. 막대기를 이용해서 땅콩 버터를 빼먹을 수 있다.

같았다. 두 사람이 한창 작업 중이
었다. 벽에는 가짜 나뭇잎, 덩굴,
나뭇가지 등이 걸려 있었지만 모
두 진짜처럼 보였다. PVC 관에 열
을 가하고 색을 칠한 통나무 먹이
통은 보기에도 자연스러워 보였
다. 혀를 쓰는 기린을 위해서는 나
무껍질처럼 보이는 판 뒤에 장난
감을 매달고, 오랑우탄을 위해서는

식물처럼 보이게 하는 풍부화

도구를 사용해서 먹이를 빼먹을 수 있는 인공 개미집을 만든다. 모두 방문
객 입장에서 보면 자연의 일부 같았다.

예전에는 풍부화를 할 때 장난감 같은 인공적인 물건을 그대로 동물에게
주었는데 방문객의 시선이 동물이 아닌 물건에 집중되었다. 그래서 벽화와
회전목마를 위해 고용했던 미술가들로 풍부화 팀을 꾸렸다. 사육사들도 차
차 동물과 방문객 모두를 만족시키는 아이디어를 내기 시작했다. 이런 과정
을 통해 동물이 예상하지 못하는 시간에 먹이가 나오는 먹이통이나 움직이
는 돌 등 동물에게 자극을 주는 물건을 발명했다.

어떤 동물원은 자연스럽지 않은 물건이 동물을 존중하지 않게 만든다고
하고, 어떤 동물원은 동물에게 좋다면 인공적인 물건이라도 사용해야 한다
고 주장한다. 브룩필드 동물원은 자연스러운 모습을 보여 주고자 하는 의지
가 있고, 적절한 인력을 배치할 수 있어 행운이었다. 물론 자연스럽게 보이
는 것이 좋지만 그렇지 못하다면 방문객에게 충분한 설명을 하고 인공적이
더라도 조달 가능한 물건을 풍부화에 사용하는 게 좋다고 생각한다. 브룩필
드 동물원 수준이 될 때까지 동물들이 지루하지 않게 다양한 시도를 계속
하는 것이 중요하다.

풍부화를 하면 동물들의 생각지도 못한 반응을 보게 된다. 알을 주면 깨서 먹은 다음 껍질을 몸에 문지르는 하이에나, 칡으로 엮어 만든 먹이통을 물고 흔드는 테이퍼tapir(코와 윗입술이 길게 자라 코리끼처럼 보이기도 하고, 멧돼지처럼 보이기도 하는 포유류), 쌓아준 흙에 이리저리 몸을 굴리는 코끼리, 숨겨진 벌레를 찾아 바삐 움직이는 미어캣meerkat, 혀를 이리저리 움직여 먹이를 빼먹는 기린을 만난다. 훈련도 동물에게 자극을 주는 풍부화에 속한다. 동물이 자신이 어떤 행동을 했을 때 평소와는 다른 결과가 따라온다는 것을 깨닫는 순간이 만들어 내는 움직임을 보곤 했다. 생각하고 움직일 기회를 주지 않아 몸뿐 아니라 정신마저 갇혀 있던 동물이 호기심을 가지고 시도하고 성과를 얻는 모습을 볼 때면 기쁨과 슬픔을 동시에 느꼈다.

국내 동물원에 동물행동풍부화가 도입된 지 오랜 시간이 흘렀지만 아직도 여러 가지 이유를 들어 도입하지 않는 동물원이 있다. 풍부화에 쓰인 물건들을 치우기 싫어서, 동물에게 위험할까 봐, 시간이 없어서, 돈이 없어서, 동료의 협조가 없어서 등 안 되는 이유를 귀가 아프게 들었다. 이미 검증되고 쉬운 풍부화조차 하지 않는다. 동물에게 탐색의 기회와 숨을 곳을 주는 것은 동물복지의 기본이다. 우리를 청소하고 자랑하지 않듯 풍부화를 하는 것도 자랑거리가 아닌 당연한 것이어야 한다.

물론 동물들을 위해 무엇이라도 해 주려 노력하는 사육사들도 많다. 모든 동물원이 브룩필드 동물원처럼 풍부화팀을 만들고 훈련 팀장을 고용할 수는 없을 것이다. 브룩필드 동물원은 놀랍게도 자원봉사자가 없다. 노조에서 자원봉사자를 받지 못하게 하고 대신 충분한 인력을 채용할 것을 요구했기 때문이다. 맞는 말이다. 정직원을 뽑아 충분한 교육을 통해 전문가를 길러 내는 것이 동물원과 직원 그리고 동물에게 바람직한 일이다. 동물을 위해서도 동물과 함께 일하는 사람이 행복해야 한다.

13

신시내티 동물원
어미 뱃속 새끼 야생동물이 묻습니다,
저 지금 동물원에서 태어나도 될까요?

동물원에서 태어난 새끼 동물들은 인기 스타다. 동물원은 새끼의 성장 과정을 보여 주면서 이름을 공모하기도 하고, 첫 생일 파티도 연다. 많은 사람들이 새끼 동물을 보러 동물원에 간다. 2017년 미국 신시내티 동물원Cincinnati Zoo & Botanical Garden에서 태어난 스타는 하마Nile hippo 피오나였다. 피오나는 신시내티 동물원에서 75년 만에 태어난 하마다. 조산이었고 젖 먹기를 거부했지만 다행히 살아남아 어미와 함께 지내고 있었다. 눈앞에서 피오나가 수조 바닥에서 발을 굴러 물 위로 두둥실 떠오르는 모습을 보자 사람들이 피오나를 왜 보러 오는지 충분히 이해가 갔다. 거부할 수 없는 귀여움이었다. 2022년 피오나의 귀여움에 빠진 페이스북 그룹

신시내티 동물원에서 75년 만에 태어난 새끼 하마 피오나는 인기 스타다.

2017년 신시내티 동물원에서 만난 피오나

회원만 해도 18만 명을 넘었다.

동물원 스타라면 2006년 베를린 동물원에서 태어난 북극곰 크누트가 가장 유명할 것이다. 크누트 덕에 동물원을 찾는 연간 방문객 수가 250만 명에서 350만 명으로 늘었고, 동물원은 3,000만 달러 이상의 수익을 올렸다. 크누트는 피오나와 달리 어미에게서 '버림받아' 사육사 손에서 자랐고, 크누트가 새끼였을 때의 호들갑스러운 반응만큼 최후는 그다지 큰 반향을 일으키지 못했다. 크누트는 2011년 불과 4살의 나이로 우리 안의 연못에 빠져 익사했다. 사인은 뇌염 중에서도 희귀한 항NMDA수용체뇌염anti-NMDA receptor encephalitis이었다. 크누트가 떠날 때는 이미 성장하면서 귀여움을 잃어 인기가 사라졌고, 크누트를 키운 사육사도 사망한 후였다.

동물원 동물의 탄생은 주목받지만 죽음은 대부분 숨겨진다. 때로 태어난 지 얼마 되지 않아 죽으면 탄생마저 숨겨져 없던 일이 되기도 한다. 만약 피오나와 크누트처럼 모든 동물원 동물에게 이름이 있고, 구별이 가능해서 각각 주목을 받는다면 사람들은 동물들의 결말에 놀라 동물원의 근본적인 시스템에 이의를 제기할 것이다. 북극곰의 평균 수명이 25~30살인데 크누트가 4살에 죽었을 때 사람들은 북극곰을 동물원에 가두고 애완동물처럼 키워서는 안 된다고 주장했다. 크누트의 가족이 근친교배의 역사를 가지고 있으며 북극곰이 살기에 베를린 동물원의 환경이 적절치 못하다고 비난했다. 크누트와 함께 태어난 쌍둥이 형은 태어난 지 며칠 만에 이름도 없이 죽었다. 이름 없이 죽는 동물은 동물원의 정당성에 부정적인 영향을 미치기 때문에 알려지지 않는다. 인기 없는 동물은 말할 것도 없다. 크누트의 죽음으로 논란이 있었지만 동물원의 근간을 흔들지는 못했다.

귀여운 새끼 동물이 사람들의 이목을 끌면 경제적 이득이 크기 때문에 과거 동물원에서는 무조건 새끼를 얻으려 안간힘을 썼다. 국내외를 막론하고 일부러 어미에게서 새끼를 떼어내 사육사가 젖병을 물리면서 사람들 앞에 전시하는 동물원이 있다. 이런 인공포육 동물들은 사람들과 사진을 찍고 유리 전시관에 갇혀서 보낸다. 이렇게 야생동물이면서 야생동물로 자라지 못한 동물은 크면서 같은 종이 아닌 사람에게 구애를 한다든지 같은 종과 잘 어울리지 못하고 공격적이 돼서 동물원의 골칫거리가 된다. 이 외에도 동물들이 성장하면서 한정된 공간이 비좁아서 싸우거나 다치는 일도 생긴다. 한 동물원에서만 번식하다 보니 유전적 다양성이 낮아 건강에 문제가 있는 동물도 태어난다.

동물원의 보전 역할이 점차 커지고 동물복지에 대한 일반인들의 인식도 달라지기 시작했다. 그러자 동물원은 더 이상 야생에서 멸종위기종을 잡아서 데리고 오지 못했다. 이제는 동물원 스스로 수요를 충당해야 했고, 더 나아가 야생에 진정으로 도움이 되는 일을 해야 했다. 이러한 과제를 인식한 동물원은 종보전을 위해 멸종위기 동물들을 계획적으로 번식시켰다. 미국은 이를 SSPSpecies Survival Plan, 유럽은 EEPEuropean Endangered Species Programmes라 이름 지었다. 목표는 적절한 번식과 동물원 간 동물 이동으로 유전적 다양성을 높이고 안정적 개체군을 유지하는 데 있다.

1981년에 SSP를 시작한 미국동물원수족관협회는 현재 500여 개의 번식 프로그램을 운영하고 있으며 각 프로그램에는 자문 그룹이 있다. 종 코디네이터가 동물의 혈통, 나이, 성별 등 정보를 수집한 후 논의를 통해 결정을 내리면 동물원은 권고를 따른다. 예를 들면 현재 검은코뿔소black rhinoceros 보전 프로그램에는 78개 동물원이 참여하는데 동물원 간 개체 이동을 통해 짝을 맺어 검은코뿔소의 번식률을 높이고 야생 연구도 후원하는 식이다.

동물원의 가장 대표적인 복원 성공 사례는 황금사자타마린golden lion tamarin 이다. 이 작은 영장류는 브라질 서식지 파괴로 야생에 200마리밖에 남지 않았던 멸종위기종이다. 스미스소니언 국립동물원과 세계자연기금을 중심으로 140개 동물원이 번식 프로그램에 참여했다. 동물원들은 황금사자타마린을 번식시킨 후 방사 전 훈련을 통해 야생에 적응시켰다. 또한 브라질 정부의 도움을 받아 서식지를 보전하고 해당 지역민을 교육했다. 이 덕분에 현재 야생의 황금사자타마린의 개체수가 2,500마리로 늘었다.

하지만 동물행동학자 마크 베코프는 《동물의 감정》에서 미국의 한 동물원 관계자의 말을 빌려 이런 계획은 허풍에 불과하다고 비판했다. 황금사자타마린 같은 성공 사례는 극히 일부에 불과하고, 이런 프로그램에 참여하지 않는다고 법적 제제가 있는 것도 아니기 때문이다. 동물원 건축가 데이비드 핸콕은 동물원이 보전에 쓰는 돈은 전체 예산의 3퍼센트도 안 된다며 대부분은 최첨단 전시와 마케팅에 쓰인다고 일침했다.

동물원이 보전에 기여한다는 것을 비웃기라도 하듯 2021년 다큐멘터리 〈보전 게임The conservation game〉이 이런 현실을 알렸다. 언젠가부터 미국 TV 토크쇼에 새끼 호랑이나 눈표범 등 야생동물이 나오기 시작했다. 특히 전 콜럼버스 동물원장은 토크쇼 스튜디오에 새끼 곰, 악어 등을 데리고 나와서 동물원에서 귀하게 태어났으니 보전에 관심을 가져달라고 호소했다. 그런

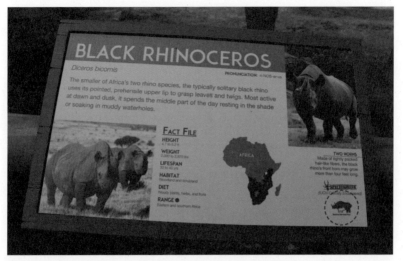

신시내티 동물원 검은코뿔소 설명판. 오른쪽 구석에 코뿔소 모양의 SSP 프로그램 표시가 그려져 있다.

데 다큐멘터리를 통해 스튜디오에 출연한 동물이 야생동물을 마구잡이로 번식하는 농장에서 데려온 것임이 밝혀졌다. 동물원장이 거짓말을 한 것이다. TV에 나온 후 쓸모없어진 동물은 다시 번식업자, 길거리 동물원Roadside Zoo(개인이 직접 만든 철창과 우리 속에 적은 수의 동물을 가두고 전시하며 돈을 버는 곳)이나 동물 경매장으로 넘어간다. 미국동물원수족관협회는 이런 일이 지속되는 동안 가만히 있다가 다큐멘터리가 나오자 2021년 10월 뒤늦게 콜럼버스 동물원의 회원 자격을 박탈했다. 이쯤 되면 미국동물원수족관협회가 자신들의 이익을 위해 존재하는 것인지 보전에 관심이 있기나 한지 묻고 싶다.

동물원 동물의 번식은 무조건 칭찬해야 하는 경사가 아니다. 동물원에서의 번식은 보전과 연결되어 있지 않은 경우가 더 많고 계획 없이 번식하는 경우가 허다하다. 번식은 동물원 환경과 동물의 삶 그리고 목적을 충분히 고려해 결정한 후 실행에 옮겨야 한다. 멸종위기종이니 일단 번식시키고 보자는 구먹구구식 번식을 해서는 안 된다. 이런 경우 좁은 공간에 동물이 과도하게 많아져 동물의 복지를 해칠 가능성이 크다. 덴마크 코펜하겐 동물원은 근친교배를 막는다는 이유로 기린을 죽여 사자에게 먹이로 주고, 무리에서 밀려날 사자 네 마리를 죽이는 결정을 했다. 왜 다른 곳으로 보내지 않았냐고 묻지만 공간이 남아돌거나 해당 동물이 꼭 필요한 동물원을 찾기가 어렵다. 동물원의 한 개체당 최소 면적 기준은 과거에 비해 커졌고, 동물원을 확장하는 데는 큰돈이 든다. 또한 동물은 동물원이 딱 필요한 시기에 맞춰서 태어나지도 않고, 죽지도 않는다.

기린과 사자를 죽인 코펜하겐 동물원이 불필요한 번식을 막지 못한 것은 과실이다. 그런데 다른 동물원이라고 과연 태어날 새끼의 수를 철저히 조절할 수 있을까? 2019년 서울동물원은 그물무늬왕뱀이 낳은 알에서 부화한 20여 마리 중 2마리를 제외하고는 모두 냉동시켜 죽여서 고발당했다. 20마리가 다 부화하면 법적으로 정해진 사육 공간이 부족해지기 때문이었다. 동물원에서 번식을 '적당히' 하기란 쉽지 않다. 매번 너무 많아도 너무 적어도 안 되는 난관에 봉착한다. 이것이 동물원의 딜레마다. 물론 멸종위기종을 벼랑 끝에서 구해 보전에 기여하는 동물원이 있기도 하지만 대부분의 동물원이 진짜 원하는 것은 동물원산업이 유지될 정도로 '딱 그만큼' 동물을 번식시키는 것일지도 모른다.

14

신시내티 동물원
방사장에 떨어진 아이와 총에 맞아 죽은 고릴라 하람베

신시내티 동물원에 간 이유는 고릴라 하람베 때문이었다. 2016년 5월 28일, 3살짜리 아이가 고릴라 방사장 안으로 떨어졌다. 방문객과 고릴라 방사장은 4.6미터 깊이의 구덩이인 해자로 나뉘어 있었다. 어머니가 한눈을 판 사이 아이는 1미터가 채 안 되는 울타리를 넘어 해자로 떨어졌다. 한 수컷 실버백silverback(등에 은백색 털이 나 있는 우두머리 수컷 고릴라)이 아이를 발견하고 다가갔다. 직원들은 고릴라를 내실로 들어오라고 불렀지만 고릴라는 들어가지 않고 이리저리 살피더니 아이의 다리를 잡아끌었다.

동물원은 곧바로 총을 쏴 고릴라를 죽였다. 아이가 떨어진 지 10분 만이었다. 당시 현장에 있던 방문객이 찍은 영상은 빠르게 퍼졌다. 죽은 고릴라의 이름은 하람베, 17살. 사람들은 꼭 죽였어야 했냐며 동물원을 비난했다. 신시내티 동물원은 마취를 할 경우 시간이 걸리고 고릴라가 흥분할 수 있어서 아이가 다치지 않도록 빠른 결정을 내려야 했다고 말했다.

30년 전에도 비슷한 일이 있었다. 영국의 저지 동물원에서 한 아이가 고

영국 저지 동물원 고릴라 야외 방사장

릴라 방사장 안으로 떨어졌다. 역시 수컷 고릴라인 실버백이 가장 먼저 아이 옆으로 다가갔다. 무리를 보호하는 것은 우두머리인 실버백의 의무이기 때문이다. 저지 동물원의 사육사는 고릴라들을 향해 안으로 들어오라고 불렀고, 고릴라들은 아이를 두고 모두 안으로 들어갔다. 저지 동물원이 신시내티 동물원과 달랐던 점이다.

이 사건을 통해 많은 것이 알려졌다. 신시내티 동물원은 안전 기준을 지켰고, 사람의 접근을 막으려고 해자 앞에 식물을 심고 울타리를 쳐놨다. 그럼에도 불구하고 아이가 너무 쉽게 건너갈 수 있었다는 사실이 새롭게 밝혀졌다. 낮은 울타리 하나만 넘으면 동물 우리 안으로 들어갈 수 있으니 동물과 인간 사이의 경계에 큰 구멍이 생기는 셈이다.

동물원에서 동물과 방문객 사이를 나누는 방법은 철장, 펜스, 전기 울타리, 그물, 유리창, 해자 등 여러 가지다. 과거 동물원에서는 위험한 동물을 가둘 때 철장을 썼다. 일정한 간격을 두고 수직으로 늘어선 쇠창살은 동물의 모습을 가렸고, 무엇보다 사람이 동물을 가뒀다는 사실을 적나라하게 상기시켰다. 독일의 동물 무역상이자 서커스단 소유주였던 카를 하겐베크(현대 동물원의 시초라고 불리는 함부르크 동물원을 설립했다)는 동물의 능력과 인간의 심리를 잘 알고 있었다. 동물이 뛸 수 있는 최대 거리와 높이를 알았

독일 하겐베크 동물원 코끼리 방사장의 해자. 방문객이 주는 것을 받아 먹으려고 코끼리가 울타리를 넘었다.

고, 사람들이 보고 싶어 하는 동물들의 모습과 환경이 무엇인지도 알았다. 그래서 이전과는 다른 새로운 개념의 동물 전시 공간을 만들었다.

1907년에 탄생한 함부르크 동물원에서 최초로 선보인 동물 전시의 핵심은 해자였다. 해자는 적을 막기 위해 성이나 사유지 주변에 깊게 파 놓은 구덩이다. U자 형, V자 형, 물이 있는 수호와 물이 없는 건호로 나뉜다. 하겐베크는 동물이 있는 주변에 이런 해자를 파서 동물을 가뒀다. 바로 앞에 가서 아래를 보면 해자가 파여 있지만 멀리서 보면 보이지 않아 울타리 없이 자유롭게 돌아다니는 것처럼 보였다. 해자는 철창처럼 동물을 보려는 사람의 시야를 가리지 않는다. 벽이나 유리창보다 바람도 잘 통하고, 사람과 동물이 일정 거리 이상 떨어져 있기 때문에 직접 접촉할 일도 없어 비교적 안전하기도 하다.

하지만 시야가 뻥 뚫려 있고 장애물이 없기 때문에 사람들이 동물에게

호주 애들레이드 동물원 사자 펜스에 걸린 닭
튀김. 방문객이 사자를 향해 던진 것이다.

돌, 과자, 나뭇가지 등을 던진다. 2016년 9월에 서울동물원에서 사자에게 돌을 던지는 방문객이 영상에 찍히기도 했다. 이런 이유로 사육사들은 동물을 돌봐야 할 시간에 방문객들을 제지하고 해자에 들어가 쓰레기를 치워야 한다.

동물 입장에서 해자를 보면 보이지 않는 절벽이 앞을 가로막고 있는 셈이다. 밑으로 떨어지면 다친다는 두려움 때문에 해자를 건너가지 못하지만 여러 문제가 생긴다. 홍수가 나 해자에 물이 차면 수영을 할 줄 아는 동물은 탈출이 가능하다. 또한 무리 내에서 싸우다가 수세에 몰리면 해자에 빠질 수도 있다. 실제로 2006년 미국 플로리다의 잭슨빌 동물원Jacksonville Zoo and Gardens에서 다른 고릴라에게 쫓기던 고릴라가 해자에 빠져 익사했다.

동물의 능력을 제대로 알지 못하고 해자를 작게 만들거나 해자 주변에 타고 넘어올 나무 또는 물건이 있으면 동물이 해자를 넘어 사람에게 다가갈 수 있다. 2007년 미국 샌프란시스코 동물원San Francisco Zoo에서는 호랑이가 해자를 뛰어넘어 밖으로 나왔다. 목격자들에 따르면 한 무리의 사람들이 호랑이를 놀려대어 벌어진 일이었다. 탈출한 호랑이는 사람 한 명을 죽이고, 두 명에게는 큰 부상을 입힌 후 총에 맞아 죽었다. 사고 후 샌프란시스코 동물원은 해자를 더 깊게 파고 그 위를 유리창으로 막은 다음 전기 울타리까지 설치했다.

신시내티 동물원의 고릴라 하람베 사건처럼 동물뿐 아니라 사람이 해자에 빠지기도 한다. 싱가포르 동물원, 베이징 동물원, 베를린 동물원에서는 사람들이 의도적으로 해자를 넘어 각각 호랑이, 판다, 북극곰의 영역으로 들어갔고, 크게 다치거나 죽었다.

낙상 사고가 있었던 저지 동물원 고릴라 야외 방사장 해자 앞에는 주의 문구와 함께 해자 위로 울타리를 쳤다.

내가 신시내티 동물원을 방문했을 때는 사건이 일어난 지 1년 반이 지났을 때였다. 하람베는 없지만 다른 고릴라를 보러 갔는데 리모델링 중이어서 들어가지 못하고 고릴라 동상만 보고 왔다. 하람베가 죽었을 때 사람들이 동상 앞에 놓았던 꽃과 편지는 없었다. 리모델링 후 해자가 어떻게 바뀌었는지 궁금하다.

최근 동물원은 동물과 인간 사이에 대부분 유리창을 설치한다. 사람이 자연에 들어간 듯한 환경을 조성한 몰입전시에서 유리창은 큰 역할을 한다. 유리창은 동물과 사람의 공간을 자연스럽게 이어진 것처럼 만들고, 덕분에 동물을 사람 앞으로 바짝 데려다 놓았다. 유리창 하나를 사이에 두고 눈앞에서 어미 고릴라가 새끼에게 젖을 먹이는 모습을 보거나 하마가 물 안에서 두둥실 움직이는 모습을 볼 수 있다. 과거에도 내실에 유리창이 있었지만 스테인리스 기둥이나 타일 바닥 같은 인위적인 구조물 중 하나였다.

그런데 유리창은 단점이 많다. 무엇보다 깨질 위험이 있다. 미국 오마하 동물원Omaha's Henry Doorly Zoo에서는 한 아이가 가슴을 두드리며 고릴라를 위협하는 행동을 하자 수컷 고릴라가 달려들었고 유리창에 큰 금이 갔다. 미네소타 동물원에서도 불곰이 돌을 던져 유리창에 금이 갔고, 샌디에이고 동물원에서는 두 수컷 고릴라가 싸우다가 달려들어 유리창에 금이 갔다. 다행히 두꺼운 강화유리여서 동물이 탈출하는 불상사는 발생하지 않았다.

(왼쪽) 미국 링컨파크 동물원 고릴라 야외 방사장. 비누를 사용해 무늬를 넣으면 새들이 유리창을 장벽으로 인식해서 충돌을 막을 수 있다.
(오른쪽) 미국 우드랜드파크. 고릴라 방사장 유리창에 써 있는 글 "유리창을 두드리지 않아 고맙습니다(유리창을 두드리지 마세요의 역설적인 표현이다)."

유리창의 두 번째 문제는 사람들이 두드린다는 것이다. 방문객들은 동물의 반응을 보고 싶어서 유리창을 두드려 동물들에게 스트레스를 준다. 동물들은 유리창을 통해 사람을 볼 수 있고 소리도 들을 수 있는 상황에서 이런 자극을 받으면 유리창을 발로 긁으며 사람을 잡으려고 한다. 물론 잡을 수 없지만. 그래서 동물원에서는 사람들이 유리에 손을 대지 못하도록 일정 거리를 두고 울타리를 치거나 두드리지 말라는 안내문을 붙인다.

또 유리창에는 새들이 와서 부딪힌다. 먹이도 나무도 많은 동물원 주변에는 많은 야생 조류가 사는데 유리창에 비친 풍경을 진짜로 착각하고 날아가다 부딪혀 죽거나 다친다. 서울동물원에서도 유리로 된 관람창 아래에서 여러 마리의 죽은 새들을 보곤 했다. 그래서 방지책으로 큰 새 모양의 스티커인 버드세이버bird saver(새가 유리에 충돌하는 사고를 막기 위해 붙이는 스티커)를 붙였는데 스티커 바로 옆에 부딪혀 죽기도 했다. 새는 가로 10센티미터, 세로 5센티미터 정도 돼야 빠져나갈 수 없는 공간이라고 인식한다. 그래서 링컨파크 동물원은 우리 유리창에 빽빽이 무늬를 넣었다.

　유리창을 과도하게 사용하면 동물들의 건강에 문제가 생길 수 있다. 통풍이 잘 되지 않기 때문이다. 한국 동물원 중 동물을 잘 보이게 하려고 벽만 빼고 모든 면을 유리로 한 곳이 있었다. 바람이 들어오고 나갈 데가 없는 그런 방사장은 여름에 찜통이 된다. 강제 환기나 온도 조절 장치가 따로 필요하다. 동물이 유리로 된 실내에서만 살고 햇빛을 직접 쐬지 못하는 경우도 많다. 자외선 중 유리창을 통과하지 못하는 UVB는 비타민 D를 합성해 칼슘 흡수를 돕는데 유리창에 갇혀 있으면 칼슘 부족으로 뼈가 쉽게 부러질 수 있어서 자외선램프를 추가로 설치해야 한다.

　이처럼 유리창이 많은 단점이 있는데도 동물원은 유리창을 포기하지 못한다. 사람들이 코앞에서 동물을 보는 강렬한 경험을 좋아한다는 것을 알기 때문이다. 그래서 동물원은 유리창 앞에 그늘을 만들고, 따뜻한 열선을 깔아 주고, 먹이를 놓아 좋아하는 장소로 만들어서 동물들을 유리창 앞으로 끌어들인다.

　철장을 해자와 유리창으로 바꾸자 사람들은 동물을 가두고 본다는 죄책감에서 벗어났다. 그런데 보는 것으로 만족하지 못하고 동물들의 영역에 어떻게든 가까이 닿고 싶어 한다. 그 욕심이 동물에게 스트레스와 고통을 주고 때로 죽음을 선사할지라도 말이다. 하람베의 죽음은 동물원이 어떤 곳인지 상기시켰다. 그렇게 안 보이려고 애쓰지만 동물원은 인간을 위한 곳이다. 하지만 아무리 인간을 위한 곳이라고 해도 경계를 넘어 동물들의 삶을 마음대로 헤집어 놓아서는 안 된다. 동물과 가까워진 만큼 그들의 작은 공간, 그곳에 갇힌 동물의 시간을 존중하는 마음이 필요하다.

15

빅캣레스큐
보브캣, 호랑이, 시라소니… 큰고양이들의 안식처

캥거루 구조센터에서 봉사를 하면서 만난 친구가 미국 플로리다주에 대형 고양잇과 동물들을 보호하는 곳에서 자원봉사를 하고 싶다며 수의사인 나에게 추천인 서명을 부탁했다. 야생동물구조센터 중에서도 한 종류의 동물에 집중하는 곳에 관심이 있어서 친구를 통해 우연히 알게 된 빅캣레스큐Big Cat Rescue를 플로리다 여행에 포함시켰다. 빅캣레스큐는 캐럴 배스킨이 1992년에 설립했다. 캐럴은 평범한 부동산 사업자로 동물구조와는 상관없는 삶을 살았는데, 어느 날 한 박제사가 경매에서 보브캣을 사는 것을 보고 그 보브캣을 구조하면서 대형 고양잇과 동물의 현실에 눈을 떴다. 살아 있는 동물을 사서 죽인 다음 박제를 해서 파는 것을 이해하기 어려웠다. 1년 후 모피 농장에서 보브캣과 스라소니 56마리를 구조하면서 본격적인 활동을 시작했다.

일정상 봉사활동을 길게 할 수 없어서 투어만 신청했다. 아침 9시에 시작하는 먹이 주기 투어는 60달러. 방문객이 먹이를 주는 것이 아니라 봉사

방문객들이 자원봉사자의 설명을 듣고 있다.　빅캣레스큐는 기업의 후원을 받기도 한다.

자가 먹이를 주는 시간에 가서 설명을 듣는 것이다. 대기실에 설치된 TV 와 인터넷을 통해 24시간 라이브로 동물들의 모습을 볼 수 있었다. 사진 찍는 것도 허용했다. 동물을 어떻게 돌보는지 숨기지 않는 곳이어서 믿음 이 갔다.

　이곳에는 호랑이, 표범, 스라소니, 보브캣bobcat 등 70여 마리의 고양잇과 동물이 있다. 플로리다가 비교적 따뜻해서인지 내실 없이 외부 방사장만 있 었다. 방사장은 허름해 보였지만 동물들이 올라갈 나무, 그늘과 푹신한 흙 바닥 등 필요한 것은 기본적으로 갖추고 있었다. 겉보기에 치중하지 않는 것 같았다. 다만 몇몇 방사장은 사방이 트여 있어서 숨을 곳이 없었다. 서로 볼 수 없도록 가림막이라도 필요해 보였다.

　봉사자가 소, 닭, 양, 토끼, 쥐 등 동물의 식성과 상태에 따라 다양한 고기 를 준비해 왔다. 아침에 한 번 먹이를 주고, 풍부화나 훈련할 때 필요한 양 은 빼고 준다. 먹은 양이 일정하도록 매일 기록해서 건강을 확인한다. 먹이 주는 것을 보며 동물의 사연을 들을 수 있었다.

　칼리는 열악한 환경의 동물보호구역(생크추어리)에서 2년 전 구조한 호랑이다. 동물보호구역은 고통스럽고 위험한 상황에 놓인 야생동물을 구조해 안전하게 보호하는 곳인데, 실제로는 새끼를 번식시켜 팔거나 인간과 함께 사진을 찍는 데 이용하는 곳들도 있다. 이름만 동물보호구역인 곳도 있으니 곧이곧대로 믿으면 안 된다.

서커스 공연장에서 태어난 백호白虎(털이 흰 호랑이) 자부는 근친교배의 결과로 유전적 결함이 있었다. 윗입술이 짧고 이빨이 밖으로 드러난 부정교합이었다. 그래서 먹이를 먹기가 쉽지 않다. 백호가 야생에서 태어나는 경우는 극히 드물다. 현재 세계 동물원에 있는 모든 백호는 근친교배의 결과다. 이 과정에서 덜 하얀 백호도 태어나는데 사람들이 순백의 백호를 원하기 때문에 완벽하게 하얀 백호만 챙기고 나머지는 죽이거나 다른 곳에 판다.

호랑이 앤디는 길거리 동물원에서 구조되어 이곳으로 왔다. 구조 당시 다리를 절고 신장 질병을 앓고 있었던 것으로 보아 새끼 번식용으로 사용되었을 거라 짐작된다. 길거리 동물원은 부실한 사설 동물원이 주로 길거리에 있어서 붙여진 이름이다. 동물을 학대하는 곳이면서 때로는 동물보호구역 또는 동물공원이라는 이름을 붙이고 장사를 한다. 길거리 동물원의 규모는 각각이지만 동물들이 사는 환경은 모두 열악하다. 좁은 철창에 갇혀 적절한 먹이를 공급받지 못하고, 치료도 받지 못한다. 길거리 동물원을 운영하는 사람들은 야생동물에 대해 모르고, 교육도 받지 않은 채 학대하며 훈련을 시켜 동물을 웃음거리로 만든다. 길거리 동물원은 방문객에게 먹이를 사서 동물에게 주도록 하고, 새끼 동물과 사진을 찍게 해서 돈을 번다. 또한 계속 새끼를 번식시켜 다른 동물원으로 팔아넘긴다.

칼리, 자부, 앤디와 같은 동물이 존재하는 이유는 미국의 야생동물 소유에 관한 법이 엄격하지 않아 야생동물을 쉽게 사고팔 수 있기 때문이다. 주마다 법도 다르다. 10개 주에서는 대형 고양잇과 동물 소유에 대한 법이 없거나 합법이고, 35개 주에서는 금지하지만 극히 일부의 경우 요구사항을 만

부정교합 때문에 먹이를 잘 먹지 못하는 백호 자부

호랑이 앤디에게 약을 먹이는 자원봉사자

족시키고 허가를 받으면 가능하다. 대형 고양잇과 동물의 수명은 10~20년이고, 한 마리를 키우는 데 1년에 먹이 값만 1만 달러 정도 든다. 호랑이 한 마리 가격은 900~2,500달러선이다. 합법이기에 대형 고양잇과 동물을 인터넷에서 버젓이 파는 곳도 있고, 경매장도 있다. 지금 당장 인터넷에서 검색하면 새끼 호랑이를 1,500달러에 파는 곳을 볼 수 있고, 어린 치타를 세일해서 팔고, 구입한 치타가 귀엽다는 리뷰를 볼 수 있는 사이트도 있다. 사람들은 소유욕과 과시욕으로 대형 고양잇과 동물을 구입하고 애완용, 전시용, 모피용, 사냥용, 서커스 등에 이용하다 죽이거나 팔아넘긴다. 사람들과 사진 찍기용으로 사용되는 새끼 호랑이는 생후 12주까지만 가능하다. 그 이상 크면 사람이 위험하기 때문이다. 이렇게 어릴 때 어미에게서 떨어져 모유도 먹지 못하고, 보살핌도 받지 못한 새끼들은 면역력이 약해 쉽게 죽기도 하는데 그 수가 얼마나 되는지는 알 수 없다. 암컷은 계속해서 새끼를 낳고, 태어난 새끼들은 조금 크면 더 어린 새끼로 바꿔치기 되면서 계속 사진 찍기에 쓰인다. 건강하지 않거나 늙는 등 쓸모가 없어지면 죽여서 뼈, 가죽, 이빨, 발톱, 머리 등을 암시장에 내다판다.

다행히 현재 미국에서 대형 고양잇과 동물의 모피 시장은 사라졌다.

새끼 사자, 호랑이, 표범 등을 만지고 함께 사진을 찍는 사람들이 가장 큰 문제다.

2003년에 빅캣레스큐와 많은 사람의 노력으로 대형 고양잇과 동물을 다른 주 또는 나라 밖으로 이동하지 못하게 하는 야생동물안전법이 통과됐다. 적법한 시설을 갖춘 곳으로는 보낼 수 있는데, 동물을 팔지 않고 번식하지 않으며 사람과 동물이 직접 접촉하지 않는다는 조건을 지켜야 한다. 대형 고양잇과 동물을 소유할 수 있는 주에서는 등록이나 신고가 아닌 허가를 받아야 한다. 까다로운 요구사항을 갖추어야 허가를 해 준다.

등록과 허가의 차이는 크다. 한국은 2020년까지 동물원을 만들 때 허가가 아닌 등록만 하면 됐다. 그러다 보니 정확한 기준이 없어 야생동물이 살기에 부적합한 시설이 많았다. 동물원에서 일할 때 쉬는 날이면 다른 동물원이나 동물을 전시하는 곳을 찾아다녔다. 대구의 한 체험 동물원을 가니 사자가 원룸보다 작은 텅 빈 실내에 누워 있었다. 풀도 흙도 없는 삭막한 공간이다. 그 안에는 사자말고는 아무것도 없었다. 사자의 눈은 공허했다. 그런 눈은 도처에 널려 있다. 언제부턴가 카페라는 이름의 실내 동물 체험 시설이 늘어나기 시작했다. 지인에게 그런 곳에 왜 가냐고 했더니 미세먼지 때문에 아이들을 데리고 갈 데가 없다고 했다.

그런 환경에 야생동물이 있으면 동물복지에 악영향을 미치고, 아이가 동물을 존중하는 법을 배울 수 없으며, 인수공통 전염병에 걸릴 수 있다고 알려줬다. 미세먼지를 원망할 게 아니다. 엉성한 법이 개탄스러웠다. 애초에 생기지 않았으면 가지도 않았을 것이다. 동물단체 어웨어의 조사에 따르면 동물 카페가 야생동물을 전시하면서 반려동물 판매업, 반려동물 전시업 등으로 신고한 채 운영하고 있었다. 다행히 2021년부터 동물원 등록제는 허가제로 바뀌었고, 사육 환경을 평가하는 전문검사관제도도 도입된다. 다만 이미 국내에 퍼진 동물 체험 시설에 있던 동물을 어떻게 할지는 논의되지 않았다.

빅캣레스큐 봉사자는 대형 고양잇과 동물을 위한 공공안전법이 통과될 수 있도록 지지를 부탁했다. 이 법의 내용은 사자, 호랑이, 표범, 치타, 재규어, 퓨마와 이런 동물의 잡종을 애완용으로 소유하는 것을 금지하는 것이다. 법이 통과되면 대형 고양잇과 동물의 새끼를 만지고 먹이를 주고 사진을 함께 찍는 등의 행위를 할 수 없다. 현재 법안이 제출되어 표결을 기다리고 있다.

왜 사람들은 야생동물을 잡아 가두고, 새끼와 사진을 찍고, 먹이를 주고, 키우고 싶어 할까? 2020년 초 미국에서는 대형 고양잇과 동물을 둘러싼 인간들의 모습을 담은 다큐멘터리 〈타이거 킹〉이 화제였다. 이 작품은 오클라호마주의 그레이터 위니우드 이그조틱 애니멀 파크The Greater Wynnewood Exotic Animal Park(이하 이그조틱 애니멀 파크)를 운영하던 조 이그조틱(이하 조)이라는 남자와 빅캣레스큐 설립자 캐럴 배스킨의 대결 구도를 그렸다. 캐럴 배스킨 또한 이상한 사람으로 그려졌지만 진정한 풍자극의 주인공은 조로 그의 동물원은 끔찍한 동물사육의 대표적인 예다.

이그조틱 애니멀 파크에는 200마리가 넘는 대형 고양잇과 동물이 있었다. 이곳에는 새끼 동물들을 만질 수 있는 체험 프로그램이 있고, 조는 동물들을 애완동물처럼 다룬다. 조는 호랑이와 사자 곁에 있는 자신에 도취된 사람이다. 자신의 자아가 한없이 초라해서 호랑이와 사자의 탈을 뒤집어쓴 것처럼 보였다. 어떤 이들은 동물에게서 돈 냄새를 맡는데 조는 권력 냄새도 맡았다. 호랑이 옆에 선 자신을 우러러보는 사람들의 시선을 느꼈다. 불타는 링을 뛰어넘는 사자와 앞발을 드는 코끼리 앞에는 동물 조련사가 있게 마련이다. 사람들은 대형동물을 보고 감탄하고, 그런 동물을 자유자재로 다루는 조련사에게 박수를 보낸다. 오랜 옛날에는 미처 다가가지 못했던 야생동물이 사람이 하라는 대로 움직이고 의존하는 모습은 사람들에게 특별한 감정을 불러오는 게 분명하다. 사람들의 시선은 동물을 지나 동물을 다루는 조에게 갔다. 그 시선이 권력을 만들고, 조는 권력의 달콤함에 빠졌다.

조는 대형 고양잇과 동물을 배경으로 자신이 만든 무대의 주인공이 되고 싶었다. 그런데 캐럴 배스킨이 번번이 방해를 한다고 생각해 살인을 사주했고, 결국 실패해 감옥에 갇혔다. 그런데 다큐멘터리가 방영된 후 조는 막나가는 캐릭터로 주목을 받았고, 사람들은 조를 비웃으며 즐겼다. 몸은 감옥에 있지만 결국 원하는 명성을 얻은 셈이다. 다행히 조의 동물원은 폐쇄되었고, 100마리가 넘는 호랑이가 콜로라도의 야생동물 동물보호구역으로 옮겨졌다.

동물 체험 카페에 가서 동물과 사진 찍고 동물을 만지고, 체험 동물원에 갇힌 사자를 보며 현실을 벗어나 즐거운 시간을 보내는 것은 조와 같은 이들의 탐욕을 채운다. 해외에서 수입한 희귀한 야생동물을 집에서 키우면서 자랑하고, 그런 내용을 흥밋거리로 내보내는 미디어 모두 동물에게 고통을 준다. 운송 과정에서도 많은 동물이 죽는다. 야생동물은 야생동물로 살아가지 못하고 생을 마감한다. 땅굴을 파는 여우가 TV, 유튜브 등에서 집에서 키워지는 모습이 여과 없이 나오면 끔찍하다. 아무리 거실 전부가 여우의 공간이라고 하더라도 마룻바닥은 여우의 욕구를 충족시킬 수 없다. 잠시 그렇게 키워지다가 결국 동물원, 동물 카페, 구석진 동물 체험 시설 어딘가로 보내진다.

동물원에서 일할 때 가장 받기 싫었던 전화는 키우던 동물을 기증하고 싶다는 전화였다. 키울 사정이 안 되니 받아달라고 했다. 토끼, 거북이, 이구아나 등 다양했다. 군대를 가거나 이사를 가거나 동물이 너무 커 버려서라는 이해하지 못할 이유였다. 실제 한 TV 프로그램에 아이돌 가수가 나와 파충류를 키우고 있는데 너무 크면 동물원에 보낼 거라는 말을 쉽게도 했다. 동물원은 그런 동물을 모두 받기에 한계가 있고, 동물은 바뀐 환경에 적응을 못해 큰 스트레스를 받고 죽을 수도 있다. 동물원 동물과 평화롭게 살 거란 기대도 착각이다. '기증'이라는 말은 동물을 버릴 때 쓰는 말이 아니다.

　야생동물은 가축화되지 않는다. 개, 고양이, 소, 양, 말, 돼지, 닭 같은 동물
은 오랜 시간 인간과 공생하고 또는 인간에게 이용되며 행동적·유전적 변
화를 거쳤다. 하지만 인간은 야생동물을 길들이지 못했다. 다양한 야생동물
을 가축화하려는 시도가 실패로 돌아갔다. 말은 가축화되었지만 얼룩말은
가축이 되지 않았다. 원래 살아오던 서식지가 아닌 환경에 가두어 두고 인
간의 방식대로 다루면 야생동물은 정신적·신체적으로 고통을 겪는다. 이는
정형행동, 공격성, 질병 등으로 나타난다. 동물원이나 TV에서 야생동물을
보고 무심히 내뱉은 '키우고 싶다'는 말이 현실이 되는 순간 야생동물에게
는 비극이 찾아온다.

16

디즈니월드 애니멀 킹덤
교육 프로그램은 인정,
하지만 동물은 여전히 거대한 환상의 세계 속 조연이었다

디즈니월드에 가는 날이다. 어릴 적 디즈니 동화 전집을 보고 또 보며 자랐다. 책을 펼쳐 세워 요새를 만들기도 하고, 왜 그랬는지는 모르겠지만 염소처럼 책을 찢어 씹어 먹기도 했다. 매주 일요일 아침이면 TV에서 방영되는 애니메이션 프로그램 〈디즈니 만화동산〉을 보려고 일찍 일어났다. 나이가 들면서 자연스레 멀어졌다가 디즈니 동화책을 다시 보고 싶었지만 구할 수 없었다. 이러니 이번 여정에 디즈니 애니멀 킹덤Disney's Animal Kingdom Theme Park이 빠질 수 없었다. 당연히 동물을 보고 싶었지만 어릴 때 좋아했던 만화 속 친구들을 보고 싶은 마음도 있었다.

가장 싸고 괜찮아 보이는 숙소에 묵었는데 디즈니 주변이라서 그런지 방이 귀여운 캐릭터로 꾸며져 있었는데, 침대는 없고 큰 쿠션만 있었다. 다른 동물원을 갈 때와는 기분이 묘하게 달랐다. 혹시 설레는 건가? 개장 시간인 오전 9시에 맞춰 갔는데 차들이 줄을 서 있었다. 디즈니를 너무 만만하게 봤다. 미리 와 있어야 했는데…. 폐장 시간인 저녁 8시까지 있으리라 다짐했다.

개장 전부터 와 있는 사람들

디즈니월드는 4개의 테마 파크로 구성돼 있다. 놀이기구가 많은 매직킹덤, 세계문화를 볼 수 있는 앱콧, 영화와 관련된 할리우드 스튜디오, 동물을 볼 수 있는 애니멀 킹덤. 나의 목적지는 당연히 애니멀 킹덤이었다. 가방 검사를 하고 표를 받자마자 아프리카 사파리로 달려갔다. 빨리 간 편이었는데도 25분을 기다렸다. 나중에야 예약을 하면 기다리지 않고 입장하는 프리패스가 있다는 사실을 알았다. 한 사람당 두 번 사용이 가능한데, 내가 프리패스를 인지했을 때는 이미 인기 있는 장소가 마감된 상태였다. 디즈니에 혼자 이렇게 계획도 없이 오는 사람은 없을 거라며 혼자 구시렁댔다.

사파리 차를 타니 사파리라는 이름이 무색할 정도로 동물들의 공간이 너무 좁은 한국의 사파리가 떠올랐다. 방문객 눈에는 잘 보이지 않는 전기 울타리가 있어서 동물들은 차에서 잘 보이는 가까운 자리에 붙박이장처럼 머물러 있어야 한다. 게다가 이런 구조에서는 동물들이 사람의 시선으로부터 몸을 피할 수가 없다. 반면 애니멀 킹덤 사파리는 동물들에게 할당된 공간이 넓고 숨을 곳도 있었다. 물론 진짜 야생 사파리에 비하면 제한된 공간이지만 동물이 스스로 다가오지 않는 이상 사람과 대부분 멀리 떨어져 있었다. 차를 타고 빠르게 지나가니 동물이 어떤 행동을 하는지 자세히 관찰하기가 쉽지 않았다. 보호하려고 나무에 철망을 둘러쳐 놓았는데 기린 한 마리가 철망을 계속 핥고 있었다. 초식동물의 전형적인 정형행동이다. 2001년 동물원 기린과 오카피 257마리를 대상으로 미국에서 조사한 바에 따르면 먹이가 아닌 물건을 핥는 정형행동을 하는 개체수가 약 80퍼센트였다. 소화효소를 분비하기 위한 행동이라는 말도 있지만, 이런 행동은 먹이와 관련된 욕구가 충족되지 않을 때 일어난다. 기린은 야생에서

사파리 입구

하루에 40~80퍼센트의 시간을 나뭇잎을 먹는 데 쓴다. 그러니 동물원에서는 제공된 먹이를 금방 다 먹고 나면 남은 시간에 정형행동을 하게 될 확률이 높다. 이를 해결하기 위해서 동물원은 기린이 혀를 복잡하게 써야 먹이를 먹을 수 있는 먹이통을 고안하는 등 여러 가지 노력을 하고 있다.

사파리에서 나와 고릴라를 보고 있는데 아이들이 직원이 나눠 준 스티커를 받아 노트에 붙이고 있었다. 물어보니 공짜라고 해서 덥석 받았다. '야생탐험가'라는 제목의 교육용 핸드북이었다. 고릴라 부분을 펼치니 주먹을 쥐고 걷는 너클보행knuckle-walking이나 눈을 마주치지 않는 습성 등 고릴라를 관찰하는 미션을 수행하면 스티커를 줬다. 고릴라가 뒤를 돌아 풀을 먹고 있어서 걷는 걸 보려면 한참 기

방문객에게 나눠 주는 교육용 핸드북

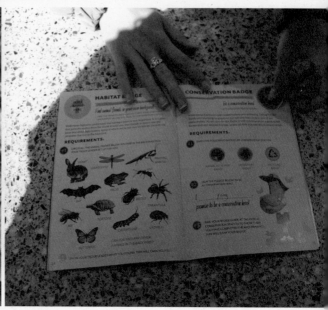

(왼쪽) 고릴라에 대해 설명하고 스티커를 나누어 주는 직원
(오른쪽) 미션을 수행하고 스티커를 받았다.

다려야 했지만 동물의 특징적인 행동을 가르쳐 주는 좋은 방법이었다.

기차를 타고 보전을 주제로 꾸민 교육장소인 보전역conservation station에 도착했다. 유리창을 통해 동물병원 안이 훤히 보였고, 수의 간호사가 사람들에게 병원에 대해 설명하고 있었다. 나는 동물영양에 관한 스티커를 받으려고 먹이 준비실로 갔다. 핸드북에는 "모든 동물은 자신에게 필요한 먹이를 먹어요. 사람이 건초를 먹지 않고, 기린이 마시멜로를 먹지 않는 것처럼요. 잘못된 음식을 먹으면 아파요. 야생 탐험가들은 절대로 야생동물에게 먹이를 주지 않습니다."라고 적혀 있었다.

야생 탐험가에게 주어진 첫 번째 미션은 동물과 먹이를 올바르게 연결하는 것이었다. 나는 새끼 코끼리와 모유, 개구리와 벌레, 타조와 굴 껍데기를 연결했다. 영양사가 타조 뼈와 알까지 가져와 보여 주면서 친절하게 설명해 주었다.

타조 먹이에 대해 설명
해 준 영양사

"타조는 조류라 이빨이 없어서 먹이를 위에서 잘게 부순 다음 소화시켜
요. 굴 껍데기는 타조의 위로 가서 부숴지고, 타조에게 칼슘을 공급해 준답
니다."

두 번째 미션은 야생동물에게 먹이를 주지 않겠다고 서명하는 것이었다.
나도 서명을 하고 스티커를 받았다.

안타깝게도 동물원에서는 많은 방문객들이 동물에게 먹을 것을 준다. 집
에서 싸온 당근, 먹던 과자, 동물원에서 뜯은 풀을 던져 준다. 동물원 동물
은 영양사가 동물에 맞게 짠 식단에 따라 먹는다. 그런데 방문객이 먹이를
주면 과식을 하거나 영양균형이 깨져서 병에 걸릴 수 있다. 방문객이 던져
준 것을 먹으려고 동물끼리 싸우다가 다치기도 하고, 사람도 손을 물리는
등 다치는 일이 발생한다. 방문객에게 먹이를 주지 말라고 말해도 잘 지켜
지지 않는데, 이곳에서는 아이들에게 서명을 하면 스티커를 주는 방법으로
쉽게 교육하고 있었다.

스티커를 많이 모으면 높은 단계의 스티커를 주고, 모든 미션을 해내면
큼지막한 스티커를 제일 앞 장에 붙여 준다. 이걸로 끝이냐고 직원에게 물

으니 이게 다란다. 아이들도 어른도 이런 단순한 걸 재미있어할까 싶었는데 어른인 내가 해도 재밌었다. 초등학교 때 아람단 단복에 달 배지 모으던 때가 생각났다. 질문한 김에 이것저것 물었다. 스티커를 주는 가이드는 모두 30명이고, 한 시간마다 장소를 바꿔 가며 일한다고 했다. 하긴 계속 서서 아이들의 질문 공세를 받고 동물에 대해 설명하는 게 쉬워 보이지는 않았다. 한국 동물원에 적용하려면 지원이 있어야 가능할 것이다.

동물원이 교육을 얼마나 중요하게 생각하고 투자하느냐에 따라 동물원의 모습이 달라진다. 동물원은 어찌됐든 도시 사람들이 가장 쉽고 폭넓게 동물과 접하는 곳이다. 세계적으로 야생에서 동물과 환경에 대해 배우는 생태교육이 늘어나고 있지만 사람들은 여전히 동물이 보고 싶을 때 야생보다는 동물원으로 향한다. 그래서 동물을 존중하고 환경을 보호하는 마음을 가장 먼저 심어 줄 수 있는 곳이 동물원이다. 그런데 동물원에서 교육은 생각보다 뒷전이다. 교육에 대한 인력과 예산이 너무 적어서 영혼을 갈아넣어서 교육 프로그램을 만들고, 헌신적인 자원봉사자의 도움을 받아도 현실화되기는 어렵다. 그러다 보니 동물복지에 기반한 일관된 교육철학이 없으면 동물을 만지거나 먹이를 주는 체험이 교육으로 둔갑한다. 그런 것으로는 동물에 대해 아무것도 알 수가 없다.

보전역을 지나니 가축이 모여 있었다. 이런 곳은 대부분 동물과 사람이 섞여 아비규환인 경우가 많은데 생각보다 조용했다. 손을 씻고 들어가니 사람들이 브러시로 동물을 빗겨 주고 있었고, 동물들 스스로 사람에게 다가왔다. 동물에게 털손질은 스트레스가 줄고, 털에 붙은 기생충도 떼어내는 매우 중요한 일과다. 동물끼리 서로 긁어 주거나 주변의 나무와 바위를 이용하기도 하는데 그걸 사람이 해 주는 것이다.

마구 만지거나 먹이를 주는 사람은 없었고, 먹이를 팔지도 않았다. 사육사는 동물을 훈련시킬 때만 먹이를 보상으로 주고, 무엇보다 먹이를 주는

보전역   브러시로 염소를 빗겨 주고 있다.

것은 오직 사육사뿐이라는 사실을 방문객이 알아야 한다고 했다. 방문객이 먹이를 주면 동물이 사육사의 훈련을 잘 따르지 않고 먹이를 통해 제공하는 풍부화 기회도 줄어든다. 야생에서처럼 먹이를 탐색하는 욕구를 충족시키지 못하는 것이다. 호주에서는 캥거루에게 먹이 주기를 하는 곳이 많았다. 사람들이 먹이를 마구 주면 개체별로 얼마나 먹는지 사육사가 확인할 수가 없고, 건강에도 좋지 않다. 먹이 주기용으로 파는 사료는 기호성이 좋은 펠릿을 많이 사용하는데 펠릿 사료를 많이 먹은 캥거루에게 치석과 구강염증 등 질병이 생긴 경우도 있었다.

교육적으로도 좋지 않다. 동물이 먹이를 얻으려고 사람들을 따라다니는 모습을 보면 교감이라기보다는 마치 구걸하는 것 같지 않냐고 사육사가 반문했다. 먹이에 집착하게 만드는 것이 아니라 가려운 곳을 긁어 주는 모습이 좋아 보였다. 동물의 5대 자유는 배고픔과 갈증, 불안, 스트레스, 질병, 불편함으로부터 벗어나는 것이다. 이 개념은 1965년 영국에서 시작됐다. 집약적 가축 생산 시스템 안에 있는 농장동물의 복지를 위해서 동물이 적어도 일어나고, 눕고, 돌고, 몸의 곳곳을 긁는 등의 행동은 할 수 있는 환경

사람들을 피해 쉴 곳이 마련되어 있다.

을 만들어야 한다는 데 초점을 맞추었다. 1979년에는 동물의 신체적·정신
적 욕구까지 확장시켰다. 1965년의 초안에 동물이 두려움을 피하고 정상
적인 행동을 해야 한다는 내용이 더해졌다. 동물의 5대 자유 기준에 따르면
동물은 알맞은 먹이를 먹고, 물을 마시고, 쉴 곳이 있고, 스트레스를 피해
다른 곳으로 가고, 질병을 예방하거나 치료받고, 푹신한 바닥에서 지낼 수
있어야 한다.

　현재는 동물이 더욱 주체적이고 활동적인 삶을 살 수 있도록 높은 수준
의 복지에 집중하자는 추세다. 부정적인 것을 없애자는 5대 자유5freedoms를
넘어 긍정적인 복지를 높이자는 5대 영역5domains(영양, 환경, 건강, 행동, 정신
상태)이 새로운 동물복지 평가 모델로 제시되고 있다. 사람의 손길이 닿지
않은 곳으로 피하거나 물과 먹이를 제공받는 것이 5대 자유에 속한다면, 동
물이 브러시를 든 사람에게 다가가서 몸을 맡기는 행동이나 놀이를 즐기는

한 마리씩 데리고 나가 건강관리를 해 주고 있다.

행동은 5대 영역에 속한다.

문 앞에 여러 마리 동물이 있었는데 사육사가 문을 여니 염소 한 마리만 타박타박 걸어 나오더니 사육사가 문을 닫을 때까지 가만히 기다렸다. 사육사가 클리커clicker(딸깍하는 소리가 나는 동물을 훈련하는 도구)로 잘했다는 칭찬을 한 후 먹이를 주자 염소는 사육사를 따라 옆 건물로 들어갔다. 한 마리씩 데려가 몸무게를 재고 발굽을 관리하는 중이라고 했다. 동물에게 목줄을 매지 않았고 몸을 밀고 끌고 할 필요도 없었다. 아주 평화로운 오후였다.

한국 동물원에서는 최근에도 예방접종을 하거나 건강검진을 하려고 동물을 잡다가 과도하게 흥분한 동물이 죽는 일이 있었다. 동물이 사육사를 신뢰하지 못하면 언제든 이런 비극이 생긴다. 동물의 '기선을 제압해' 컨트롤하는 방법 밖에 모르면 소리를 지르거나 물을 뿌리는 등 동물을 위협하게 되므로 관계는 악화되고 동물은 스트레스를 받는다. 최근에는 많은 사

기변이 있는 섬 주변을 사람들이 탄 보트가 지나간다.

육사들이 긍정강화훈련을 받아들이고 적용하고 있어 다행이지만 생각보다 과거의 억압적인 관리 방식을 바꾸는 일은 쉽지 않다. 나 또한 동물 훈련이라는 단어를 처음 접했을 때 서커스가 먼저 떠올라서 인위적이라고 생각했지만 지금은 훈련이 누군가에게 보여 주기 위한 것이 아니라 동물의 복지를 위한 것임을 알고 있다. 특히 건강관리에 필요한 과정을 긍정적인 경험으로 만드는 것은 반드시 필요하다. 무조건 외국에서 들어온 새로운 것이니 받아들이자는 게 아니라 동물과 사육사 모두에게 더 나은 방향을 선택하자는 것이다.

디즈니월드에 동물들이 생각보다 많지 않아 시간이 남아서 뮤지컬 〈라이온 킹〉을 보러 갔다. 미어캣 티몬과 흑멧돼지 품바, 크게 만든 기린과 코끼리가 나오고 알록달록한 앵무새처럼 옷을 입은 사람들이 뛰어다녔다. 주인공인 사자 심바는 큰 인형으로 등장했는데 눈을 껌뻑이고 귀를 쫑긋거리기까지 했다. 그런데 갑자기 울컥하더니 눈물이 나기 시작했다. 다 큰 어른이 혼자 디즈니에 와서 울다니…. 몰래 눈물을 닦았다. 사라진 줄 알았던 동심이 되살아난 것인지, 이 무대에서는 주인공이지만 현실에서는 소외된 동물들 때문인지 혼란스러웠다.

디즈니월드의 애니멀 킹덤은 교육 프로그램이나 동물을 관리하는 방법, 뮤지컬 무대는 훌륭했다. 그러면서도 뭔가 석연찮은 구석이 있었다. 기번 gibbon(긴팔원숭잇과에 속하는 소형 유인원류의 총칭)이 있는 섬 둘레에 사람들이 탄 보트가 떠다니는 등 동물 주변은 언제나 많은 사람들로 시끌벅적했다. 놀이기구를 타는 사람들의 비명 소리도 들렸다. 놀이공원과 동물원이 뒤섞여 있는 테마파크에서 항상 느끼는 분주함이다. 애니멀 킹덤이 보전을 위해 노력하고 동물들을 전문적으로 잘 돌보고 있다는 사실은 익히 들어 알고 있었지만 이곳의 동물들은 자본주의가 만든 거대한 환상의 세계에 배경처럼 서 있는 조연일 뿐이라는 느낌을 떨쳐내기가 어려웠다.

17

미국 내셔널지오그래픽 인카운터 : 오션 오디세이 & 일본 오비 요코하마
자연을 재현하는 디지털 기술이
동물을 보고 만지고 싶은 인간의 욕망을 이길 수 있을까?

뉴욕 타임스퀘어 한복판에 디지털 수족관 미국 내셔널지오그래픽 인카운터 : 오션 오디세이National Geographic Encounter: Ocean Odyssey가 생겼다. 내셔널그래픽의 콘텐츠를 가지고 만든 전시장이자 몰입형 체험시설이다. 2017년 10월에 문을 열자마자 갔다. 과연 살아 있는 동물이 없어도 수족관 역할을 대신할 수 있을지, 오랫동안 사람들이 찾아가는 장소로 남을지 궁금했다. 플래시를 터트리는 것은 금지였지만 사진이나 영상을 찍는 것은 허용됐다. 전체적인 주제는 남태평양 솔로몬 섬에서 시작해서 북미 캘리포니아로 끝나는 태평양 야생 탐험이었다.

가이드를 따라 바닥부터 천장까지 이어지는 큰 스크린이 있는 방으로 들어갔다. 주변이 어두워지자 화면은 솔로몬섬의 얕은 바다로 바뀌었다. 바다에는 해초와 작은 물고기들이 움직이고 눈앞에는 돌고래와 가오리들이 지나갔다. 갑자기 긴장감 있는 음악이 흐르더니 돌고래들 뒤로 상어가 나타나기도 했다. 다른 방으로 갈 때마다 동물과 배경이 바뀌었다. 어느 방은 몸길

2션 오디세이에 살아 있는 동물은 없었다.

이가 2미터인 홈볼트오징어Humboldt squid가 싸우는 현장 한가운데였다. 상호 교감 장치도 있었다. 화면 속 캘리포니아바다사자가 나의 동작을 따라 움직이고, 수많은 정어리가 사람들 주변을 둘러싸더니 혹등고래humpback whale가 나타나 정어리 떼를 삼키려고 눈앞에서 입을 쫙 벌려 사람들이 소리를 지르기도 했다.

나는 해저에 있는 것처럼 느껴지는 방이 제일 좋았다. 깜깜한 방에 가만히 앉아 있으니 '부우-', '끼익' 하는 고래와 돌고래 소리를 비롯한 여러 생명의 소리가 들렸다. 영화 〈그랑블루〉가 떠올랐다. 주인공이 깊은 바닷속에서 느끼는 편안함을 조금 알 것 같았다. 현실을 떠나 다른 세상을 만나고 싶을 때 사람들은 여행을 하거나 영화를 보기도 하지만 동물원이나 수족관을 찾기도 한다. 자연을 복사한 그곳에서 다른 냄새를 맡고 다른 풍경을 보며 현실을 잠시 잊는다. 오션 오디세이도 자연을 복사했지만 살아 있는 동물은 없다. 앞으로 디지털 기술을 통해 자연을 재생하는 것이 동물원과 수족관의 미래가 될지 확신은 없지만 굳이 살아 있는 동물을 가둬 놓고 보지 않아도 비슷한 만족감을 준다면 가능하지 않을까 싶기도 했다.

2013년에 문을 연 일본의 오비 요코하마Orbi Yokohama도 이곳과 비슷한 개념의 전시관이다. 내셔널지오그래픽이 오션 오디세이에 콘텐츠를 제공했듯, 세계적인 다큐멘터리 채널인 BBC 어스Earth의 콘텐츠에 일본 게임회사 SEGA의 기술력을 더해 만들었다. 돌아본 후에 결론은 '놀라움 그러나 실망'이었다. 기술력은 대단했지만 동물을 이용한 디지털 기술 체험 느낌이었다. 내 몸에 얼룩말 무늬를 입혀 볼 수 있고, 대형화면의 동물 그림을 터치하면 그 동물에 대한 정보가 나오는 등 흥미로운 놀거리는 많았다. 하지만 돋보이는 기술에 감탄하는 동안 동물을 향한 관심은 어디론가 사라졌다.

무엇보다 찜찜했던 건 그곳에 살아 있는 동물이 있을 거라고는 상상도 못 했는데 자기 몸 크기만 한 수조에 들어가 있는 거북을 보았다. 악어거북이었는지 늑대거북이었는지는 기억이 나지 않는다. 설명도 없었다. 작은 공간에 움직이지 못한 채 있는 거북을 보며 온갖 휘황찬란한 기술이나 야생동물에 관한 훌륭한 내용이 무슨 소용이 있나 싶었다.

다녀온 후 인터넷으로 오비 요코하마를 찾아봤는데 더 끔찍하게 변해 있었다. 올빼미, 기니피그, 고슴도치, 미어캣, 아르마딜로 등을 데려다 놓고 만져보게 하고 동물과 사진 찍기를 하는 페팅주가 되어 있었다. 동물들이 지내는 공간도 좁고 사람들의 손길을 피하기도 어려워 보였다. 한국에서 문제가 되고 있는 동물 체험 카페와 흡사했다. 동물원의 미래가 과거로 퇴보한 느낌이었다. 동물원의 미래가 이런 것이라면 동물에게 너무 가혹하다.

아마도 처음의 인기가 시들해지면서 경영난에 빠지고, 수익창출을 위해 어떻게든 손님을 끌어들이려고 했던 것 같다. 이런 일은 동물원업계에서 종종 일어난다. 경제적 이유보다 동물의 복지를 먼저 생각할 수 있으려면 얼마나 많은 시간이 걸릴까?

오션 오디세이에 대한 리뷰를 찾아보니 전반적으로 좋았지만 만족하지 못했다는 평이 꽤 있었다. 진짜 해양동물을 만날 줄 알았는데 실망했다는 사람, 그리 대단한 기술도 아니었다는 사람, 가오리를 만지길 기대했다는 사람, 차라리 수족관에 가는 게 낫다는 사람…. 방문객들의 이런 평가에 흔들려서 오비 요코하마처럼 되지 않기를 바란다. 오션 오디세이는 코로나 때문에 2020년 3월부터 휴관 중이고, 오비 요코하마는 2020년 12월에 폐장했다.

두 곳이 운영되던 중에도 동물의 현실은 변하고 있었다. 2017년 멕시코 시티는 돌고래 공연을 금지했다. 2018년 한국은 일본 다이지에서 돌고래를 수입하지 않기로 결정했다. 프랑스는 야생동물 공연을 금지하고 소유를 제안하는 법을 통과시켰다. 이와 같은 법안이 마련되면 과거로 돌아가지 않을 수 있다. 여전히 한국에는 일본 다이지에서 잡혀 온 돌고래가 있고, 코끼리

서커스가 존재하지만 이런 식으로 동물을 대하는 것이 옳지 않다는 여론이 커지고 있어서 가까운 미래에 최악의 상황은 벗어나리라 믿는다.

동시에 디지털 기술은 빠르게 성장하고 있다. 증강현실AR, augmented reality(실제 현실에 가상의 존재를 덧입히는 기술) 동물원이 생기기도 하고, 사람들은 3차원 가상현실VR, virtual reality(가상의 세계에서 실제처럼 체험할 수 있는 기술) 세계인 메타버스에서 시간을 보낸다. 2021년에 미국 애틀란타에 일루미나리움이라는 VR 사파리가 문을 열었다. 살아 있는 동물의 빈자리를 기술이 대신할 수 있다면 갇혀 있는 동물도 줄어들지 않을까 기대된다. 다만 기술만 부각되어 동물의 복지나 보전에 아무런 영향을 미치지 않거나 오히려 동물을 보고자 하는 욕구를 자극해 더 많은 동물이 갇힐까 봐 걱정되기도 한다. 애니메이션 〈니모를 찾아서〉 이후 수많은 니모가 잡혀 수족관에 갇힌 것처럼 말이다.

5장

영국

UNITED KINGDOM

01

저지 동물원
현대 동물원의 또 다른 임무, 멸종위기종의 보전

동물원에서 함께 일했던 동료들과 영국 여행을 떠났다. 함께 5일을 보내고 나는 혼자 일주일 더 머무르기로 했다. 첫 목적지는 저지 동물원Jersey Zoo. 저지 동물원은 영국의 유명한 야생동물보호가이자 베스트셀러 작가인 제럴드 더럴이 야생동물 보전을 위해 세운 동물원이다.

저지 동물원은 영국 남쪽의 한적하고 아름다운 저지섬에 있다. 런던 개트윅 공항에서 비행기로 저지섬으로 간 후 버스를 타고 시내로 가서 다시 한 번 더 버스를 갈아타고 마침내 저지 동물원에 도착했다. 주변에는 포도나무가 많아 프랑스의 작은 도시를 연상시켰는데 실제로도 영국보다 프랑스에 가까운 섬이어서 어업권을 두고 다툼이 잦은 곳이다. 입구에 도도dodo의 골격이 전시되어 있었다. 도도는 마다가스카르의 모리셔스섬에 서식했던 날지 못하는 새다. 인간을 두려워하지 않아서 선원들의 쉬운 먹잇감이 되었고, 인간이 데리고 온 돼지, 고양이, 원숭이 같은 동물들이 도도의 둥지를 약탈했다. 도도는 먹이경쟁에서 밀리고, 서식지가 파괴되어 17세기에 멸종했다. 동물원 입구에 도도를 앞세운 건 과오를 기억해서 다시는 똑같은 전철을 밟지 않겠다는 의지 같았다. 저지 동물원의 비전은 멸종으로부터 종을 구하는 것이다.

동물원 입구에서 볼 수 있는 도도의 박제(1680년대 멸종)

관계자를 만나 함께 동물원을 돌았다. 멸종위기종인 마운틴치킨개구리mountain chicken, 오렌지꼬리도마뱀orange tailed skink, 세인트루시아레이서Saint Lucia racer 등 양서파충류의 보전 노력을 하고 있었다. 저지 동물원은 먼저 비슷한 종을 키워 보고 사육 기술이 안정화되면 멸종위기종을 데려와 번식시키는 방법을 적용했다. 양서류는 특히 질병이 많이 알려지지 않았기 때문에 검역을 하듯 관리한다. 그래서 전시용 개체와 번식용 개체를 따로 관리한다. 동물병원에서는 세균, 기생충, 분변검사 등 기본적인 검진을 할 수 있는데 생각보다 규모가 작았다. 보유 동물의 90퍼센트가 5~10킬로그램밖에 나가지 않아 병원에서 마취와 치료가 가능하고, 큰 동물은 서부로랜드고릴라western lowland gorilla와 안경곰spectacled bear 정도여서 동물사에서 마취를 한다. 크고 인기 있는 동물을 많이 보유하려는 동물원이 많은데, 취지와 규모에 맞게 동물 종을 보유하는 것이 좋은 동물원의 요건이다.

인상 깊었던 것은 타마린tamarin 전시 방식이었다. 타마린들은 울타리 없이 마음대로 돌아다녔다. 영역성이 있는 동물이라 멀리 나가지 않는다고 했다. 타마린은 모두 ID칩이 삽입되어 있었다. 타마린 한 무리가 주차장까지 나간 적이 있었지만 20여 년 간 안정적으로 이 같은 방식을 유지하고 있었다. 포식동물로부터의 피해는 없었냐고 물으니 페럿이 타마린 새끼 한 마리

동물원 내에 있는 제럴드 더럴 기념관　　　동물원 입구의 제럴드 더럴 동상

를 데려간 것 빼고는 없었다고 답했다. 동물의 특성을 잘 알고 이를 활용해 동물들을 자유롭게 지내게 하는 모습이 좋아 보였다.

　동물원 한편에는 제럴드 더럴 기념관이 있다. 젊은 시절 휩스네이드 동물원에서 인턴으로 일하던 그는 유산을 받아 카메룬으로 가서 야생동물을 잡아 영국 동물원에 팔았다. 하지만 이런 일이 몇 번 반복된 후 야생동물이 위기에 처해 있음을 알게 되었고, 비싼 동물을 잡지 않아 파산했다. 이후 동물원의 보전 역할을 강화하기 위해 1963년 저지 야생 보전 트러스트Jersey Wildlife Preservation Trust를 만들었다. 이는 나중에 더럴 야생동물 보전 트러스트Durrell Wildlife Conservation Trust로 이름이 바뀌었다. 당시에는 동물원의 보전 역할을 주장하는 것이 매우 급진적인 것이었다. 게다가 다른 많은 동물원을 비판하면서 영국 주류 동물원의 적이 되었다.

　당시 동물원은 우표 수집을 하듯 동물을 모았다. 하지만 그가 만든 동물원은 달랐다. 동물이 많지 않았다. 사자, 코끼리, 기린, 펭귄 등 인기 있는 동물도 없었다. 대신 멸종위기종 복원과 서식지 보전에 집중했다. 브라질, 인도, 아프리카 등에 보전 센터를 세워 현지인들을 고용하고 보전 활동을 활발하게 벌였다. 현재 저지 동물원의 전 직원이 100여 명인데 그중 동물원 사육사가 35명이고, 해외에서 보전 활동을 하는 직원이 50명 정도다. 이 동물원이 얼마나 보전을 중요하게 생각하는지 알 수 있다. 이곳에서는 동물원 자금을 관리하는 총괄 책임자도 보전 교육을 받아야 한다.

저지 동물원은 도도가 살았던 모리셔스섬의 모리셔스황조롱이Mauritius kestrel, 분홍비둘기pink pigeon 등 멸종위기종의 꺼져 가는 생명의 불씨를 되살렸다. 모리셔스황조롱이는 야생에 단 4마리, 분홍비둘기는 야생에 15마리 정도밖에 없었지만 저지 동물원에서 번식한 후 야생으로 돌려보내는 작업을 통해 멸종되지 않았다.

동물원을 다 둘러본 후 고맙게도 직원의 안내에 따라 붉은부리까마귀red-billed chough 보전 활동 지역을 둘러볼 수 있었다. 붉은부리까마귀는 유럽, 북아프리카, 아시아에 널리 분포하지만 이미 100여 년 전 저지섬을 포함한 채널제도channel lslands 에서 멸종했다. 저지 동물원은 다른 동물원에 있던 개체들을 데려와 번식시킨 후

붉은부리까마귀

다시 야생으로 돌려보내는 프로젝트를 시작했다. 바람이 많이 부는 바닷가 절벽 근처로 가니 먹이를 주고 자유롭게 출입하게 하는 준방사 지역이 있었다. 이미 멸종한 이 까마귀를 복원하는 게 어떤 의미인지 물으니, 과거 이 섬에서 살았던 종이니 그 자체로 보전 가치가 있다는 대답이 돌아왔다.

현대 동물원의 네 가지 역할은 전시, 연구, 교육, 보전이다. 그 가운데서도 멸종위기종 보전은 동물원이 가장 나중에 얻은 역할이다. 동물원이 보전에 관심 없이 과거 모습 그대로 머무른다면 방문객들의 동물원에 대한 인식이 많이 바뀐 지금 살아남을 수 없을 것이다. 이미 동물 수집형의 구식 동물원은 많은 이들의 지탄을 받고 있다. 예전 같으면 새로운 종을 동물원에 들여오는 것이 엄청난 행사였지만 지금은 예전처럼 환영받지 못한다.

100년 전 영국 저지섬에서 멸종한 붉은부리까마귀를 번식시켜 자연으로 돌려보내는 야생적응 훈련장소

더럴은 동물원에 심폐소생술을 하고, 보전이라는 임무를 주었다. 동물원 내 교육 센터에서 지금까지 137개국에서 온 5,500명이 넘는 학생들이 멸종

짖는원숭이, 코아티, 안경곰의 야외 방사장

위기종 관리와 서식지 회복에 대해 배웠다. 덕분에 더럴의 노력은 서서히 다른 동물원으로 퍼져 나가 지금은 영국뿐 아니라 유럽의 수많은 동물원이 보전 역할을 수행하기 위해 노력하고 있다. 단순히 동물원 동물이 새끼를 낳는 것은 보전이 아니다. 동물원은 멸종위기종의 유전적 다양성과 서식지 보전, 생태계의 생물 다양성을 위해 최선을

18개국에서 활동하고 있는 더럴 야생보전 기금에 대한 설명판

다해야 한다. 전 세계 동물원에 매년 6억 명이 방문한다. 동물원은 방문자들이 보전에 참여하도록 이끌어야 한다. 이 임무를 어떻게 실천하는지에 동물원의 미래가 달려 있다.

02

런던 동물원 & 휩스네이드 동물원
과거에 갇히지 않고 시대의 흐름을 읽으려는
오래된 동물원의 변화

런던 동물원London Zoo은 동물원 역사상 중요한 곳이다. 이전의 동물원이 왕족 등 특정 계층의 오락을 위한 동물원이었다면 런던 동물원은 런던동물학협회가 1828년에 동물을 과학적으로 연구하기 위해 설립한 곳이다. 협회는 점차 회원뿐 아니라 일반인에게도 동물원을 공개했다. 사람들은 다른 나라에서 온 다양한 동물을 보며 호기심과 문명에 대한 자부심을 충족했다. 과학의 발전을 목적으로 했지만 산업화된 도시 속 부르주아들의 휴식과 즐거움을 위한 장소였다.

런던 동물원에는 문화유산으로 지정된 건물이 몇 개 있는데 이런 건물은 부수지 못한다. 게다가 동물원 땅이 여왕의 소유이기 때문에 건물을 확장하거나 바꿀 때 제한이 많아서 건물들이 낡고 동물에게 적합하지 않지만 그대로 사용한다. 그래서 동물을 다른 곳으로 옮기고 아예 비워 두거나 다른 동물이 쓰도록 하기도 한다.

1934년에 완공된 펭귄이 살던 펭귄풀Penguin Pool은 문화유산 1급이다. 버

펭귄이 살았던 곳이지만 현재는 동물이 살기 부적합해 비어 있다.

런던 동물원의 현재 펭귄사

킹엄궁전과 스톤헨지와 같은 급이다. 물도 없이 텅빈 펭귄풀에는 아무 동물도 없이 낙엽만 뒹굴고 있었다. 미적인 가치는 있으나 동물들에게 적합하지 않았기 때문이다. 콘크리트 바닥 때문에 펭귄들의 관절과 발에 문제가 생기자 펭귄들을 다른 곳으로 옮겼다. 악어나 포큐파인porcupine(길고 날카로운 가시가 있는 설치류로 호저 또는 산미치광이로도 불린다)을 살게 해보려고 했지만 모두 실패였다. 문화유산이라 벽 색깔도 바꾸지 못한다. 하얀 벽으로 둘러싸인 펭귄풀은 그야말로 인공 수영장 같았다.

문화유산 2급인 스노든 새장Snowdon Aviary은 1965년에 만들어졌다. 영국에서 처음으로 새장 안을 사람들이 들어갈 수 있는 방식으로 만든 현대식 건축물이다. 삼각형 여러 개를 이어 붙여서 만든 것처럼 보이는 이 새장은 그 안에 새들이 살 거라고는 상상하기 어렵다. 이 새장에는 회색관두루미grey crowned crane, 아프리카흑따오기African sacred ibis 등 150여 마리가 있었지만 새들이 날기에 비행거리가 짧고, 바닥이 딱딱해 새의 발에 굳은살이 생기고, 세균에 감염돼 엉망이었다. 치료가 필요한 새들을 잡기도 어려웠다. 런던동물원은 그곳에 있던 새들을 다른 곳으로 옮기고 원숭이인 동부흑백콜로부스eastern black-and-white colobus를 들이기로 했다. 실내에 방문객으로부터 콜로부스를 분리할 수 있는 굴을 만들고, 오르거나 뛸 수 있도록 단단한 강철 그물망을 유연한 재질로 바꿀 예정이다. 또한 외부 방사장과 스노든 새장을 연결하는 다리를 만들어 콜로부스들이 자유롭게 오고가도록 만들 것이다.

스노든 새장. 새가 살기에 적합하지 않다는 판단에 동부흑백콜로부스가 들어갈 예정이다.

두 건물은 인간 중심적인 동물원 건축 역사의 대표 사례다. 동물의 생태와 복지를 고려하지 않고 철저히 인간의 시선으로 만든 건물은 당시의 시대상을 그대로 보여 준다. 동물과 환경이 마치 물과 기름처럼 따로 논다. 반면 2016년 리모델링을 마친 '사자들의 땅Land of the Lions'은 좀 달

기린사. 옛날 건물을 그대로 쓰고 있어 아주 좁다.

랐다. 현지의 문화와 동물의 원래 서식지를 접목해서 인간의 삶과 맞닿은 동물의 삶을 보여 주는 듯했다. 아시아사자Asiatic lion 전시장은 유일한 서식지인 인도의 기어국립공원을 본땄고, 나무도 해당 지역의 식생을 조사해 심었다. 아시아사자는 기어국립공원에만 약 600마리가 남아 있는 멸종위기종으로 사자의 한 아종(종을 다시 세분한 생물 분류 단위. 종의 바로 아래 단위)이다. 아프리카사자보다 크기가 작고, 갈기가 덜 빽빽하며, 색이 짙다.

런던 동물원은 인도 정부와 사자 모니터링 및 보전 활동을 해왔다. 사자들의 땅 리모델링 예산에는 보전을 위한 비용도 포함됐다. 해설자, 교육자, 사육사 등 직원들은 인도 현지에서 마을 사람, 지역 동물원과 교류하고 그들을 도왔다. 동물원 전시 공간에도 인도 문화를 편견 없이 윤리적으로 소개하도록 신경 썼다. 방사장 면적은 750평(2,500제곱미터)으로 이전보다 6배 크다.

직원들의 목표는 사자들이 이 공간을 100퍼센트 좋아하도록 만드는 것이었다. 동물훈련 담당자는 "아무리 넓은 방사장이라도 동물들이 쓰지 않는 공간이 있으면 좁은 것이나 마찬가지."라고 말했다. 새로운 방사장은 방문

리모델링한 '사자들의 땅'

객에게 공개하기 전에 동물들이 적응할 시간을 주고, 먹이를 곳곳에 뿌리는 방법 등을 통해 공간 활용도를 넓히는 것이 중요하다.

한국의 오래된 동물원도 마찬가지다. 빈 전시장에 나무 하나, 풀 한 포기 없고 덩그러니 동물만 있는 경우도 많다. 내부 환경도 자연스럽지 못하다. 서울동물원에서 처음 했던 풍부화는 호랑이와 곰 방사장에 큰 나무를 넣어주는 것이었다. 그런데 나무가 들어가기에 문이 너무 작아서 큰 크레인을 불러 나무를 들여야 했다. 바닥이 콘크리트여서 나무를 세우지 못하고 눕혔는데 동물들은 그것만으로도 좋아서 나무 위에 올라가서 긁었다. 그 모습을 보면서 마음이 아팠다. 야외 방사장이 원래 나무를 심을 수 있는 환경이었다면 나무가 들어갈 수 있도록 문이 컸을 것이다.

최초 동물원들은 리모델링하며 전시하는 동물 종과 수를 줄이고, 공간을 넓히는 방향으로 가고 있다. 내부에 해당 동물의 서식지에 맞는 나무와 풀을 고려해 심는 등 노력하고 있지만 공사 기간이 촉박하고 방문객들이 동물을 빨리 보고 싶어 하다 보니 식물이 미처 자리도 잡기 전에 공사가 끝나자마자 동물을 전시하는 경우가 있다. 방문객에게 양해를 구하고 동물이 새로운 환경에 적응할 수 있도록 더 많은 시간을 할애하는 게 필요하다.

공사 후에는 바뀐 환경에 동물이 스트레스를 받지 않는지, 항상 같은 자리에 있지 않는지 살펴야 한다. 문제가 생기면 원인을 알아보고 가림막이나 풍부화를 통해 해결해야 한다. 실제 호랑이, 퓨마, 사자 옆에 살던 삵에게 상자, 나뭇가지, 단상 등을 설치해서 숨을 곳을 마련해 주니 스트레스 호르몬인 코르티솔이 줄어들고 정형행동이 감소했다. 원인은 천적으로 인한 두려움이었다. 아무리 넓고 좋은 방사장이라도 새로운 환경에 던져진다는 것은 낯설고 무서운 일이다. 새로운 공간을 긍정적으로 인식할 수 있게 시간을 들여 관찰하고 문제를 수정해 가야 한다.

리모델링을 하면서 안타까운 것 중 하나는 야외 방사장의 공간이 커지면서 보이지 않는 뒤편 내실에만 머무르는 동물이 생긴다는 점이다. 야외 방사장에 전시되지 못하는 동물은 계속 내실에만 있게 된다. 번갈아 가며 야외 방사장을 쓸 수 있게 해 주는 사육사도 있지만 그렇지 않은 경우도 많다. 계속 좁은 공간에 갇혀 있게 되면 동물복지에 큰 문제가 생긴다. 내실에만 있는 동물을 다른 좋은 곳으로 보내면 좋겠지만 그리 쉽지 않다. 그래서 리모델링할 때에는 방사장에 들어가지 못하는 동물을 고려해서 대책을 세워야 한다. 동물원은 끊임없이 리모델링을 해야 하는데 그 때문에 오갈 곳이 없어진 동물들이 생긴다면 그들을 위한 건물을 따로 마련하는 방법도 있다.

런던 동물원은 리모델링을 하는 등 노력을 해도 한계가 명확하다면 동물을 아예 다른 동물원으로 보낸다. 런던 동물원은 2001년에 사육사가 코끼리의 공격을 받고 죽자 코끼리를 런던동물학협회에서 운영하는 또 다른 동물원인 휩스네이드 동물원Whipsnade Zoo으로 보냈다. 협회는 1828년 런던 중심에 런던 동물원을 열고 약 100년이 지나 1931년에 휩스네이드 동물원을 만들었다. 런던에서 차로 한 시간 거리에 있고, 런던 동물원보다 면적이 17배나 더 넓다. 당시 런던 동물원장이었던 동물학자 피터 찰머스 미첼은 자유로운 동물을 보여 주는 것이 교육적으로 가치 있다고 생각해 이 동물원을 지었다.

'광활하다'는 생각이 들 정도로 넓었다. 차를 가지고 들어가거나 버스를 이용할 수 있는데 나는 차가 없었고 버스는 기다려야 해서 걸어 다니느라 초죽음이 됐다. 특히 남부흰코뿔소southern white rhinoceros와 아시아코끼리Asian elephant의 방사장이 어마어마하게 넓었다. 온통 풀밭이고 나무 몇 그루와 그늘막뿐이어서 보기 심심하게 느껴질 정도였는데 야생을 생각해 보면 그 모습이 맞다. 우리가 평소에 보는 일반적인 동물원 환경은 광활한 자연을 압축해 구겨넣은 것이다.

물론 휩스네이드 동물원의 환경도 열악했을 때가 있었다. 예전에는 성체 코끼리는 런던 동물원에, 새끼 코끼리는 휩스네이드 동물원에 있었다. 휩스네이드 코끼리사도 런던의 펭귄풀을 만든 건축가 루베트킨이 만들어서 역시 코끼리를 생각해서 만든 건물은 아니었다. 코끼리들은 감옥 같은 곳에 갇혀 있었다. 코끼리는 좁은 건물에 갇힌 채 해자를 사이에 두고 인간이 건네는 먹을거리를 받아 먹었다. 1996년과 2017년에 두 번에 걸쳐 코끼리사를 새롭게 만들어 현재는 아시아코끼리 6마리가 야외 방사장 2만 4,000평(8만 제곱미터), 내실 210평(700제곱미터)을 쓴다. 내실 바닥에는 1미터 두께

휩스네이드 동물원의 코끼리 야외 방사장

의 흙이 깔려 있는데 마침 사육사가 내실에서 흙을 옮기고 있었다. 야외 방
사장의 코끼리들은 그물에 든 먹이를 꺼내 먹거나 모래목욕을 했다.

두 동물원을 나서며 과거에 런던 동물원을 방문한 사람들의 생각이 궁금

흰코뿔소 야외 방사장

했다. 문명의 발전에 힘입어 '대단해진' 인간이 만든 건물 속에 갇힌 '거대한' 동물을 익숙하게 받아들였을 것이다. 동물을 위해서든 인간을 위해서든 런던 동물원이 세월을 거치며 인간 중심에서 동물 중심으로 방향을 튼 것은 확실하다. 물론 과거에 비해 환경이 나아지긴 했지만 워낙 오래되고 작은 동물원이기 때문에 한계 또한 분명했다. 이를 극복하려고 런던 동물원은 2년에 걸쳐 동물복지 평가기준을 만들었다. 이를 통해 동물이 방사장을 어떻게 사용하는지, 동물이 방문객의 영향을 받는지, 행사가 있을 때 소음 때문에 동물의 행동이 바뀌는지, 질병으로 인한 고통이 있는지를 객관적으로 보려고 노력한다.

사육 방식에 있어서는 '오래된 것은 좋지 않다'는 생각을 기본으로 가지고 임한다. 갈라파고스땅거북Galapagos tortoise을 보러갔을 때였다. 100년을 훌

쩍 넘기는 수명을 가진 동물을 관리할 때 어려운 점이 어떤 것일지 궁금했다. 사육사에게 물으니 정보가 제각각이어서 어렵다고 했다. 과거에는 먹이로 건초와 과일을 많이 줬지만 지금은 채소류로 바꾸고 있다며 옛날 지식을 고수하면 안 된다고 했다. 고릴라에게 닭고기를 주고, 기린에게 식빵을 주던 때는 지났다. 오래된 동물원은 그만큼 사육 경험이 쌓이지만 우물 안 개구리가 되기도 쉽다. 동물원 속 인간 사회는 생각보다 폐쇄된 사회라서 하던 대로 하곤 한다. 교류하고 연구하지 않으면 과거에 갇히기 십상이다. 런던 동물원의 펭귄풀이 비어 있는 이유는 과거 동물원의 결정이 틀렸다는 것을 인정한다는 의미다. 동물원의 중심은 동물이 얼마나 많은 선택권을 가지는지, 동물이 원하는 게 무엇인지에 달려 있어야 한다.

우리가 평소에 보는 일반적인 동물원 환경은
광활한 자연을 압축해 구겨넣은 거야.

03

요크셔 야생공원
한국의 마지막 북극곰 통키의 안식처였을 곳

런던에서 기차를 타고 동커스터로 갔다. 한국 동물원의 마지막 북극곰 통키가 여생을 보낼 요크셔 야생공원Yorkshire Wildlife Park이 있는 곳이다. 에버랜드는 2018년 6월, 통키가 더 나은 삶을 살 수 있도록 요크셔 야생공원으로 보낸다고 발표했다. 페인트로 칠해진 좁은 공간에서 자연을 빼앗긴 채 살던 통키에게 더 넓고 풍부한 환경에서 행복하게 살 수 있도록 내려진 결정이 고마웠다.

요크셔 야생공원은 원래 말, 라쿤 등을 만지고 먹이를 주는 페팅주였는데 현재의 설립자들이 사들여 야생동물 보전과 복지에 중점을 둔 동물원으로 바꿨다. 2009년에 개장한 후 주변에 이런 동물원이 없어서 급속히 성장했다. 특히 열악한 환경에 있는 동물을 구조해 좋은 환경을 마련해 주는 곳으로 알려져 있다. 그런데 동물원 안내 지도 뒷면을 보니 VIP 교감용으로 미어캣, 몽구스, 여우원숭이, 개코원숭이, 사자, 호랑이, 표범, 북극곰 등에게 먹이 주기를 하거나 가까이에서 볼 수 있는 기회를 제공하고 있었다. 돈이 들어올 데가 필요한 것이겠지만 이는 가짜 교감이다. 이런 방식을 통해 인간은 동물을 의존적으로 보게 되고, 존재 자체를 존중하지 못하게 된다. 여름에는 이곳에서 콘서트도 열고 폭죽도 터트린다. 동물이 편히 쉴 수 있는 완벽한 파라다이스는 아니라는 생각을 하면서 동물원 안으로 발을 내딛었다.

2010년에는 루마니아의 좁은 동물원에 살던 사자 13마리를 데려왔고, 2014년에는 북극곰을 구조해 편안한 삶을 살도록 해 주는 프로젝트 폴라 Project Polar를 시작했다. 나는 곧바로 통키가 옮겨올 북극곰 방사장 쪽으로 향했다. 가는 길에 본 다른 동물의 방사장도 비교적 크고 자연스러웠다. 게다가 우연인지 몰라도 지루해 보이는 동물들이 별로 없었다. 미어캣과 노랑몽구스yellow mongoose는 나무 상자 안의 먹이를 찾거나 흙을 파고 있었다. 기니개코원숭이Guinea baboon도 아프리카들개African wild dog도 넓고 풍부한 환경에서 무리지어 돌아다녔다. 자이언트수달giant otter은 자연적으로 만들어진 큰 웅덩이에서 수영을 하거나 몸을 풀밭에 비볐다.

드디어 북극곰이 있는 곳이다. 큰 나무 사이로 난 길을 따라 걸어가니 뒤

요크셔 야생공원의 사자 야외 방사장

로 드넓은 땅이 펼쳐져 있었다. 툰드라 서식지를 본떠서 만든 방사장 면적은 1만 2,000평(3,900제곱미터)이나 됐다. 유럽과 러시아 동물원에서 온 수컷 북극곰 4마리가 살고 있었다. 8마리까지 살 수 있다고 하니 그중 하나가 통키가 되겠구나 싶었다. 사육사에게 통키를 아느냐고 물었다. 내가 방문했을 때가 2018년 9월이었는데, 사육사는 통키가 두 달 후인 11월에 한국에서 올 거라며 반가운 표정을 지었다. 나는 그때만 해도 통키가 아프다는 소식을 듣지 못했다.

그런데 한 달이 지난 2018년 10월, 24살 통키가 갑자기 죽었다는 뉴스를 접했다. 사망 원인은 '늙어서'라고. 북극곰은 야생에서 25~30년 정도를 산다. 야생에서는 32살까지 산 북극곰이 있고, 동물원에서는 45살까지 산 북

에버랜드 통키

극곰이 있다. 정확한 원인을 밝히려고 실시했다는 조직병리검사 결과는 알려지지 않았다.

한국의 마지막 북극곰 통키의 죽음은 비교적 큰 주목을 받았다. 반면 한국 동물원에 갇혀 있던 북극곰들은 북극의 빙하처럼 어느새 하나둘 녹아 사라져 버렸다. 이렇게 되기까지 얼마나 많은 북극곰이 기후가 맞지 않은 한국 땅에서 얼마나 고통스럽고 불행하게 살다가 떠났을까. 그 아이들의 이름을 이곳에 남긴다. 에버랜드에서 통키와 함께 있었던 밍키는 2013년에, 설희는 2014년에 죽었다. 대전오월드 남극이는 2017년 1월에 죽었다. 동물원이 이 사실을 알리지 않아서 사람들은 8월에야 남극이가 죽은 것을 알게 되었다. 2002년에 남극이와 함께 스페인의 한 동물원에서 온 북극이는 3년 만인 2005년에 세상을 떠났다. 대전동물원을 방문했을 때 남극이의 방사장은 가려져 있어 보지 못했지만 정형행동이 심했다고 들었다. 서울어린이대공원에는 얼음이와 썰매가 있었다. 썰매는 2012년 7월, 얼음이는 2014년 10월에 죽었다. 오래 함께 지냈던 썰매가 죽자 얼음이는 내실로 들어가기 싫어했고, 야외에서 버텼다. 내가 얼음이를 마지막으로 본 것은 2014년 6월의 더운 어느 날, 얼음이가 죽기 4개월 전이었다. 얼음이가 싼 설사가 바닥에 흥건했다. 똥을 싸는 동안에도 주변은 사람들의 말소리로 시끄러웠다. 얼음이는 지친 기색으로 방사장을 서성였다. 서울동물원은 2008년 죽은 민국이를 마지막으로 북극곰이 없다. 2010년 말부터 4개월 정도 잠시 삼손이를 맡았다가 다른 나라로 보냈고, 2011년에 러시아에서 북극곰을 기증하겠다는 말이 있었으나 성사되지 않았다.

매년 여름이면 북극곰들이 한국의 뜨거운 여름을 보내는 동안 '동물들의 여름나기'라는 제목의 기사가 쏟아진다. 얼린 과일과 생선을 받아먹는 북극곰들의 사진. 그걸로 충분하다는 듯 사진은 참으로 시원해 보였다. 환경운동연합 회원들의 소모임인 '하호'는 2002년과 2004년 〈슬픈 동물원〉이라

서울어린이대공원 북극곰 얼음이

는 제목의 서울동물원 모니터링 보고서를 냈다. 북극곰이 머리를 흔드는 정형행동을 하는 것을 당시 동물원은 '장거리를 이동하는 북극곰이 좁은 공간에 갇혀 있어 이를 대체하는 운동'이라고 설명했다. 2012년 썰매가 죽었을 때 한 언론사는 이런 글을 올렸다. "1970년대 인기 코미디언 '남철-남성남' 콤비를 연상케 하는 이른바 '왔다리갔다리' 춤과 역동적인 자맥질 등으로 즐거움을 선사한 스타 동물이었다." 고통에 몸부림치는 북극곰의 정형행동을 이렇게 설명하던 시절이 있었다. 하지만 이제는 정형행동이 무엇인지 알고, 북극곰의 고통을 알며, 동물원에 북극곰이 없어도 이상하지 않은 시대가 되었다.

통키의 죽음은 기후가 맞지 않은 동물을 동물원에 전시해서 고통을 주던 시대가 막을 내렸다는 의미였다.

일본 요코하마에 있는 노게야마 동물원이 생각났다. 북극곰 방사장은 멀리서 봐도 하얗게 페인트 칠을 해서 얼음이 있는 북극을 재현해 놓은 모양새였다. 우리는 때로 새빨간 거짓말에 아무 느낌도 없다. 다들 거짓말을 하

북극곰 조형물만 남아 있는 일본 노게야마 동물원

고 있으니 마치 그것이 진짜인 것처럼 느낀다. 열대우림을 그려넣은 동물원 벽처럼, 북극의 눈을 가장해 콘크리트를 하얗게 칠한 동물원 벽처럼. 그곳은 열대우림도 북극도 아니다. 찌는 듯한 더위에 나도 숨이 턱턱 막히는 요코하마의 여름은 북극곰이 살 만한 환경이 아니지만 나도 이런 동물원에 사는 북극곰을 보며 이상하다고 생각하지 않던 시절이 있었다.

현재 노게야마 동물원에는 살아 있는 북극곰은 없고 북극곰 조형물만 있다. 북극곰은 없지만 북극곰이 살았던 장소는 그대로 남겨놓은 것이다. 내실에 들어가 봤다. 이렇게 좁은 곳에 600킬로그램이나 나가는 북극곰이 갇혀 있었다니 그 고통이 느껴졌다. 동물원은 북극곰이 떠난 자리를 다른 동물로 채우지 않았다. 북극곰의 공간을 비워둔 채 과거의 역사를 보여 주는 것이 좋았다. 동물원에는 동물이 살기에 적합하지 않은 공간이 많다. 인간의 편의에 맞춰 지었기 때문이다. 사육사가 청소하기 쉽고, 방문객에게 동물이 잘 보이게 지어진 곳. 동물에게는 한없이 딱딱한 바닥, 인간의 시선을 피할 곳이 없어서 매 순간 노출되는 그런 곳. 통키도 조형물로 남은 이곳의 북극곰도 그런 곳에서 살았다.

2018년 11월에 멕시코 모렐리아 동물원의 북극곰 유픽이 죽었다. 유픽도 북극의 얼음과 바다색을 모방해 하얗고 파랗게 칠한 가짜 북극에서 매년 멕시코의 뜨거운 여름을 견뎠다. 야생에서 태어난 유픽은 동물원으로 끌려와 25년을 살았다. 이빨로 철장을 깨무는 정형행동 때문에 이빨은 망가질 대로 망가져 뿌리가 노출되었다. 운동 부족으로 근육도 약했다. 이런 사연이 전해지면서 유픽도 통키처럼 요크셔 야생공원으로 가기로 되어 있었다. 하지만 2년간 진행되던 유픽의 이주 계획은 주지사와 동물원이 갑자기 입장을 바꾸면서 취소됐고, 취소된 지 9개월 만에 유픽이 죽었다. 유픽의 사망 원인도 통키와 마찬가지로 '늙어서'라고 동물원은 밝혔다. 동물보호단체는 부검을 제안했지만 동물원은 이를 받아들이지 않았다.

북극곰만이 아니라 부적절한 환경에서 제대로 된 보살핌을 못 받고 갇혀 있는 동물이 많다. 서식지가 파괴되고 생존 능력을 잃어 자연으로 돌아갈 수 없어서 데리고 있는 거라면 동물들에게 충분히 더 나은 환경을 제공해야 한다. 예산, 시간, 인력이 부족하다면 동물을 지금보다 나은 환경이 조성된 곳으로 보낼 결정을 신속히 내려야 한다. 미루는 사이 동물들은 이유를 모르고 죽을 날만 기다린다.

요크셔 야생공원의 두 마리 북극곰이 자연 연못에서 헤엄치며 장난감을 가지고 놀고 있었다. 자연 연못은 8미터 깊이다. 북극곰이 머무는 곳은 평지가 아니고 언덕도 있어서 운동하기에도 좋아 보였다. 북극곰들은 물에서 나오더니 풀에 몸을 비볐다. 통키와 유픽이 조금 더 빨리 요크셔 야생공원으로 왔다면 이렇게 많은 것을 누릴 수 있었을 텐데 안타까웠다.

6장

베트남

VIETNAM

포포즈 곰 보호구역
쓸개즙을 뺏기는 고통을 당한 곰들의
몸과 마음의 상처는 보호구역에 와서도 오래 남는다

베트남 닌빈에 있는 국제 동물보호단체 포포즈가 운영하는 곰 생크추어리Four Paws Vietnam Bear Sanctuary(이하 포포즈)는 반달가슴곰을 구조해 돌보는 보호구역이다. 베트남은 한국, 중국, 라오스와 더불어 곰 쓸개즙을 먹는다. 베트남에서는 쓸개즙이 감기, 타박상, 관절, 간질환에 좋다고 알려져 있다. 특히 반달가슴곰 암컷의 쓸개즙이 더 좋다고 여겨져서 아예 새끼 암컷을 사서 키우는 일도 있었다. 과거에는 야생에 서식하는 곰에게서 쓸개즙을 채취하다가 1990년대부터 쓸개즙 수요가 늘어나자 야생에서 곰을 잡아서 사육하거나 중국에서 쓸개즙을 수입했다. 곰을 가둔 채 산 채로 쓸개즙을 채취하는 곰 사육 농장은 1980년대 중반 중국에서 시작됐다. 중국 사육농장의 곰들은 좁은 철장 정도가 아니라 몸에 딱 맞는 철장에 갇혀서 평생 누운 채 쓸개즙을 채취당할 정도로 참혹한 상황에 놓여 있다. 게다가 곰을 사육해서 쓸개즙을 채취하면 야생 곰이 줄어드는 것을 막을 수 있을 거라는 변명도 변명으로 남았다.

이처럼 잔인하게 채취하는 곰 쓸개즙은 실제로 인간 건강에 도움이 될까? 곰 쓸개즙의 주요 성분은 우르소데옥시콜산으로 간에서 합성되어 분비되며 지방 분해를 돕는다. 쓸개즙은 항균, 항염증, 항간독성 등의 효과가 있는데 현재는 화학적으로 합성한 약품이나 여러 식물 추출물로 대체된다. 그런데도 곰에서 직접 채취한 쓸개즙을 고집한다면 이건 알아야 한다. 쓸개즙 채취 과정이 비위생적이고, 장기 사육된 곰에게서 추출되기 때문에 감염증의 위험이 있다.

베트남 정부는 2005년부터 쓸개즙 거래를 법으로 금지하고 마이크로칩을 삽입해서 관리하고 있지만 여전히 100여 개의 곰 농장에 300여 마리가 남아 있다. 쓸개즙 거래는 금지되어 있지만 마이크로칩을 삽입한 곰에 한해 곰을 소유할 수 있기 때문이다. 베트남은 2025년까지 모든 곰 농장을 폐쇄하기로 결정했지만 법이 느슨해서 일부는 여전히 불법으로 쓸개즙을 팔고, 일부는 곰에게 먹일 사료를 살 돈이 없어서 굶겨 죽이기도 했다.

현재는 예전만큼 곰 쓸개즙을 찾는 사람이 없다. 2021년 발표된 보고서에 따르면 베트남에서 2,400명을 대상으로 조사한 결과 지난 1년간 사육 곰의 쓸개즙을 섭취한 사람은 5퍼센트 미만이었으며 곰 농장이 사라지면 대체제를 이용할 것이라고 답했다.

한국은 가장 큰 곰 쓸개즙 소비 국가였다. 1970년부터 1993년까지 우리나라가 수입한 곰 쓸개즙이 4톤이 넘을 정도다. 동물자유연대가 2012년에 발표한 자료에 따르면 매년 중국을 찾았던 한국 관광객 중 3만 명이 쓸개즙 농장을 방문하고, 그중 30퍼센트가 쓸개즙을 구입했다. 여전히 쓸개즙을 찾는 한국인이 있다. 2013년과 2014년에 베트남에서 쓸개즙을 사고판 사람들이 입건됐는데 한국인이었다. 부끄럽고 끔찍하다.

닌빈역에서 차로 한 시간 정도 달려가는 동안 많은 트럭들이 흙먼지를 일으키며 앞서갔다. 석회암 바위산이 산수화처럼 펼쳐진 아름다운 닌빈이

구조된 곰들이 지내는 야외 방사장

개발을 향해 질주하고 있었다. 보호구역은 꽤 넓었다. 곰은 한 마리당 150 평(500제곱미터) 정도의 방사장을 쓰고 있었다. 방사장에는 물웅덩이가 있고, 곰이 오를 만한 구조물과 풀이 가득했다. 번식을 막기 위해 12마리의 반달가슴곰Asiatic black bear 중 수술 위험성이 큰 암컷은 제외하고 수컷을 모두 중성화했다. 반달가슴곰의 평균 수명은 약 25~30년인데 이곳 곰들의 평균 나이는 22살이다. 평생 고통스러운 시간을 보냈지만 노후는 이곳에서 곰답게 보낼 수 있어서 다행이다.

불법 거래 과정에서 갓 구조된 새끼 곰 두 마리가 집중 관리를 받고 있었다. 태어난 지 2주밖에 안 된 새끼 곰의 몸무게는 900그램. 곰은 자랄 때 어미와 3년 정도 같이 살며 야생에서 살아가는 방법을 배우는데, 이곳의 곰들은 모두 그런 경험 없이 갇혀만 있어서 야생으로 돌아갈 수 없다. 밀수업자들은 야생에서 어미를 죽인 후에 새끼를 포획한다. 이렇게 잡힌 새끼 곰은 쓸개즙 농장이나 애완용으로 팔린다. 다행히 새끼 곰 두 마리는 야생으로는 돌아가지는 못하지만 포포즈 덕에 남은 삶을 이곳에서 편안히 지낼 수 있을 것이다.

이곳에서는 직원 중 적어도 한 명이 매일 곰들의 행동을 관찰한다. 보호구역 안에 동물병원이 있어서 엑스레이, 초음파, 혈액검사 등의 건강관리가 가능하고, 매달 분변검사를 하고, 체중도 확인한다. 곰들의 건강을 위해 먹을거리에도 각별히 신경을 쓴다. 직원이 보여 준 먹이 목록에는 양배추, 호박, 고구마, 당근, 사과, 달걀, 땅콩 등 약 30여 개의 과일과 채소가 빼곡하게 적혀 있었다. 반달가슴곰은 주로 식물성 먹이를 먹지만 간혹 다른 포유류를 사냥하거나 곤충도 먹는 잡식동물이다. 그래서 먹이 목록에는 단백질원인 개 사료도 있었다. 야생에서 곰은 먹이를 찾는 데 많은 시간을 할애하기 때문에 이곳에서도 매일 풍부화를 통해 먹이를 제공해서 곰이 먹는 일에 오랜 시간을 들일 수 있도록 노력한다. 풍부화를 위해 바나나잎에 먹이를 싸거

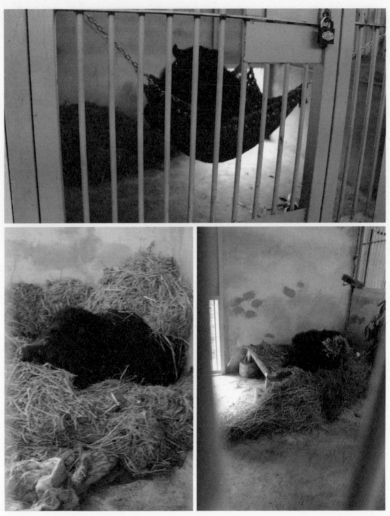

내실에서 해먹을 타거나 푹신한 곳에서 쉬고 있는 곰

나 대나무 먹이통, 상자, 공 안에 숨기거나 물과 함께 얼려 주기도 한다. 그야
말로 곰들의 낙원이다. 한국 동물원에서도 곰에게 다양한 계절 과일과 채소,
동물원 전용 곰 사료를 제공하지만 한국의 곰 사육 농장은 주로 값싼 개 사
료나 돼지 사료, 음식물 쓰레기를 먹인다. 과일을 주는 곳은 드물다.

포즈는 1988년 오스트리아 빈에서 활동을 시작해 부적절한 환경에 있는 곰, 대형 고양잇과 동물, 오랑우탄 등을 구조해 왔다. 베트남에 곰을 위한 보호구역을 만들기로 결정하고 2014년부터 준비를 시작해서 2016년에 건물을 짓고, 2017년부터 곰을 구조했다. 땅은 정부로부터 임대하고 포포즈에서 운영하는 구조다. 닌빈 지자체와도 협력해 곰 소유자들을 설득해서 지역의 모든 곰 쓸개즙 농장을 없앴다. 농장주들에게 금전적인 보상을 하지는 않았다. 각자 원하는 금액이 다르고 보상금액이 너무 컸기 때문이다. 포포즈는 곰을 키우려면 앞으로도 돈이 많이 드는데 이제 베트남에서는 쓸개즙을 찾을 사람이 많이 없다는 것으로 설득했다. 기나긴 대화 끝에 곰을 포기하는 농장이 하나둘 생기기 시작했다. 그중에는 정이 든 곰을 보러 보호소를 찾는 농장주도 있다.

포포즈는 닌빈 관광사업에 도움을 주기 위해 2019년 2월부터 보호구역의 일부를 개방했다. 내가 방문했을 때 야외 방사장 한쪽에 방문객들이 곰을 관찰하고 교육을 받을 수 있는 건물을 짓고 있었다. 야외 방사장 일부만 개방하기 때문에 방문객은 전체를 볼 수 없고, 곰이 쉬는 내실은 공개하지 않는다. 곰을 만지거나 먹이를 주는 일은 당연히 허용되지 않는다. 직원들이 지역학교 학생들에게 곰과 관련한 교육도 하고 있다. 보호구역 직원 28명은 교육, 지역민과의 소통, 수의학적 관리, 동물관리 등의 분야에서 각자의 일을 한다. 직원 중에는 지역 주민도 있다. 보호소 한편은 공사 중이었다. 앞으로 면적을 약 3만 평(10만 제곱미터)까지 늘려서 곰을 44마리 정도 더 수용할 예정이다.

보호구역으로 오는 길에 어수선한 개발 도시의 모습을 봐서 걱정이 됐다. 내가 방문했을 때는 돌을 캐는 광산산업이 진행 중이었는데 다행히 지자체와 논의 끝에 2019년에 끝을 맺었다. 보호구역의 존재가 이렇게 빛을 발하다니 무척 반가운 소식이다. 야생동물 한 마리 한 마리를 구조하는 동안에도 자연은 파괴된다. 그사이 사라지는 생명들은 손가락 사이로 빠져나가는 모래와 같다. 하지만 닌빈에서는 곰 보호구역이 개발을 막은 덕에 모래 위에 다시 생명이 싹을 틔울 수 있었다.

포포즈 베트남 담당자에게 베트남에서의 경험을 바탕으로 한국 곰 보호구역을 현실화하려면 어떤 방안이 좋을지 물었다. 담당자는 동물복지, 자연보전, 생태관광에 관심이 있는 지자체를 찾아서 논의해 보라고 했다. 내가 포포즈를 방문했던 2019년에 한국에 과연 그런 곳이 있을까 의문이었는데 그런 지자체가 생겼다. 2022년에 곰들이 남은 생을 편안히 보낼 보금자리가 구례와 서천에 준비되고 있다. 그동안 녹색연합, 동물자유연대, 동물권행동 카라, 곰 보금자리 프로젝트 등 여러 동물보호단체와 시민단체가 함께 노력한 덕분이다.

한국의 사육 반달가슴곰을 위한 보호단체인 곰 보금자리 프로젝트는 베트남과 캄보디아 등 해외 곰 보호구역을 방문했다. 또한 국내 사육곰 농장 대부분을 방문해 복지 상태를 조사했다. 동물보호단체 카라와 함께 화천 사육곰 13마리를 구조해 직접 돌보고, 구례군에 반달가슴곰 보호소가 제대로 지어질 수 있도록 설계에 참여하고 있으며, 민간 곰 보호구역을 짓기 위해 노력하고 있다.

곰 보금자리 활동가들이 매주 화천의 한 농장에 있는 곰들의 행동을 관찰하고 있다. 콘크리트 바닥을 밟고 살던 곰에게 누울 해먹을 만들어 주고, 긍정강화훈련을 통해 채혈에 성공해서 곰이 건강해지도록 애쓰고 있다. 이런 모습은 언제나 나의 마음을 울린다. 곰들은 토마토, 땅콩, 밤 등 사람들이 기증한 다양한 먹이를 먹고, 새로운 물통에 준 깨끗한 물을 마시고 좋아한다. 하지만 이제까지 곰들이 겪었던 고통은 몸과 마음 깊숙이 남아서 여전히 불안해하고 흥분하기도 한다. 과연 완전히 사라질지는 의문이다.

곰의 고통을 어루만져 줄 동안 해결해야 할 숙제가 있다. 한국과 중국은 여전히 쓸개즙 채취를 위한 곰 사육이 합법이다. 한국의 사육곰은 1997년 1,026마리에서 2021년에 369마리로 줄었다. 최근 한국의 쓸개즙 시장은 잠잠한 편이지만 가끔 웅담(말린 곰쓸개)을 밀반입하다 적발되는 사례가 있다. 2017년에는 북한과 중국으로부터 밀반입해 팔았으나 돼지쓸개로 밝혀졌고, 2020년에는 러시아에서 웅담 10개가 들어와 8개가 팔렸다. 동물복지에 대한 인식이 높아지고 보신 문화가 사라지면서 앞으로 이런 소식은 점차 사라질 것이다. 하지만 한국과 중국이 곰 사육과 쓸개즙 채취를 합법으로 남겨둔다면 곰들의 고통은 끈질기게 계속된다. 시대가 변할수록 인간이 동물에게 주는 전체 고통의 합은 줄어들겠지만 곰 사육 농장에 곰이 남아 있는 한, 한 개체가 느끼는 고통의 크기는 죽을 때까지 작아지지 않는다. 그것이 우리가 농장에 있는 모든 사육곰을 곰 보호구역으로 데려와야 하는 이유다.

반롱습지 자연보호구역 & 멸종위기 영장류 구조센터
긴 꼬리를 가진 멋진 원숭이는
코앞에 닥친 멸종의 미래를 피할 수 있을까?

닌빈에 있는 또 다른 야생동물 보호소인 반롱습지 자연보호구역Van Long Wetland Nature Reserve으로 갔다. 베트남에서 오토바이를 직접 타고 갔는데 도로를 달리는 큰 차 사이에서 무서워 죽는 줄 알았지만 다행히 무사히 도착했다. 근처에 있는 유명한 석회암 관광지인 짱안이 아닌 반롱을 선택한 이유는 습지 때문이다. 습지는 많은 동식물을 품는 중요한 생태계다. 한 생태

반롱습지에 있는 동굴

계 안에서 조화를 이루는 다양한 동물을 만나는 것은 내 가슴을 충만하게 한다.

무엇보다 델라쿠르랑구르Delacour's langur를 멀리서나마 보고 싶었다. 랑구르는 '긴 꼬리'라는 뜻이다. 주로 나무 위에 살며 나뭇잎을 먹는 원숭이다. 델라쿠르랑구르는 북부 베트남에만 서식하고, 현재 250여 마리밖에 남지 않아 2007년에 심각한 멸종위기종으로 지정됐다. 오직 반롱습지에 사는 집단만 독자적 생존이 가능하고, 다른 지역의 델라쿠르랑구르는 그 수가 충분하지 않아 곧 개체군이 사라질 수 있다. 이렇게 수가 줄어든 이유는 사람들이 델라쿠르랑구르를 약재로 사용했기 때문이다. 많이 줄었지만 현재까지 델라쿠르랑구르 밀렵은 계속되고 있다. 걸려도 기소율이 10퍼센트에 불과하기 때문이다. 더욱 강력한 법 집행이 필요한 이유다.

최근에는 시멘트 공장이 들어서면서 서식지가 파괴되고 있다. 베트남은 2019년 기준 시멘트 생산량이 세계 4위다. 시멘트의 원료 중 하나가 석회암인데 델라쿠르랑구르가 그 석회암 위에 산다. 한국 기업들도 베트남 시멘트 산업에 앞 다투어 진출해 하노이에 시멘트 공장을 세웠다. 하노이와 닌빈은 기차로 한 시간 거리다. 이런 악조건 속에서 살아남아 준 델라쿠르랑구르. 직접 마주치면 멸종의 절벽 위에 서 있는 경외하는 이 동물에게 제발 살아남아 달라며 절이라도 할 참이었다.

돈을 내야 탈 수 있는 배를 운전하는 뱃사공은 지역 주민이었다. 금방이라도 부서질 것 같은 작은 나무배에 올라타면서도 평화로운 랑구르 서식지에 내가 훼방을 놓는 건 아닐까 걱정이 됐다. 이런 걱정을 하는 이유는 미국 플로리다에서 악어가 사는 습지에 갔을 때 내가 탄 보트가 습지 한가운데로 굉음을 내며 질주한 적이 있었기 때문이다. 새들이 놀라 날아오르고 악어가 물속으로 숨었다. 마치 생태계 파괴 체험 같았다. 동물들에게 너무 미안했다.

야생 델라쿠르랑구르 © Elke Schwierz

　다행히 반롱의 나무배는 습지 안쪽으로 조용히 들어갔다. 자연을 존중하는 마음이 느껴졌다. 백로, 물총새, 이름을 알 수 없는 작은 새들이 먹이를 찾고 날아다니느라 분주했다. 천국에 온 게 아닐까 싶을 정도로 고요하고 아름다웠다. 몇 십 분 정도 지났을까 뱃사공이 저쪽을 보라며 조용히 손가락으로 무언가를 가리켰다. 델라쿠르랑구르들이었다.

　검은 털 바탕에, 허리부터 무릎 위까지만 흰 털이 있어 마치 흰 바지를 입은 것 같았다. 석회암과 나무 위에 여러 마리가 모여 앉아 나뭇잎을 뜯어 먹기도 하고 긴 꼬리를 다듬기도 했다. 가슴이 뛰었지만 멸종의 미래는 모른 채 현재에 집중하는 랑구르의 모습을 보며 마냥 좋아할 수만은 없었다. 랑구르에게 아직 기회가 남아 있을까?

　다음 날 희망을 찾아 꾹프엉국립공원에 갔다. 랑구르 보전을 위해 노력 중인 멸종위기 영장류 구조센터Endangered Primate Rescue Center가 있는 곳이다. 이곳의 시작은 독일인 틸로 네이들러였다. 1941년 동독에서 태어나 엔지니어링을 공부하면서도 언제나 마음은 자연과 동물을 향했던 그는 자연스럽게 유럽, 아프리카, 아시아, 남극 대륙에서 조류를 연구했다. 최고의 조류학자 중 한 명인 장 테오도르 델라쿠르가 1930년 델라쿠르랑구르를 발견한 것이 네

두크마른원숭이 red-shanked douc langur

이들러에게 영향을 미쳤다. 1991
년에 베트남의 자연을 보러 간 그
는 델라쿠르랑구르를 멸종위기에
서 되살려야겠다고 마음 먹었다.
1993년 프랑크푸르트 동물학협회
의 지원을 받아 프로젝트 매니저
로 베트남으로 갔고, 같은 해 꾹프
엉국립공원과 협력해 멸종위기 영
장류 구조센터를 설립했다.

영장류 구조센터에서 만난 델라쿠르랑구르

　　구조센터의 활동은 사냥꾼에
게 잡혀있던 어린 델라쿠르랑구르 두 마리를 구조하면서 시작됐다. 건강 상
태가 좋지 않은 랑구르들을 돌보면서 밀렵을 감시하는 한편 공원 관리자들
을 양성하고 지역민들을 교육했다. 많은 영장류를 구조하면서 센터의 기반

델라쿠르랑구르 © Elke Schwierz

을 세우고, 지역사회와 협력해 반롱습지를 자연보호구역으로 만들었다. 우선 정부와 지역민들이 함께 반롱습지관리위원회를 만들어 과도한 파괴와 관광산업을 막았다. 모든 활동을 강력하게 규제하지는 않았다. 해당 지역에 사는 사람들에게는 지속가능한 만큼 낚시를 허용하고, 약초를 캐도록 했으며, 보전에 기여하는 거주민들에게는 재정적인 지원을 했다. 또한 지역 여성들에게 습지에서 가이드를 하거나 대나무 배를 몰아 관광 수익을 얻을 수 있도록 도왔다.

영장류 구조센터는 현재 독일 라이프치히 동물원의 지원을 받아 운영한다. 30여 명의 직원이 영장류 14종 180여 마리를 보호하고 있다. 가이드가 보호하는 원숭이를 소개해 주었다. 이곳에서 보호 중인 델라쿠르랑구르는 태어난 지 5개월 된 새끼와 어미였다. 구조센터 내에 야생 적응 지역이 두 군데 있어서 그곳에서 훈련을 한 후 야생으로 돌려보낼 예정이라

고 했다. 돌아갈 안전한 집이 있다
는 것은 매우 감사한 일이다. 지역
민 또한 교육을 통해 반롱 생태계
의 중요성을 알고 있다. 반롱습지
에는 735종의 육상 및 수생 식물
이 자리 잡고 있고, 조류 72종, 포
유류 39종, 어류 54종, 파충류 32
종 등이 산다. 2019년에는 람사르
보호구역으로 지정되면서 이제는
베트남에서 꽤 유명한 관광지가
됐다. 1998년에 500명이 방문했
는데 2007년에는 4만 5,000명이
이 습지를 찾았다. 주민들은 멸종
위기의 델라쿠르랑구르가 사는 생
태계가 온전히 지켜져야 사람들이
찾아온다는 것을 깨닫고 동식물을

인도차이나회색랑구르Indochinese grey langur

모니터링하면서 이곳에 무슨 일이 일어나면 지역 감시원들에게 알려 보호
하도록 애쓰고 있다.

　하지만 시멘트 공장이 계속해서 느는 한 델라쿠르랑구르의 집이 언제까
지 안전할지는 알 수 없다. 위성지도로 찾아보니 자연보호구역 주변으로 벌
레가 파먹듯 석회암을 파내 숲이 사라지고 있었다. 멸종을 눈앞에 둔 동물
에게 너무 가혹한 일이 아닌가.

사이공 동물원
백호를 전시하는 동물원도, 환호하는 방문객도
부끄러운 줄 알아야 한다

베트남은 신혼여행으로 갔는데 맛있는 음식도 먹고 잘 놀았지만 동물을 찾아다니며 사진을 찍고 조사를 하다 보니 출장을 온 기분이었다. 마지막 목적지는 호치민에 있는 사이공 동물원이었다. 베트남은 어딜 가나 대부분 건물 내에 에어컨이 있어서 시원했지만 동물원은 야외였다. 덥고 습한 날씨에 폐허 같은 동물원을 돌아다니는 게 신혼여행에 어울리지 않았지만 동물을 좋아하는 반려자를 만난 덕에 세 시간이나 땀을 삐질삐질 흘리며 함께 동물원을 둘러봤다.

동물원에 가면 동물만 봤는데 언제부터인가 역사가 보였다. 유럽에서 보기 힘든 동물을 유럽의 동물원에서 보면서부터였다. 특히 벨기에의 앤트워프 동물원Antwerp Zoo에서 콩고에만 사는 오카피와 동부로랜드고릴라eastern lowland gorilla, 보노보, 콩고공작Congo peafowl을 보고서 콩고가 벨기에의 식민지였다는 사실을 체감했다. 그 시절 제국주의 국가가 지배권을 확장시키고 확인하는 방법은 살아 있는 동물이든 물건이든 빼앗고 가져와 전시하는 것이었다. 동물원과 박물관에는 그런 역사가 남아 있다.

　베트남을 식민지로 삼았던 프랑스는 1864년부터 사이공 동물원을 만들기 시작해 1869년에 일반인에게 공개했다. 프랑스는 동물원을 다양한 동식물 표본을 모아 프랑스로 보내는 창구로 이용했다. 프랑스가 베트남을 장악하기 위해 체결한 제1차 사이공조약이 1862년, 그로부터 150여 년이 지나는 동안 동물원에는 그 긴 역사가 어떻게 축적되어 있을지 궁금했다. 한국은 1909년에 창경궁에 만든 동물원인 창경원이 있었지만 1983년에 동물들을 서울동물원으로 옮기면서 없앴다. 이렇게 따지면 베트남에는 창경원 같은 동물원이 아직 남아 있는 셈이다.

　둘러본 지 얼마 되지 않아 이곳은 과거의 유물처럼 그대로 박제되어 있다고 느껴졌다. 그동안 많은 변화를 거쳤다고 하는데 그다지 나아진 것은 없어

(왼쪽) 끈다오자이언트다람쥐와 말레이천산갑이 작은 우리에 전시되어 있다.
(오른쪽) 처참한 동물원 환경에서도 황새는 번식을 했다.

보였다. 작은 우리, 시멘트 바닥 위의 말레이천산갑Malayan pangolin과 오스톤사
향고양이Owston's palm civet는 살아 있어도 살아 있는 것 같지 않았다. 건물 벽
은 서울동물원이 1980년대에 칠했던 민트색 페인트로 칠해져 있거나 타일
이 덮여 있고 철제 우리는 녹이 슬어 있었다. 오랑우탄의 야외 방사장은 그
나마 자연스럽고 올라갈 구조물이 있었지만 벽 너머로 기차와 자동차 경적
소리가 계속 들렸다. 오랑우탄은 익숙한 듯 별다른 반응을 보이지 않았다.
침팬지는 그야말로 처참한 환경에서 홀로 뒤돌아 앉아 있었다. 자연의 것이
라고는 통나무 몇 개뿐이었다. 벽에는 하늘색 배경에 나무와 꽃이 그려져 있
었는데 그 발랄함 때문에 침팬지의 슬픔이 더욱 크게 느껴졌다. 말레이곰은
방문객에게 먹이를 구걸했다. 이런 환경 속에서도 황새는 둥지를 틀고 번식
을 하고 있었다. 사실 세계 어느 곳이든 동물원에는 쥐가 산다. 사이공 동물
원에서도 이곳저곳에 놓인 동물 먹이를 먹고 다니는 자유로운 쥐들이 보였
다. 그들이 더 행복해 보였다.

동물원 곳곳에는 놀이기구도 있었다. 백호 두 마리가 있는 곳 바로 앞에
서도 아이들이 타는 기차가 요란한 소리를 내며 돌았다. 백호들은 마치 모
든 자극에 둔감해진 듯했다. 한 마리가 무심히 일어나 유리창 앞으로 걸어
가더니 메말라 있는 연못 바닥 깨진 콘크리트 사이에 난 풀을 씹었다. 과
연 이런 환경에서 방문객이 동물에게도 시선과 소음을 피하고 싶은 욕구가
있다고 생각할 수 있을까? 설명판에는 몸무게 150~200킬로그램, 몸길이
2.5~3미터, 멸종위기라는 등 간단한 정보가 보였다. 또 다른 표지판에는 울
창한 풀숲에 백호와 중남미에 사는 금강앵무scarlet macaw를 함께 그려놓았다.
마치 방문객이 백호라는 동물을 제대로 이해하지도 못하고 존중할 수도 없
게 만들려는 것 같았다.

백호에 관한 진실은 이미 알려져 있지만 그런데도 여전히 많은 사람들이
모른다. 그저 상상 속의 영험한 동물이라는 말에 혹할 뿐이다. 1958년에 백

백호가 사는 환경이 척박하다. 백호 우리 바로 앞에는 놀이기구가 요란한
소리를 내며 돌고 있었다. 유리창에 놀이기구가 비친다.

호는 야생에서 사라졌다. 털이 흰 호랑이가 태어날 확률은 만분의 일로 극히 희박한데, 털색이 야생에서 눈에 잘 띄기 때문에 몸을 숨기기 어려워 생존 확률이 낮다. 사람들이 동물원에서 만나는 백호는 인간에 의한 근친교배로 시작된 비극의 산물이다. 1951년 털이 하얀 벵골호랑이Bengal tiger가 야생에서 잡혔다. 이름은 모한. 어미와 형제들은 포획 과정에서 모두 죽임을 당했다. 모한은 황색 털을 가진 암컷과 교배해 모두 황색인 새끼를 낳았는데 사람들은 그 새끼 중 하나와 모한을 교배시켜 백호를 얻었다. 자신의 딸과 교배를 시킨 것이다. 호랑이의 황색 털은 우성 인자, 흰색 털은 열성 인자다. 각각 하나씩 가지고 있다면 유전법칙에 따라 새끼는 우성인 황색 털을 가지지만 둘 다 열성일 경우 흰 털로 태어난다. 즉, 모한의 열성 인자와 딸의 열성 인자가 만나 백호가 나온 것이다.

문제는 백호가 사람들에게 인기가 많다는 것이다. 사람들이 희귀한 하얀 호랑이를 보고 신기해하자 동물원은 백호를 만들기 위해 계속해서 근연관계가 가까운 백호끼리 교배시켰다. 황색 호랑이끼리 교배해도 가지고 있는 유전자에 따라 백호가 나올 가능성은 있지만 확률이 적기 때문이다. 이렇게 자연법칙을 거슬러 근친으로 태어난 백호들은 유전적 문제를 물려받는다. 뇌의 시각 회로가 비정상이거나 사시 또는 초점이 안 맞는 등의 눈 문제가 생긴다. 위턱이 아래턱보다 짧은 경우도 있다.

백호에 관한 잘못된 정보도 존재한다. 백호가 멸종위기이기 때문에 번식을 해야 한다고 주장하기도 한다. 현재 동물원 백호의 기원은 벵골호랑이며 때로 아무르호랑이

신시내티 동물원의 백호 설명판. 백호가 드물다는 설명만 있을 뿐 근친에 대한 설명은 없다.

한국 에버랜드의 백호

와 섞이기도 했다. 즉, 백호라는 호랑이 종 또는 아종이 따로 있는 것이 아니니 멸종위기종이라는 말 자체가 성립하지 않는다. 호랑이라는 종 자체가 멸종위기종이기는 하지만 동물원의 백호는 모두 벵골호랑이와 아무르호랑이가 섞인 교잡종으로 보전 가치가 없다. 더군다나 유전적 문제가 있는 백호를 번식할 이유는 더더욱 없다.

또한 신체적 문제를 안고 평생 살아가야 하는 백호의 복지를 위해서도 백호를 만들어서는 안 된다. 미국동물원수족관협회는 2011년부터 공식적으로 백호, 백사자와 같은 동물의 번식을 금지했다. 뉴욕동물원협회장인 윌리엄 콘웨이가 백호 번식을 막아야 한다고 주장한 지 거의 30년이 지난 후였다. 그는 "백호는 변종이다. 머리가 두 개 달린 소나 백호를 보여 주는 것은 동물원의 역할이 아니다."라고 말했다.

하지만 지금도 세계 곳곳에서 백호가 태어나고 있다. 2015년 일본, 2017년 중국, 2019년 중국과 멕시코, 2021년 니카라과와 쿠바 동물원에서 백호가 태어났다는 뉴스를 쉽게 찾을 수 있다. 사이공 동물원에서 본 백호들은 캐나다의 한 동물원에서 2009년에 수입한 한 쌍이 2015년에 낳은 새끼들이

호주 드림월드. 백호를 번식시키는 동물원은 좋은 동물원이 아니다.

다. 당시 백호 새끼를 보려고 동물원에 많은 사람이 모였다. 동물원은 이런 유혹을 피하지 못한다.

　비단 사이공 동물원만의 문제는 아니다. 백호를 그저 신기한 동물로만 여기고 즐기고 이용하는 사람들은 어디에나 있다. 백호를 여전히 눈요깃거리로 전시하는 동물원은 방문객에게 동물에 대한 '몰이해'를 선사한다. 백호를 소유한 한국의 동물원도 백호에 대한 정확한 정보를 방문객에게 전달하지 않고 있다. 백호에 대한 문제를 명확하게 인식하고 있는 현재까지도. 서울동물원은 2014년에 마지막 백호 하이트가 죽은 이후 백호를 들이지 않고 있다. 하이트는 근친교배를 통해 2000년에 서울동물원에서 태어났다. 에버랜드는 2015년 이후 백호 출산 소식이 없는데 미국동물원수족관협회 인증을 받은 상태라서 백호 번식은 하지 않을 것이다. 미국동물원수족관협회와 유럽동물원수족관협회는 백호를 비롯한 희귀열성형질 생산을 위한 근친교배를 중단하는 내용을 회원 동물원에 권고하고 있다. 이런데도 여전히 백호를 소유하고 있거나 소유하려는 한국 동물원은 부끄러운 줄 알아야 한다. 단지 '사람들이 좋아하니까' 동물을 전시하는 시대는 지났다. 방문객도 더 이상 백호를 보고 환호해서는 안 된다.

7장

태국

THAILAND

야생동물친구재단
호랑이를 학대해서 돈벌이를 하는,
보이지 않는 동물들의 죽음을 밝히다

태국 야생동물친구재단WFFT, Wildlife Friend Foundation Friends은 불법 거래되거나 학대받는 야생동물을 구조하고 치료하는 곳이다. 태국 야생의 다양성은 엄청나다. 태국에는 3천 종이 넘는 척추동물이 있는데, 그중 600여 종이 멸종위기며 57종은 심각한 멸종위기에 처해 있다. 야생동물이 관광용, 약재, 애완용으로 이용당하고, 서식지가 파괴되고 있기 때문이다. 야생동물친구재단의 설립자 에드윈 비엑은 위기에 처한 야생동물을 돕기 위해 2001년에 단체를 설립했다. 네덜란드에서 태어나 패션 사업을 하던 중 1999년 교통사고를 당한 후 인생을 되돌아보고 어릴 때 꿈을 이루려고 태국에 왔다. 그의 꿈은 동물과 함께하는 삶이었다.

WFFT는 방콕에서 3시간 정도 걸리는 펫차부리에 있다. 자신의 차로 갈 수도 있지만 후아힌이나 차암까지 가면 1인당 200바트에 WFFT까지 데려다 준다. 요청하면 방콕에서도 픽업이 가능한데 편도 2,000바트로 꽤 비싸다. 그래서 나는 방콕 버스터미널에서 차암까지 버스를 타고 가기로 했다.

야생동물친구재단 전경   가이드가 방문객들에게 야생동물친구재단을 설
명하고 있다.

숙소 주인에게 버스 타는 법을 물어서 택시를 탔는데 택시기사는 내가 부탁한 남부터미널이 아니라 동부터미널에 내려줬다. 그런데 운 좋게도 마침 차암으로 가는 버스가 거기 있었고, 마침 내가 갔을 때 출발했다. 다행히 차암에 제 시간에 도착해 WFFT로 가는 차를 탈 수 있었다. 여행 중에는 운이 아주 좋은 날이 있는데 그게 바로 이날이었다.

　이곳에서는 하루 또는 반나절을 둘러보는 투어를 신청하거나 며칠 간 자원봉사를 할 수 있다. 에코롯지라는 숙소도 있어서 숙박도 가능하다. 자원봉사를 하려면 주당 400달러 정도 내야 한다. 꽤 비싸지만 이 돈은 봉사자 숙식과 동물들에게 쓰이니 기부하면서 야생동물을 돕는 경험을 한다고 생각하면 된다. 매일 20~50명의 봉사자가 이곳을 돕는다. 야생동물 서식지를 복원하기 위해 일하기도 하고, 종묘장에서 태국 토종식물을 키워 필요한 지역에 심는다. 동물병원에 있는 동물을 돌보기도 한다. 내가 갔을 때 봉사자들은 한창 코끼리가 가지고 놀 먹이 장난감을 만들고 있었다.

　나는 일일 투어를 선택했다. 가이드와 함께 10명 정도의 방문객이 코끼리 열차 같은 것을 타고 WFFT를 둘러보는 일정이었는데 생각보다 규모가 꽤 컸다. 20만 평이나 되는 땅은 지역에 있는 절에서 빌려 주었다. 이 덕에 코끼리, 오랑우탄, 곰 등 많은 동물이 넓고 자연스러운 공간에서 여생을 보내게 되었다.

구조된 기번들이 야생에 되돌아가 적응할 수 있도록 만든 섬이 8개나 있었다. 섬에는 나무가 많아 기번이 잘 보이지 않았지만 그들이 부르는 아름다운 노랫소리가 들렸다. 멸종위기종이기 때문에 이 섬에서 짝을 지어 번식하면 가족을 함께 자연으로 보낸다고 했다. 기번은 서식지 파괴, 야생동물을 먹는 식문화, 애완용으로 팔기 위한 밀렵으로 수가 많이 줄었다. 기번 한 마리는 야생에 있다가 잡혀서 관광객과 사진 찍기용으로 이용되다가 성체가 되어 통제가 어려워지자 작은 우리에 갇혔다. 그러다가 다행히 WFFT에 구조됐다. 이곳 섬에서 다른 기번들과 지내며 함께 사는 법을 배운 후 태국의 한 야생동물 보호구역으로 옮겨져 적응기간을 거치고 있다. 2010년 프로젝트가 시작된 이래 모두 14마리의 기번이 야생으로 돌아갔다.

하지만 너무 오랫동안 애완동물로 생활했다면 야생으로 돌려보내지 못한다. 쭉쩝이라는 이름의 기번은 15년간 애완용으로 사람과 함께 지내면서

기번들이 사는 섬이 멀리 보인다.

기저귀를 차고 옷을 입고 살았다. 이렇게 살다 보니 나무 타는 법을 배우지 못했다. 구조 후 나무타기를 가르쳤지만 효과가 없었다. 뇌에도 이상이 있어 기억력이 떨어졌다. 전 주인이 항우울제를 계속 먹인 게 아닐까 추측했다. 스트레스를 받는 환경에서 활동량이 줄거나 문제행동을 보여서 항우울제를 먹였을 가능성이 있다. 쇼를 위해 갇혀 사는 돌고래, 벨루가 등에게도 항우울제를 먹이는 경우가 있다.

2005년에는 동물병원을 열었다. 오후 4시까지는 야생동물을 돌보고, 그 이후에는 지역 주민의 반려동물을 공짜로 치료해 준다. 이곳에서 일하는 100여 명의 직원 중에는 지역민이 많다. WFFT가 지역 주민과 좋은 관계를 유지하면서 재단을 유지해 가는 지혜로운 방법이다.

WFFT는 끈질긴 조사를 통해 여러 동물학대 사실을 세상에 알렸다. 특히 칸차나부리에 있는 호랑이 사원의 승려들이 호랑이를 학대하며 돈벌이에 이용해 왔다는 사실을 밝혀 큰 파장을 일으켰다. 승려들은 호랑이에게 마취제를 투여해 온순하게 만들고는 호랑이를 만지거나 먹이는 관광 상품으로 이용하고, 뒤에서는 때리고 팔고 죽이기까지 했다. 호랑이 사원은 세계적으로 유명한 관광지였을 뿐만 아니라 심지어 태국 정부로부터 동물원 허가도 받은 곳이었다. WFFT의 폭로로 2016년에 사원은 폐쇄됐다. 당시 냉동고에는 40여 마리의 죽은 호랑이가 있었고, 구조된 147마리는 열악한 환경으로 질병에 걸려 있어서 상당수가 죽었다. 애초에 사원에 동물원 허가를 내주고 제대로 된 감시를 하지 않았던 정부와 동물을 돈벌이로 이용한 승려들의 욕심 때문에 너무 많은 호랑이가 고통을 받았다. WFFT는 현재 사원에서 구조한 호랑이들을 위한 공간을 짓고 있었다.

WFFT를 돌아다니다 75살의 암컷 코끼리 미스 파일린을 만났다. 파일린의 등은 굽어 있었다. 코끼리를 타는 관광 상품인 트레킹에 오랫동안 이용됐기 때문이다. 인간은 예로부터 코끼리를 전쟁 시 무기로 이용했고, 이

(위) 75살인 코끼리 미스 파일린은 오랫동안 사람들을 태워 등이 굽었다.
(아래) 코끼리가 먹이를 먹고 있다.

동 수단 또는 목재를 나르는 수단으로 이용했다가 최근에는 서커스나 트레킹, 돈을 구걸하게 하는 등 관광에 이용한다.

원래 코끼리는 어미와 5년 동안 함께 지내며 여러 가지를 배워야 하는데 사람들은 쇼에 이용하려고 1살 때 새끼를 어미에게서 뺏는다. 그런 다음 다리, 목, 코를 밧줄로 묶고 먹이도 주지 않은 채 며칠을 끝이 칼처럼 날카로운 불훅으로 때린다. 복종할 때까지. 코끼리가 먹지도 못하고 차라리 죽고 싶을 때 즈음 한 사람이 영웅처럼 나타나 코끼리를 돌봐준다. 이런 사람을 마훅이라고 부른다. 이런 과정을 통해 코끼리는 그 사람을 신뢰하며 따르게 된다. 이 시기가 되면 자기의 어미를 알아보지 못한다. 파일린은 그렇게 사람들에게 이용당하다가 2007년에 구조됐다. 구조된 코끼리들은 주로 가족끼리 있거나 무리를 이루게 하는데, 파일린은 다른 코끼리와 싸우는 등 무리 생활을 하지 못했다. 혼자 지내고 싶어 하는 파일린의 의사를 존중해 지금은 혼자 지내고 있다.

이곳의 코끼리는 모두 25마리인데 수컷은 한 마리뿐이다. 이 수컷은 전에 있던 코끼리 캠프에서 머리 흔들기를 시켜서인지 이곳에 와서도 계속 머리를 흔들고 있다. 지금은 아직 어려서 암컷 한 마리와 같이 지내고 있지만 발정기가 오면 암컷 코끼리와 분리시킨다고 했다.

WFFT에는 말레이곰과 반달가슴곰도 있었다. 말레이곰은 도그베어dog bear라고 부르기도 한다. 태국말로 '미마'인데 미는 곰, 마는 개를 뜻한다. 말레이곰은 새끼 때부터 개처럼 애완동물로 키우다 성체가 되어 함께 살기 어려워지면 버린다. 이곳의 말레이곰도 그런 이유로 구조됐다.

반달가슴곰의 운명 또한 가혹하다. 태국에서 쓸개즙 채취는 불법이지만 여전히 자행된다. 발을 잘라 수프를 끓여 먹기도 한다. 살아 있을 때 발을 자르면 몸에 좋다고 생각해서 발을 철장에 묶어 놓고 자른다는 끔찍한 이야기도 들었다.

태국에도 보신문화가 있다. 쓸개즙 농장에서 구조된 곰.

　사람들은 여행 중에 의식하지 못한 채, 호기심에, 무심코 그런 학대에 일조하고 있을지도 모른다. 특히 단체관광에 코끼리 타는 상품이 포함되어 있거나, 야생동물 쇼를 보거나 함께 사진을 찍고, 야생동물의 몸으로 만든 것을 사거나 먹는 일은 흔하다. 동물에게 고통을 주지 않는 여행, 윤리적인 여행을 하려면 아직 갈 길이 멀다.

코끼리 자연공원
자연공원은 코끼리를 구조하고,
방문객은 윤리적인 관광을 한다

태국 치앙마이 중심에서 차로 1시간을 가면 코끼리 자연공원ENP, Elephant Nature Park이 나온다. 학대받은 코끼리들을 구조해서 편안한 여생을 보낼 수 있게 도와주는 곳. 이곳의 설립자이자 대표인 생두언 렉 차일럿이 한국에 왔을 때 강연을 들었다. 코끼리 90여 마리를 포함해 버려진 개와 고양이 등 동물 3천여 마리를 먹여 살리고 있다. 투어를 예약하니 직접 숙소로 차를 보내왔다. 차에는 미국, 뉴질랜드, 한국에서 온 9명이 타고 있었다. 한국 사람을 보니 반가웠다. 코끼리 자연공원이 이미 한국에도 많이 알려진 듯했다.

차에서 영상을 통해 몇 가지 주의사항을 들었다. 코끼리가 볼 수 없는 곳에 있으면 코끼리가 불안해할 수 있으니 코끼리의 시야 안에 있을 것, 음식이 가까이 있을 때 코끼리 앞에 서 있지 말 것, 발로 차일 수 있으니 코끼리의 뒤쪽을 만지지 말 것, 코끼리와 인간의 거리를 존중할 것, 모든 코끼리가 사람을 친근해하지 않는다는 것을 알아둘 것, 먹이를 가지고 놀리지 말 것, 손에 선크림이나 로션 등 화학약품이 많이 묻어 있을 수 있으니 입에 음식을 바로 넣어 주지 말고 코끼리 코 아래쪽으로 줄 것, 빨간 스카프를 한 개는 아팠다가 회복 중이므로 만지지 말고 사람 먹이도 주지 말 것 등이었다.

오전 9시 반에 공원에 도착했다. 기념품을 파는 사무실에는 고양이 몇 마리가 돌아다니거나 누워 있었다. 고양이 200마리, 개 570마리, 직원 200명, 봉사자는 50명이나 됐다. WFFT에서는 방문객이 한 팀뿐이었는데 이곳은 여러 팀이 시간차를 두고 공원을 둘러보고 있었다. 그만큼 코끼리들의 낙원으로 유명한 곳이다.

코끼리가 먹을 음식으로 가득한 부엌이 보였다. 어마어마한 양이었다. 코끼리는 하루에 250킬로그램을 먹는다. 방문객들의 입장료 대부분을 먹이에 쓴다는 말이 실감났다. 한 직원이 바나나와 수박을 가지고 왔다. 코끼리 두 마리가 있었는데 둘 다 앞을 보지 못했다. 이름은 럭키와 미분. 럭키는 34

앞을 보지 못하는 코끼리에게 수박을 내밀었다.

9살 보웻은 덫에 걸려 한 쪽 발을 잃었다.

살, 이곳에 온 지 5년 됐고, 서커스단에 있었는데 카메라 조명을 너무 받아 눈이 멀었다고 했다. 미분은 65살, 백내장으로 앞을 보지 못한다. 너무 가까이 가지 않도록 그어진 선 뒤에서 코끼리 코에 수박을 내밀었다. 코끼리의 코에서 따뜻한 숨이 나왔다. 간식을 맛있게 먹은 코끼리들은 직원들과 함께 자리를 떠났다. 코끼리 자연공원에서 코끼리에게 먹이를 주는 것이 동물원이나 동물 카페에서 먹이를 주는 것과 다른 점은 '동물의 선택권'이다. 이곳에서는 동물이 원하지 않을 때 그 자리를 떠날 수 있는 선택권이 있다. 이곳의 동물들은 전시되기 위해 존재하지 않는다. 목적 자체가 동물의 안녕이다. 또한 사람이 동물에게 접근할 수 있는 거리에 한계가 있다. 동물과 사람 사이에 울타리가 있고, 사람은 바닥에 있는 선을 넘으면 안 된다.

반면 동물원 먹이 주기는 제한적인 공간에서, 전시 목적으로 존재하는 동물에게 먹이를 준다. 이때의 주체는 동물이 아닌 사람이다. 동물원과 동물에 따라 다르지만 먹이 주기를 하려면 대부분 추가 금액을 내야 한다. 이런 경우 동물의 선택권은 줄어든다. 그 프로그램을 위해 동물은 반드시 그 자리에 있어야 하기 때문이다. 또한 동물이 먹이를 얻을 기회가 먹이 주기 시간 밖에 없다면 동물의 선택권은 더 줄어든다. 동물은 먹이를 구걸하는 꼴이 된다.

나이가 지긋한 태국 여성인 가이드는 야외 방사장을 함께 돌며 이곳의 코끼리에 대해 설명해 주었다. 코끼리는 하루에 잠을 서너 시간 자는데 서서도 자고 누워서도 잔다. 하루에 250킬로그램을 먹고, 먹는 데 18시간을 쓴다. 기부받은 대부분의 돈으로는 먹이를 구입한다. 정부지원을 받지 않는다 등의 이야기였다. 이곳에는 물소water buffalo도 100마리 정도 있는데 사진을 찍으려고 가까이 간 방문객을 친 적이 있으니 조심하라고 일러 주었다. 이곳은 개, 고양이뿐 아니라 물소도 모두 중성화를 했다.

코끼리 전문 구조센터인만큼 병원도 있고 수의사도 3명이나 됐다. 센터에는 미얀마에서 지뢰, 폭탄, 덫 등에 다쳐서 온 코끼리들이 치료받는 사진이 붙어 있었다. 미얀마에서 태국으로 걸어서 이동하는 데 8일이나 걸렸고, 다 낫는 데까지 5년이 걸렸다. 국경은 코끼리들에게 의미가 없지만 국경을 두고 두 나라의 코끼리에 대한 대우가 너무 달랐다. 물론 태국이라고 다 코끼리의 낙원은 아니다.

피쿤(65살)과 쿤야이(70살)도 만났다. 피쿤은 코끼리 타기를 하는 곳에서 데려왔는데 사람을 그다지 좋아하지 않아 사람이 만지는 것을 싫어한다. 가이드가 옆에 가서 사진을 찍으라고 권했다. 엘피를 찍으라고 하길래 뭔가 싶었는데 코끼리와 셀카 찍기elfie=elephant selfie였다. 코끼리들이 싫으면 가 버릴 수 있는 자유로운 환경이었지만 그래도 코끼리들이 불편해하지 않을까 걱정이 됐다.

늙은 코끼리는 풀을 먹고 있었다. 이곳 코끼리의 80퍼센트가 늙어서 풀을 잘게 잘라 줘야 한다. 105살이 넘은 코끼리에게는 밥, 호박, 바나나를 먹

4살인 새끼 두 마리와 다 큰 암컷들로 이루어진 무리. 트레킹 캠프에서 어미가 죽자 새끼를 데려왔는데 어른 코끼리들이 새끼를 잘 돌보고 있다. 어른 코끼리들은 새끼가 울면 금방 달려 온다.

였다. 나이 들수록 이빨이 작아지고 빠지다 보니 이 늙은 코끼리에게 남은 이빨은 4~6개뿐이었다. 수박은 당도가 높아 간식처럼 하루 두 바구니만 준다고 했다. 볼 때마다 느끼지만 코끼리는 수박을 발로 폭! 밟아 으깨서 정말 맛있게 먹는다.

이곳에서는 코끼리를 이동시킬 때 불훅으로 찌르지 않고 바나나를 이용해 훈련시킨다. 지금은 편안한 삶을 살고 있지만 멀어 버린 눈이나 찢긴 귀를 보니 이제껏 겪어왔을 고통이 느껴졌다.

현재도 태국에는 3,700마리의 코끼리가 사람에게 잡혀 관광과 불법 벌목에 이용당하고 있다. 코끼리 조련사들은 불훅으로 시시때때로 코끼리를 자극한다. 코끼리는 선천적으로 모든 부위의 피부가 민감하다. 그래서 등에 올라타 불훅으로 귀나 머리를 찌르는 식으로 조련당했던 코끼리는 대부분 귀를 만지는 걸 싫어한다. 구조되어 이곳에 온 솜다이는 푸켓에서 사람을 등에 태워 트레킹에 이용된 적이 있어서인지 사람을 아주 싫어하고, 사람과 다른 코끼리를 공격한 적이 있다. 주인이 솜다이의 귀를 잘라 버렸다니 공격성이 생길 만하다는 생각이 들었다. 55살 암컷인 보께우는 왼쪽 눈을 잃었다. 주인이 코끼리를 컨트롤하지 못하자 새총으로 쐈는데 눈에 맞아서 그렇게 됐다. 코끼리들의 사연 하나하나가 끔찍하고 슬펐다.

여전히 많은 관광객이 이 사실을 모른 채 동남아시아 관광지에서 코끼리 등에 타는 코끼리 트레킹을 한다. 코끼리를 타서 재밌고 좋았다는 후기가 블로그와 유튜브에 넘쳐난다. 사람들은 이렇게 무심코 코끼리들의 학대를 '선택'한다. 그 과정은 사실 단순하다. 태국 파타야, 푸켓 등 유명 관광지 패키지 여행을 예약하고 거기에 들어 있는 코끼리 트레킹 일정을 따라가는 것이다. 코끼리 등에 올라타는 '이색적인 경험'에 가려 그 행위 자체가 코끼리 학대라는 사실은 생각하지 못한다.

치앙마이를 돌아다니면 코끼리에게 먹이를 주고 목욕을 시켜줄 수 있다는 여행상품 팸플릿을 많이 볼 수 있다. 최근에는 트레킹(코끼리를 타는 관광 상품)이 코끼리를 학대하는 것이라는 해악이 알려지다 보니 '우리는 코끼리를 학대하지 않는다.'고 내세우면서 관광객의 눈을 속이는 곳들이 등장하고 있다. 그래서 여행상품을 예약하기 전에 윤리적으로 올바르게 코끼리를 대하는 곳인지 자세히 알아봐야 한다. 잘 살펴보고 가도 속는 경우가 있다. 현장에 갔는데 코끼리 피부에 찍힌 상처가 있거나 코끼리를 다루는 직원이 작은 불훅을 들고 있다면 코끼리를 학대하는 곳이다. 코끼리에게 춤을 추게 하거나 공을 차게 하고 그림을 그리게 하는 등 부자연스러운 행동을 시키는 곳도 마찬가지다. 가보기 전에는 알기 어려우니 팸플릿만 보고 결정하기보다는 인터넷으로 리뷰를 읽어보거나 사진을 찾아보고 결정해야 한다.

코끼리를 학대하지 않으면서 코끼리를 탈 수 있다고 광고하는 곳도 있다. 코끼리 등에 사람이 타면 코끼리의 척추가 손상되고 내부 장기가 영향을 받는다. 관광객을 태우는 데 사용하는 무거운 의자는 코끼리의 몸에 통증을 유발한다. 코끼리를 타는 곳이라면 절대 가서는 안 된다. 코끼리를 학대하지 않고 코끼리를 탈 수 있는 방법은 없다. 또한 여행사를 통해 관광을 갈 경우 일정에 동물 쇼나 트레킹 상품이 포함되어 있는지 미리 확인한다. 코끼리 자연공원에서는 코끼리에 사람을 태우는 트레킹으로 돈을 벌던 사람들에게 관광객을 코끼리에 태우지 말고 같이 걷게만 하라고 조언한 후 그런 곳에 손님을 소개해 준다. 아예 자연공원에 취직을 시키기도 한다. 급여는 트레킹을 할 때보다 2~3배 많이 줘서 그런 일을 다시 하지 않도록 유도한다. 동물구조센터는 지역사회와 함께하는 게 제일 중요한데 코끼리 자연공원은 좋은 예다.

코로나가 시작된 이후 태국 관광산업도 어려움을 겪고 있다. 관광객이 사라지자 코끼리로 돈을 벌던 사람들이 코끼리를 먹일 돈이 없어서 코끼리를 포기하고, 그러다 보니 코끼리 자연공원에 많은 코끼리가 들어오게 되었

다. 학대받던 코끼리가 공원에서 자유를 찾은 건 다행이지만 돌봐야 할 코
끼리가 갑자기 늘어난 공원의 상황도 여의치 않다. 이곳의 최대 코끼리 수
용 한계는 100마리다. 그런데 운영이 어려워진 트레킹 캠프의 코끼리가 들
어와서 90마리나 있었다. 수가 많아질수록 먹여살려야 하는 부담이 커진다.
그래서 늘 여유라고는 없이 운영된다. 게다가 하루 100명 가까이 오던 방
문객도 코로나 확산을 방지하려고 공원이 문을 닫는 바람에 기부금을 받기
어렵게 되었다.

　코끼리 자연공원에서 코끼리를 학대하지 않고 생계를 유지할 수 있도록
사람들을 돕고 있지만 한계가 있다. 코로나가 끝나 관광객이 몰려오면 코끼
리 학대산업은 또 고개를 들 것이다. 그렇기 때문에 근본적으로 수요가 없
어져야 한다. 코끼리를 타는 관광상품이 있는 여행사에 의견을 보내고, 사
람들에게 이러한 현실을 알리자. 그래서 코끼리를 탔다고 자랑하는 사진이
나 영상이 이제는 사라지기를 바란다.

　공원에서 본 가장 기억에 남는 장면은 코끼리들이 목욕하는 모습이었다.
예전에는 사람들이 함께 물에 들어가 코끼리 목욕을 도왔는데 더 자연스러
운 행동을 보여 주기 위해 개입하지 않기로 했다고 한다. 코끼리 세 마리가
물에서 뒹굴고 있었다. 오랜만에 동물이 순수하게 즐거워하는 모습을 보니
가슴이 뭉클했다. 코끼리들은 넓은 들판을 자유롭게 돌아다니고 친구와 어
울렸다. 학대와 무관심이 가득한 세상에서 코끼리들이 행복하게 사는 이런
모습은 어디에서도 보기 힘든 귀한 장면이다.

코끼리와 인간의
거리를 존중할 것

─ 03

카오야이국립공원
인간에 밀려 절벽으로 떨어져 죽는 코끼리들

태국의 카오야이국립공원Khao Yai National Park은 1962년 태국에서 처음으로 지정된 국립공원이다. 2005년에는 유네스코 세계자연유산으로 선정됐다. 카오야이는 '큰 산'이라는 뜻으로 약 6억 3,500만 평(2,100제곱킬로미터)의 열대우림에 70종의 포유류, 20종의 조류 등 수많은 야생동물이 산다. 아침 일찍 공원 가이드를 만나 국립공원 안에서 야생동물들의 흔적을 찾아보기

로 했다. 특히 야생 코끼리를 만날 수 있을지 기대했다.

태국의 여러 국립공원 안에 사는 사람들은 코끼리를 싫어 한다. 코끼리들이 집까지 들어 와 벽을 부수고 음식물을 빼 앗아가기 때문이다. 야생 코끼 리는 법적으로 보호받고 있어

서 이런 일이 생겨도 사람들은 그저 쳐다볼 수밖에 없다. 사람이 살던 곳이 국립공원으로 지정되면 이런 일이 발생하지만 다행히 카오야이국립공원은 사람들이 살기 전에 국립공원으로 지정됐기 때문에 이런 일은 발생하지 않는다.

공원 내에는 버스 같은 대중교통이 없다. 입장 시 돈을 더 내면 자신의 차로 공원을 둘러볼 수 있고, 차가 없으면 여행사에서 밴을 빌릴 수 있다. 또는 근처에서 오토바이를 빌려서 타고 다니는 방법도 있다. 국립공원 안에서의 제한속도는 시속 60킬로미터다. 코끼리 무리를 맞닥뜨릴 수도 있고, 공원이 굉장히 넓기 때문에 차 없이 다니기에는 무리가 있다.

공원에 들어와 가장 처음 만난 북부돼지꼬리원숭이northern pig-tailed macaque는 사람 음식을 훔쳐 먹는다. 잠깐 커피를 마시려고 차에서 내리는데 원숭이가 옆 차에서 라면을 훔치고 있었다. 태국은 95퍼센트가 불교신자인 불교 국가다. 불교는 좋은 업을 쌓아야 환생한다고 생각하기 때문에 이런 동물을 쫓지 않고 그냥 둔다고 가이드가 설명했다. 그래서 에어컨이 잘 나오는 마트 앞에는 항상 개들이 누워 시원한 바람을 즐기고 있었구나 싶었다. 하지만 이미 태국의 야생동물구조센터에서 고통받은 많은 동물을 본 후여서 이걸 어떻게 받아들여야 할지 혼란스러웠다.

북부돼지꼬리원숭이

열대우림으로 가는 길에서 야생 흰손기번lar gibbon과 큰코뿔새great hornbill를 봤다. 흰손기번 두어 마리가 높은 나뭇가지 사이를 건너다니고 있었다. 큰코뿔새는 멀리 있어 쌍안경으로 볼 수 있었는데 얼마 지나지 않아 '북북-' 소리

카오야이국립공원에 사는 흰손기번

를 내며 두 마리가 같이 날아갔다. 아주 높은 곳에 있는 기번과 코뿔새를 보니
동물원의 천장이 얼마나 보잘 것 없이 낮은지 다시금 느낄 수 있었다.

　차를 세우고 열대우림으로 들어갈 준비를 했다. 가이드가 긴 덧버선을 줬
다. 거머리에게 물리지 않으려면 신어야 한다고 했다. 긴 양말을 신고 그 위
에 무릎까지 올라오는 덧버선을 신었다. 10월 말은 우기가 시작하는 시기
다. 우기에는 거머리가, 건기에는 진드기가 문제인데 가이드는 차라리 거머
리가 낫다고 했다. 진드기는 라임병을 전파하기 때문이다. 라임병은 보렐리
아Borrelia속 세균으로 감염되며 열, 두통, 피로감, 관절 통증과 특징적인 피부
홍반이 나타나기도 한다. 미국 팝스타 저스틴 비버가 걸려 유명해진 질병이
다. 거머리를 예방하려고 몸에 방충제를 뿌렸다. 붙어서 이미 피를 빨아먹
고 있더라도 방충제를 뿌리면 금방 떨어진다고 했다. 다행히 거머리는 피만
빨아먹을 뿐 다른 질병을 옮기지는 않는다.

　열대우림을 걸어 들어갔다. 아시아코끼리Asian elephant, 가우르gaur(인도들소

라고도 하며 야생 소 가운데 가장 크다) 같은 동물이 만든 길을 따라가는 것이었다. 이 공원에 사는 220여 마리의 코끼리는 꽃생강wild ginger 같은 좋아하는 식물을 찾아 여기저기 돌아다닌다. 꽃생강은 사람이 먹는 생강과는 다른 식물로, 생강처럼 매운 향이 나고 뿌리가 생강처럼 생겨서 붙은 이름이다.

어딘가에서 종류를 알 수 없는 딱따구리woodpecker 소리가 들리고 검은바람까마귀black drongo 소리도 들렸다. 오전 11시 30분이라 더워서 동물들이 활발하게 활동할 때가 아니어서 동물들을 직접 보지는 못하고 소리만 들었다. 그런데 바로 전에 먹은 커피 때문에 갑자기 화장실이 급했다. 야생동물이 사는 곳에 내 오줌으로 영역표시를 하고 싶지 않았다. 초인적인 속도로 걸어 그곳을 빠져 나왔다. 어디선가 야생동물의 쯧쯧 거리는 소리가 들렸다.

차를 타고 가는 데 길 위에 코끼리가 싼 똥과 오줌이 보였다. 내려서 사진을 마구 찍었다. 그렇게라도 코끼리의 흔적을 볼 수 있는 게 너무 좋았다. 태국의 야생 코끼리를 직접 만나면 정말 감동스러울 것 같았다. 지금까지 아시아코끼리는 동물원에 갇혀 있거나 보호소에 있거나 길거리에서 사람들에게 이용당하는 모습밖에 보지 못했기 때문이다. 야생의 아시아코끼리를 보고 싶어서 국립공원 내에 있는 동물이 염분을 섭취하기 위해 간다는 곳도 찾아가 보았다. 보기에는 그냥 흙을

도로 위에서 발견한 야생 코끼리 똥과 오줌

야생 코끼리가 염분을
섭취하러 오는 장소

문착(사슴의 일종)

파 놓은 곳 같지만 문착muntjac(작은 사슴의 한 종류), 코끼리 등이 이곳에 자주 모여 부족한 미네랄을 채운다고 했다. 하지만 끝내 만나지 못했다.

2006년에 아프리카에 갔을 때 야생 아프리카코끼리를 직접 본 적이 있다. 탄자니아 응고롱고로 분화구에서였다. 저 멀리 나뭇가지 하나를 입에 물고 오는 새끼 아프리카코끼리가 보였다. 점점 가까워지는데 생각보다 큰 몸집에 놀랐다. 거대한 존재가 야생에서 있는 그대로 살아가는 모습에 압도되었다.

그러다가 곰곰이 생각했다. 나는 왜 그렇게 코끼리를 보고 싶어 하는 걸까? 동물원에 코끼리를 보러 가는 사람의 마음이 이와 같을까? 동물원에 코끼리가 없다고 실망하는 방문객이 된 것 같았다. 코끼리를 보고자 하는 인간의 욕구가 코끼리를 자꾸 안 좋은 상황에 처하게 한다. 동물원이 코끼리 전시를 포기하지 못하는 이유이기도 하다. 여전히 코끼리가 인기 동물이기 때문에 많은 동물원은 거액을 들여 내실과 야외 방사장을 리모델링한다. 야생에서 살아야 할 코끼리를 가두고 관리하려면 무리 구성, 바닥의 재질, 훈련을 통한 건강관리, 충분한 직원, 정신적 자극을 위한 풍부화 프로그램, 안전시설 등 갖춰야 할 요건이 한두 가지가 아닌데도 말이다. 그렇다면 코끼리가 없다고 무능력하고 수준 낮은 동물원이라 할 수 있을까? 아니다. 오히려 무리해서 코끼리를 가지고 있으면 코끼리에게 고통만 줄 뿐이다. 이런 경우는 차라리 없는 편이 낫다.

한국에 있는 아시아코끼리를 보면 서울동물원의 암컷 4마리 무리를 빼고는 모두 적절한 사회적 무리를 이루지 못했다. 2017년 6월에 서울동물원의

서울동물원의 코끼리들. 가자바, 수겔라, 키마, 사쿠라(가자바가 살아 있었을 때)

서울동물원 수겔라

새끼 코끼리 희망이가 물에 빠졌다. 어미인 수겔라가 놀라서 어찌할 줄 모르고 있을 때 건너편에 있던 키마가 달려와 수겔라와 함께 물로 들어가 희망이를 얕은 곳으로 데리고 나오는 장면이 CCTV에 찍혔다. 암컷 코끼리들은 자신의 새끼가 아닌 새끼도 돌본다. 희망이와 수겔라에게 지혜로운 키마가 있어 다행이었다. 서울동물원을 제외하면 한국 동물원에는 코끼리가 한두 마리밖에 없거나 3마리여도 암컷이 한 마리뿐이어서 모계 중심의 사회성 동물인 코끼리의 사회적 욕구를 채우지 못한다. 한국의 동물원은 코끼리의 욕구를 무시하고 있다. 코끼리의 욕구도 제대로 알지 못하면서 코끼리 사육을 포기하지 않는 많은 동물원의 결정을 이해할 수 없다. 코끼리를 쇼에 이용하는 제주도 관광지는 말할 가치도 없다.

미국동물원수족관협회에 따르면 코끼리는 3마리 이상의 암컷이 함께 있어야 하고, 수컷은 혼자 무리와 떨어져 있더라도 다른 개체의 소리를 듣고 냄새를 맡거나 접촉할 기회가 있어야 한다. 이런 조건을 모두 만족했다 하

대전오월드 삼돌이. 코끼리 자연공원의 대표 렉은 삼돌이가 어미인 키마와 함께 살아야 한다고 말했다.

더라도 동물원 면적은 긴 거리를 이동하는 코끼리들에게 턱없이 부족하고 추운 겨울을 보내야 할 내실 바닥은 딱딱해 발에 문제가 생기기 쉽다. 코끼리는 원래 큰 자갈이 없는 부드러운 흙으로 덮인 땅에서 살았다. 그렇지 않으면 발바닥과 발톱의 약한 부위에 과도한 압력이 가해져 균열이 생기고 금이 가서 감염이 일어날 수 있다. 관리를 잘하지 않으면 발톱이 과도하게 자라기도 한다. 또한 체중이 과도하거나 운동량이 부족해도 발에 문제가 많이 생긴다. 미국동물원수족관협회에 속한 코끼리 보유 동물원들은 모두 예방적 차원에서 발을 세심히 관리하지만 동물원의 33퍼센트에서 코끼리 발에 문제가 있었다. 한국 동물원의 코끼리 내실은 대부분 콘크리트 바닥으로 되어 있는데, 이는 추운 겨울을 거의 내실에서 지내야 하는 코끼리들에게 악영향을 미친다. 외부 방사장 바닥도 콘크리트라면 문제가 더욱 심각해진다. 게다가 지루한 일상은 코끼리에게는 견디기 힘든 스트레스다. 이로 인한 정형행동으로 발에 반복적인 압력이 가해지면 발 질병은 더 악화된다.

실제 유럽 동물원에 있는 아시아코끼리에서 발 문제가 있는 59마리 중 53마리가 정형행동을 보였다.

　세계적으로 고통받던 코끼리들을 구조해서 넓고 자연스러운 곳에서 무리를 이루어 살 수 있는 보호구역들이 많다. 그러니 열악한 환경에 사는 코끼리들은 그런 곳으로 보내는 게 바람직하다. 동물자유연대는 2018년에 서울어린이대공원에 있던 사자 3마리를 미국 콜로라도주에 있는 와일드 애니멀 생크추어리wild animal sanctuary로 보냈다. 강원도 동해시의 사육곰 농장에서 구조한 22마리의 곰도 2022년 같은 곳으로 간다.

　서울동물원의 아시아코끼리 사쿠라도 동물보호구역으로 갈 수 있는 기회가 있었다. 2013년에 태국 코끼리 자연공원의 대표 렉은 서울동물원의 사쿠라를 자연공원으로 보내 주기를 바랐다. 1965년에 태국에서 태어난 사쿠라는 생후 7개월 때 포획되어 어미와 떨어져 일본에서 쇼에 이용되다가 2003년에 서울동물원으로 왔다. 때문에 사쿠라 입장에서는 자연공원으로 간다면 고향으로의 귀환이었다. 렉은 사쿠라가 남은 삶을 더 나은 환경에서 행복하게 지내기를 바라는 마음에 경비까지 지원하겠다며 애썼지만 결국 이뤄지지 않았다. 서울동물원 코끼리 사육사들이 2015년에 직접 태국 코끼리 자연공원을 방문해 문의한 결과 사쿠라는 나이가 많고, 이미 현재 함께 있는 무리에 익숙해져서 태국으로 이동해 새로운 환경에 적응하기 어려울 수도 있다는 답변을 받았다. 자연공원으로 구조된 코끼리들 중에도 과거의 삶에서 얻은 극심한 질병이나 스트레스를 치유하지 못해서 적응하지 못하는 경우가 일부 있었기 때문이다.

　그렇다면 국립공원에 사는 카오야이 야생 코끼리들은 자연스럽고 안전하게 보호받는 삶을 살고 있을까? 이곳이라고 위험이 전혀 없는 것은 아니다. 2019년에 11마리 코끼리들이 폭포 아래로 떨어져 죽는 사고가 발생했다. 당시 공원 관계자는 "무리 생활을 하는 코끼리들이 새끼를 구하려다 떨어졌다."고 했다. 가이드는 이런 사고가 이번이 처음이 아니며 30년쯤 전에도 코끼리 8마리가 떨어져 죽었다고 알려 줬다. 당시 국립공원은 코끼리들이 다니는 길을 관광객들에게 폭포를 보여 주려고 시멘트로 덮었다. 그런데 기억력이 뛰어난 코끼리들이 좋아하는 먹이가 있던 곳으로 가다가 사람들을 피해 위험한 길을 선택했던 것이다. 여러 코끼리가 함께 폭포 아래로 떨어져 죽은 모습을 상상하니 너무 안쓰러웠다. 사고 이후 폭포에는 코끼리들이 접근하지 못하도록 바리케이트를 강화했다. 그 후 코끼리 사고 소식을 듣지 못했다. 하지만

코끼리 추락 사건이 일어난 해우나록 폭포는 접근 금지였다.

바리케이트로 코끼리를 막을 수 있을까? 사람들을 막는 게 맞는 게 아닐까.

열대우림에서 나와 폭포로 갔다. 역시나 사람들이 많았다. 계단을 내려가서 폭포를 보고 올라오는데 그 길이 코끼리가 다니던 길이었나 싶었다. 사실 사람들이 다니는 모든 길은 야생동물이 다녔던 길이다.

국립공원에 들어오는 관광객이 늘어날수록 편의시설은 많아질 것이고, 그럴수록 코끼리와 같은 야생동물에게 주는 영향이 커질 수밖에 없다. 크게 알려지진 않았지만, 그동안 같은 곳에서 코끼리들이 떨어져 죽는 경우가 종종 있었다는 사실도 알게 됐다. 그 길은 원래 코끼리의 삶의 터전이었다. 점점 늘어나는 사람들과 기반 시설들 때문에 코끼리들이 절벽으로 밀려난 셈이다. 한 보전활동가는 이런 영향을 세심히 관찰하고 대비했다면 코끼리들의 죽음을 막을 수 있었을 것이라고 했다.

최근 카오야이국립공원은 코로나19 때문에 문을 닫았다. 그래서인지 야생동물이 전보다 훨씬 자유롭게 돌아다니고 있다는 소식을 들었다. 코로나 전에는 새해를 맞아 방문한 사람들이 버린 쓰레기가 23톤이라는 소식을 들었는데 코로나19로 상황이 많이 달라진 것이다. 이를 자료 삼아 코로나19가 끝난 후에도 휴지기를 가지거나 입장에 제한을 둬서 생태계를 회복할 시간을 주면 좋겠다.

코끼리는 오랜 시간 인간에게 휘둘리며 편한 삶을 살지 못했다. 무거운 나무를 옮기고, 불훅으로 몸을 찔려가며 쇼를 하거나 사람을 등에 태우고, 작은 우리에 갇혀 사람들이 던지는 음식을 받아먹었다. 자유롭게 살아갈 자연은 점차 사라지고, 환경이 좋은 동물원은 극소수다. 그렇기에 더 이상 인간의 편의를 위해 자연을 해치지 않는 것이 중요하다. 국립공원은 사람들이 가서 즐기기 위해서만 존재하는 곳이 아니다. 그 안의 생명들을 보전하는 것이 국립공원의 존재 이유이기도 하다. 사람들이 그 점을 깨닫는다면 더 이상 코끼리와 같은 야생동물이 절벽 아래로 밀려 떨어지지 않을 것이다.

동물원의 역사 _ 왜 동물이 갇혀 있는가?

야생동물을 가두고자 하는 인간의 욕망은 권력과 맞닿아 있다. 아주 오래 전부터 이집트, 중국, 인도, 그리스, 로마 등에서 왕과 돈 많은 귀족들은 야생동물을 잡아 우리에 가뒀다. 특히 그들이 정복한 머나먼 나라에서 동물을 데려와 전시하는 것은 막강한 부와 권력이 없으면 어려운 일이었기에 이는 곧 소유주의 힘을 의미했다. 이렇듯 과시를 위해 이국적인 동물을 가둬놓은 장소를 미네저리menagerie라 불렀다. 16세기 후반에는 유럽의 모든 왕들이 자신들만의 미네저리를 가지고 있었다. 17세기에 지은 프랑스 왕 루이 14세의 베르사유 궁전의 미네저리가 대표적이다.

18세기에서 19세기로 넘어가면서 소수의 특권계층이 가졌던 '동물을 가두고 볼 즐거움'은 대중에게 확대됐다. 1752년에 만들어진 오스트리아 쇤브룬 동물원은 원래 합스부르크 왕가를 위한 미네저리였다가 1778년부터 조금씩 대중에게 공개됐다. 그사이 프랑스 혁명이 일어났다. 지식을 독점한다는 이유로 많은 학술기관을 없앴지만 파리 식물원은 당시 대중에게 무료로 공개된 곳이어서 살아남았다. 베르사유 궁전에 있던 동물은 파리 식물원으로 옮겨졌고, 1794년에 식물원 내 동물원이 문을 열었다. 파리 식물원의 학술적 활동에 자극을 받아 1826년에 영국에도 동물학회가 생겼으며, 그로부터 2년 후 리젠트 공원 내에 동물원이 생겼다. 출입은 학회 회원에서 점차 일반인에게로 확대되었다. 하지만 동물원 동물은 교육과 연구로 명목만 바뀌었을 뿐 여전히 사람들의 오락거리였다. 상점에서 물품을 진열하듯 동물을 늘어놓은 전시는 지금도 많은 동물원에 남아 있다.

19세기에 동물무역상인 독일인 카를 하겐베크가 등장했다. 그는 동물원의 패러다임을 바꿔서 동물을 보는 사람들의 죄책감과 불편함을 덜어 준 인물이다. 1848년, 생선 장수인 하겐베크의 아버지가 돈을 주고 산 물개 6마리를 사람들에게 보여 주고 돈을 받았고, 아들인 카를 하겐베크가 이를 점차 큰 사업으로 확장시키면서 동물거래업자이자 조련사로 성장했다. 얼마나 사업이 번창했냐면 하겐베크가 코끼리를 잡아 창경원에 보냈다는 기록이 있을 정도다.

1907년 하겐베크 동물원이 문을 열었다. 수십 년간 동물을 잡아 팔아 온 카를 하겐베크는 동물들이 얼마나 높이, 얼마나 멀리 뛰어오를 수 있는지 알았기에 기존 동물원에 있던 인위적인 창살과 울타리를 없앴다. 대신 깊이 파인 구덩이인 해자를 이용해 동물을 가두었다. 동물은 해자를 뛰어넘지 못했다. 해자를 이용해서 구역을 나누어 앞에서부터 홍학, 얼룩말, 사자 등을 한눈에 보이게 배치했다. 동물들은 마치 자연 속에 살고 있는 듯 보였다. 이렇듯 여러 동물이 탁 트인 곳에서 이상적으로 함께 사는 것처럼 보이는 것을 '파노라마 전시'라고 불렀다. 이런 획기적인 전시 방법 변화를 통해 사람들은 동물원이 동물을 가두는 곳이 아니라 동물을 보호하는 곳이라고 생각하기 시작했다. 동물들의 서식지가 사라져 동물원이 '노아의 방주'가 되었다는 세계관을 만들어 냈다. 동물들의 서식지가 충분히 남아있던 그 시대에도 이런 세계관이 존재했다.

당시 하겐베크가 자신의 사업을 위해 죽이고 여러 나라에 팔아넘긴 어마한 동물의 수를 보면 동물에게 낙원을 제공했다고 보기는 어렵다. 《동물원의 탄생》(니겔 로스펠스)에 따르면 하겐베크는 20년간 "적어도 사자 1,000마리, 호랑이 300~400마리, 표범 600~700마리, 곰 1,000마리, 하이에나 800마리, 기린 150마리, 영양 600마리, 쌍봉낙타 180마리, 단봉낙타 120마리, 순록 150마리"를 팔았다. 하겐베크는 동물을 거래가치로 환산하고 이미지 관리를 통해 잔혹한 포획 행위를 감췄다. 그리고 동물을 위한 이상적인 낙원을 기대하는 대중의 욕구에 부응해 마치 동물이 갇힌 게 아닌 것처럼 보이는 동물원을 탄생시켰지만 당시는 하겐베크 동물원의 속임수를 비판할 만한 시대가 아니었다. 하겐베크는 사업이 부진하자 1870년대 중반부터 동물원에서 인간을 전시하기 시작했다.

그가 데려온 스칸디나비아 반도 최북단에서 순록을 키우던 소수민족 라플란드 사람들, 알래스카 등 북극해 연안에 사는 이누이트족, 스리랑카의 신할리족 등의 생활을 자연스럽게 연출한 전시에 사람들은 열광했다. 아이에게 젖을 주거나 동물을 다루는 모습, 사냥도구를 사용하는 모습을 그대로 보여 준 것이다. 그중 가장 인기를 끈 것은 남아메리카에서 온 푸에고 인의 쇼였다. 단지 옷을 거의 입지 않은 채 조용히 음식을 만들었을 뿐인데도 유럽인들은 그들의 눈에 '원시적'이고 '미개하다'고 보여지는 모습과 행동을 보며 열광했다. 하겐베크는 인간 전시를 쇼가 아닌 문화 전시라고 주장했다. 하지만 인간 전시는 관음 욕구를 충족시키고, 고정관념을 강화시킨 쇼가 맞다. 하겐베크의 사람 쇼는 인류학계의 지지를 얻었다. 학자들은 쇼에 등장한 사람들의 신체 치수를 재서 기록하고 사진을 찍어 비교했다. 이는 인종 차별로 이어졌다.

동물원의 역사가 변하는 와중에도 변하지 않은 것이 있다면 동물원과 권력의 문제다. 동물을 가두고 보는 동물과 인간 사이의 권력 관계는 귀족에서 일반인으로 확대됐을 뿐 달라진 것은 없다. 동물원을 관통하는 정복과 과시의 역사는 제국주의 시대에 도드라졌는데 우리나라 역사에서도 찾을 수 있다. 일본은 1909년, 창경궁에 동물원과 식물원을 만들고 이를 창경원이라 불렀다. 궁을 격하시키고 일반인을 출입시켜 조선 왕조의 권위를 훼손하려는 의도였다. 이 시대의 창경원은 우리나라를 침략한 일본의 트로피와도 같은 공간이다.

동물원에는 분명 권력 구조가 존재한다. 갇혀 있는 동물을 어떻게 대해야 하는지 배우지 못한 채 동물원 입구에 들어선 사람들은 조금이라도 자연과 본능을 느껴 보려 동물을 향해 유리창을 두드리고, 소리를 지르고, 손뼉을 치고, 물건을 던지고, 먹이를 준다. 너무나 간절한 인간들의 모습, 동물원이라는 연극 관람은 이렇듯 결국 몰이해로 끝난다.

동물원의 기본 골격은 '어떻게 가두느냐'다. 즉, '어떻게 도망가지 못하게 하느냐'가 가장 먼저다. 일단 그것이 충족되면 여러 가지 무대장치를 만든다. 무대장치는 철장에서 해자로, 유리로 바뀌고 이제는 그것도 사라지고 보일 듯 안 보이는 전기 울타리가 자유를 기만한다. 동물들은 비자발적인 연극배우가 된다. 동물은 자연이 아닌 인간이 만든 무대에서 유예된 죽음을 기다린다.

물론 현대 동물원이 과거 하겐베크가 저질렀던 일들을 모두 반복하지는 않지만 동물원의 출생증명서를 부인할 수는 없다. 여전히 좋은 동물원은 극히 일부며 한 동물원 안에서도 동물들의 삶은 인기종과 비인기종에 따라 극과 극이다. 동물원이라는 이름 아래 수많은 동물들이 길고 긴 고통을 받는다. 동물원이 '야생동물의 안식처'라는 오랜 기간 스스로 작성해 지니고 있던 면죄부 때문에 이를 복사해 멋대로 고쳐 버린 동물 카페나 실내 동물원, 길거리 동물원이 전염병처럼 번진다. 동물을 보호한다며 동물을 이용하고 학대하는 곳에 아이들은 체험학습을 간다. 그곳에서 동물을 사랑하는 법을 배울 것 같지만 아니다. 동물을 가두고 마음대로 다뤄도 된다는 암묵적인 룰을 습득할 뿐이다.

동물을 그저 즐기는 사이 사람들은 당연한 질문을 잊는다. 왜 동물이 갇혀 있는가? 호주 시드니 타롱가 동물원의 고릴라 설명회 시간에 많은 사람들이 고릴라가 있는 곳으로 모였다. 사육사가 방사장에 먹이를 뿌리자 고릴라들이 나왔다. 그중 한 암컷 고릴라가 먹이를 몇 개 집더니 뒤를 돌아서 먹기 시작했다. 마치 모두가 지켜보는 무대 위에서 뒤돌아선 배우 같은 모습이었다. 사람들은 귀여운 새끼 고릴라들의 모습에 흥분했지만 나는 그의 뒷모습이 눈에 박혔다. 그 고릴라는 뒤를 도는 것으로 자신에게 있는 아주 작은 권리를 누리고자 했다. 그때 옆에 있던 한 아이가 함께 온 할머니에게 물었다 "저 고릴라들은 왜 저 안에 들어가 있어요?" 이는 가장 근본적이고 중요한 질문이다. 할머니의 대답은 잘 기억나지 않는다. 우리는 그 아이에게 어떻게 답해야 할까?

책공장더불어의 책

동물원 동물은 행복할까?
(환경부 선정 우수환경도서, 학교도서관저널 추천도서)
동물원 북극곰은 야생에서 필요한 공간보다 100만 배, 코끼리는 1,000배 작은 공간에 갇혀 살고 있다. 야생동물보호운동 활동가인 저자가 기록한 동물원에 갇힌 야생동물의 참혹한 삶.

고통받은 동물들의 평생 안식처 동물보호구역
(환경부 선정 우수환경도서, 환경정의 올해의 어린이 환경책, 한국어린이교육문화연구원 으뜸책)
고통받다가 구조되었지만 오갈 데 없었던 야생동물의 평생 보금자리. 저자와 함께 전 세계 동물보호구역을 다니면서 행복하게 살고 있는 동물을 만난다.

고등학생의 국내 동물원 평가 보고서
(환경부 선정 우수환경도서)
인간이 만든 '도시의 야생동물 서식지' 동물원에서는 무슨 일이 일어나고 있나? 국내 9개 주요 동물원이 종보전, 동물복지 등 현대 동물원의 역할을 제대로 하고 있는지 평가했다.

동물 쇼의 웃음 쇼 동물의 눈물
(한국출판문화산업진흥원 청소년 권장도서, 한국출판문화산업진흥원 청소년 북토큰 도서)
동물 서커스와 전시, TV와 영화 속 동물 연기자, 투우, 투견, 경마 등 동물을 이용해서 돈을 버는 오락산업 속 고통받는 동물들의 숨겨진 진실을 밝힌다.

숲에서 태어나 길 위에 서다
(환경부 환경도서 출판 지원사업 선정)
한 해에 로드킬로 죽는 야생동물 200만 마리. 인간과 야생동물이 공존할 수 있는 방법을 찾는 현장 과학자의 야생동물 로드킬에 대한 기록.

야생동물병원 24시
(어린이도서연구회에서 뽑은 어린이·청소년 책, 한국출판문화산업진흥원 청소년 북토큰 도서)
로드킬 당한 삵, 밀렵꾼의 총에 맞은 독수리, 건강을 되찾아 자연으로 돌아가는 너구리 등 대한민국 야생동물이 사람과 부대끼며 살아가는 슬프고도 아름다운 이야기.

인간과 동물, 유대와 배신의 탄생
(환경부 선정 우수환경도서, 환경정의 선정 올해의 환경책)
미국 최대의 동물보호단체 휴메인소사이어티 대표가 쓴 21세기 동물해방의 새로운 지침서. 농장동물, 산업화된 반려동물 산업, 실험동물, 야생동물 복원에 대한 허위 등 현대의 모든 동물학대에 대해 다루고 있다.

동물학대의 사회학 (학교도서관저널 올해의 책)
동물학대와 인간폭력 사이의 관계를 설명한다. 페미니즘 이론 등 여러 이론적 관점을 소개하면서 앞으로 동물학대 연구가 나아갈 방향을 제시한다.

동물주의 선언 (환경부 선정 우수환경도서)
현재 가장 영향력 있는 정치철학자가 쓴 인간과 동물이 공존하는 사회로 가기 위한 철학적·실천적 지침서.

사향고양이의 눈물을 마시다
(한국출판문화산업진흥원 우수출판 콘텐츠 제작지원 선정, 환경부 선정 우수환경도서, 학교도서관저널 추천도서, 국립중앙도서관 사서가 추천하는 휴가철에 읽기 좋은 책, 환경정의 올해의 환경책)
내가 마신 커피 때문에 인도네시아 사향고양이가 고통받는다고? 내 선택이 세계 동물에게 미치는 영향, 동물을 죽이는 것이 아니라 살리는 선택에 대해 알아본다.

동물은 전쟁에 어떻게 사용되나?
전쟁은 인간만의 고통일까? 자살폭탄 테러범이 된 개 등 고대부터 현대 최첨단 무기까지, 우리가 몰랐던 동물 착취의 역사.

똥으로 종이를 만드는 코끼리 아저씨
(환경부 선정 우수환경도서, 한국출판문화산업진흥원 청소년 권장도서, 서울시교육청 어린이도서관 여름방학 권장도서, 한국출판문화산업진흥원 청소년 북토큰 도서)
코끼리 똥으로 만든 재생종이 책. 코끼리 똥으로 종이와 책을 만들면서 사람과 코끼리가 평화롭게 살게 된 이야기를 코끼리 똥 종이에 그려냈다.

동물들의 인간 심판 (대한출판문화협회 올해의 청소년 교양도서, 세종도서 교양 부문, 환경정의 청소년 환경책, 아침독서 청소년 추천도서, 학교도서관저널 추천도서)

동물을 학대하고, 학살하는 범죄를 저지른 인간이 동물 법정에 선다. 고양이, 돼지, 소 등은 인간의 범죄를 증언하고 개는 인간을 변호한다. 이 기묘한 재판의 결과는?

물범 사냥 (노르웨이국제문학협회 번역 지원 선정)

북극해로 떠나는 물범 사냥 어선에 감독관으로 승선한 마리는 낯선 남자들과 6주를 보내야 한다. 남성과 여성, 인간과 동물, 세상이 평등하다고 믿는 사람들에게 펼쳐 보이는 세상.

후쿠시마에 남겨진 동물들 (미래창조과학부 선정 우수과학도서, 환경부 선정 우수환경도서, 환경정의 청소년 환경책)

2011년 3월 11일, 대지진에 이은 원전 폭발로 사람들이 떠난 일본 후쿠시마. 다큐멘터리 사진 작가가 담은 '죽음의 땅'에 남겨진 동물들의 슬픈 기록.

후쿠시마의 고양이 (한국어린이교육문화연구원 으뜸책)

동일본 대지진 이후 5년. 사람이 사라진 후쿠시마에서 살처분 명령이 내려진 동물을 죽이지 않고 돌보고 있는 사람과 함께 사는 두 고양이의 모습을 담은 사진집.

동물을 위해 책을 읽습니다
(국립중앙도서관 사서 추천 도서, 한국출판문화산업진흥원 출판콘텐츠 창작자금지원사업 선정)

우리는 동물이 인간을 위해 사용되기 위해서만 존재하는 것처럼 살고 있다. 우리가 사랑하고, 입고, 먹고, 즐기는 동물과 어떤 관계를 맺어야 할까? 100여 편의 책 속에서 길을 찾는다.

동물을 만나고 좋은 사람이 되었다
(한국출판문화산업진흥원 출판 콘텐츠 창작자금지원사업 선정)

개, 고양이와 살게 되면서 반려인은 동물의 눈으로, 약자의 눈으로 세상을 보는 법을 배운다. 동물을 통해서 알게 된 세상 덕분에 조금 불편해졌지만 더 좋은 사람이 되어 가는 개·고양이에 포섭된 인간의 성장기.

유기동물에 관한 슬픈 보고서 (환경부 선정 우수환경도서, 어린이도서연구회에서 뽑은 어린이·청소년 책, 한국간행물윤리위원회 좋은 책, 어린이문화진흥회 좋은 어린이책)

동물보호소에서 안락사를 기다리는 유기견, 유기묘의 모습을 사진으로 담았다. 인간에게 버려져 죽음을 당하는 그들의 모습을 통해 인간이 애써 외면하는 불편한 진실을 고발한다.

유기견 입양 교과서

유기견을 도우려는 사람을 위한 전문적인 정보·기술·지식을 담았다. 버려진 개의 마음 읽기, 개가 보내는 카밍 시그널과 몸짓언어, 유기견 맞춤 교육법, 입양 성공법 등이 담겼다.

버려진 개들의 언덕 (학교도서관저널 추천도서)

인간에 의해 버려져서 동네 언덕에서 살게 된 개들의 이야기. 새끼를 낳아 키우고, 사람들에게 학대를 당하고, 유기견 추격대에 쫓기면서도 치열하게 살아가는 생명들의 2년간의 관찰기.

순종 개, 품종 고양이가 좋아요?

사람들은 예쁘고 귀여운 외모의 품종 개, 고양이를 좋아하지만 많은 품종 동물이 질병에 시달리다가 일찍 죽는다. 동물복지 수의사가 반려동물과 함께 건강하게 사는 법을 알려준다.

채식하는 사자 리틀타이크
(아침독서 추천도서, 교육방송 EBS 〈지식채널e〉 방영)

육식동물인 사자 리틀타이크는 평생 피 냄새와 고기를 거부하고 채식 사자로 살며 개, 고양이, 양 등과 평화롭게 살았다. 종의 본능을 거부한 채식 사자의 9년간의 아름다운 삶의 기록.

대단한 돼지 에스더
(환경부 선정 우수환경도서, 학교도서관저널 추천도서)

인간과 동물 사이의 사랑이 얼마나 많은 것을 변화시킬 수 있는지 알려주는 놀라운 이야기. 300킬로그램의 돼지 덕분에 파티를 좋아하던 두 남자가 채식을 하고, 동물보호 활동가가 되는 놀랍고도 행복한 이야기.

묻다 (환경부 선정 우수환경도서, 환경정의 올해의 환경책)

구제역, 조류독감으로 거의 매년 동물의 살처분이 이뤄진다. 저자는 4,800곳의 매몰지 중 100여 곳을 수년에 걸쳐 찾아다니며 기록한 유일한 사람이다. 그가 우리에게 묻는다. 우리는 동물을 죽일 권한이 있는가.

개가 행복해지는 긍정교육
개의 심리와 행동학을 바탕으로 한 긍정교육법으로 50만 부 이상 판매된 반려인의 필독서. 짖기, 물기, 대소변 가리기, 분리불안 등의 문제를 평화롭게 해결한다.

임신하면 왜 개, 고양이를 버릴까?
임신, 출산으로 반려동물을 버리는 나라는 한국이 유일하다. 세대 간 문화충돌, 무책임한 언론 등 임신, 육아로 반려동물을 버리는 사회현상에 대한 분석과 안전하게 임신, 육아 기간을 보내는 생활법을 소개한다.

개에게 인간은 친구일까?
인간에 의해 버려지고 착취당하고 고통받는 우리가 몰랐던 개 이야기. 다양한 방법으로 개를 구조하고 보살피는 사람들의 아름다운 이야기가 그려진다.

노견 만세
퓰리처상을 수상한 글 작가와 사진 작가가 나이 든 개를 위해 만든 사진 에세이. 저마다 생애최고의 마지막 나날을 보내는 노견들에게 보내는 찬사.

동물에 대한 예의가 필요해
일러스트레이터인 저자가 지금 동물들이 어떤 고통을 받고 있는지, 우리는 그들과 어떤 관계를 맺어야 하는지 그림을 통해 이야기한다. 냅킨에 쓱쓱 그린 그림을 통해 동물들의 목소리를 들을 수 있다.

동물과 이야기하는 여자
SBS〈TV 동물농장〉에 출연해 화제가 되었던 애니멀 커뮤니케이터 리디아 히비가 20년간 동물들과 나눈 감동의 이야기. 병으로 고통받는 개, 안락사를 원하는 고양이 등과 대화를 통해 문제를 해결한다.

개.똥.승. (세종도서 문학 부문)
어린이집의 교사면서 백구 세 마리와 사는 스님이 지구에서 다른 생명체와 더불어 좋은 삶을 사는 방법, 모든 생명이 똑같이 소중하다는 진리를 유쾌하게 들려준다.

용산 개 방실이
(어린이도서연구회에서 뽑은 어린이·청소년 책, 평화박물관 평화책)
용산에도 반려견을 키우며 일상을 살아가던 이웃이 살고 있었다. 용산 참사로 갑자기 아빠가 떠난 뒤 24일간 음식을 거부하고 스스로 아빠를 따라간 반려견 방실이 이야기.

사람을 돕는 개
(한국어린이교육문화연구원 으뜸책, 학교도서관저널 추천도서)
안내견, 청각장애인 도우미견 등 장애인을 돕는 도우미견과 인명구조견, 흰개미탐지견, 검역견 등 사람과 함께 맡은 역할을 해내는 특수견을 만나본다.

치료견 치로리 (어린이문화진흥회 좋은 어린이책)
비 오는 날 쓰레기장에 버려진 잡종 개 치로리. 죽음 직전 구조된 치로리는 치료견이 되어 전신마비 환자를 일으키고, 은둔형 외톨이 소년을 치료하는 등 기적을 일으킨다.

고양이 그림일기
(한국출판문화산업진흥원 이달의 읽을 만한 책)
장군이와 흰둥이, 두 고양이와 그림 그리는 한 인간의 일 년 치 그림일기. 종이 다른 개체가 서로의 삶의 방법을 존중하며 사는 잔잔하고 소소한 이야기.

고양이 임보일기
《고양이 그림일기》의 이새벽 작가가 새끼 고양이 다섯 마리를 구조해서 입양 보내기까지의 시끌벅적한 임보 이야기를 그림으로 그려냈다.

우주식당에서 만나 (한국어린이교육문화연구원 으뜸책)
2010년 볼로냐 어린이도서전에서 올해의 일러스트레이터로 선정되었던 신현아 작가가 반려동물과 함께 사는 이야기를 네 편의 작품으로 묶었다.

고양이는 언제나 고양이였다
고양이를 사랑하는 나라 터키의, 고양이를 사랑하는 글 작가와 그림 작가가 고양이에게 보내는 러브레터. 고양이를 통해 세상을 보는 사람들을 위한 아름다운 고양이 그림책이다.

나비가 없는 세상
(어린이도서연구회에서 뽑은 어린이·청소년 책)
고양이 만화가 김은희 작가가 그려내는 한국 고양이 만화의 고전. 신디, 페르캉, 추새. 개성 강한 세 마리 고양이와 만화가의 달콤쌉싸래한 동거 이야기.

펫로스 반려동물의 죽음 (아마존닷컴 올해의 책)
동물 호스피스 활동가 리타 레이놀즈가 들려주는 반려동물의 죽음과 무지개다리 너머의 이야기. 펫로스(pet loss)란 반려동물을 잃은 반려인의 깊은 슬픔을 말한다.

강아지 천국
반려견과 이별한 이들을 위한 그림책. 들판을 뛰놀다가 맛있는 것을 먹고 잠들 수 있는 곳에서 행복하게 지내다가 천국의 문 앞에서 사람 가족이 오기를 기다리는 무지개다리 너머 반려견의 이야기.

고양이 천국 (어린이도서연구회에서 뽑은 어린이·청소년 책)
고양이와 이별한 이들을 위한 그림책. 실컷 놀고, 먹고, 자고 싶은 곳에서 잘 수 있는 곳. 그러다가 함께 살던 가족이 그리울 때면 잠시 다녀가는 고양이 천국의 모습을 그려냈다.

깃털, 떠난 고양이에게 쓰는 편지
프랑스 작가 클로드 앙스가리가 먼저 떠난 고양이에게 보내는 편지. 한 마리 고양이의 삶과 죽음, 상실과 부재의 고통, 동물의 영혼에 대해서 내려간다.

인간과 개, 고양이의 관계심리학
함께 살면 개, 고양이와 반려인은 닮을까? 동물학대는 인간학대로 이어질까? 248가지 심리 실험을 통해 알아보는 인간과 동물이 서로에게 미치는 영향에 관한 심리 해설서.

암 전문 수의사는 어떻게 암을 이겼나
암에 걸린 세계 최고의 암 수술 전문 수의사가 동물 환자들을 통해 배운 질병과 삶의 기쁨에 관한 이야기가 유쾌하고 따뜻하게 펼쳐진다.

우리 아이가 아파요! 개·고양이 필수 건강 백과
새로운 예방접종 스케줄부터 우리나라 사정에 맞는 나이대별 흔한 질병의 증상·예방·치료·관리법, 나이 든 개, 고양이 돌보기까지 반려동물을 건강하게 키울 수 있는 필수 건강백서.

고양이 질병의 모든 것
40년간 3번의 개정판을 낸 고양이 질병 책의 바이블로 고양이가 건강할 때, 이상 증상을 보일 때, 아플 때 등 모든 순간에 곁에 두고 봐야 할 책이다. 질병의 예방과 관리, 증상과 징후, 치료법에 대한 모든 해답을 완벽하게 찾을 수 있다.

개, 고양이 사료의 진실
미국에서 스테디셀러를 기록하고 있는 책으로 2007년 멜라민 사료 파동 등 반려동물 사료에 대한 알려지지 않은 진실을 폭로한다.

개 피부병의 모든 것
홀리스틱 수의사인 저자는 상업사료의 열악한 영양과 과도한 약물 사용을 피부병 증가의 원인으로 꼽는다. 제대로 된 피부병 예방법과 치료법을 제시한다.

개·고양이 자연주의 육아백과
세계적인 홀리스틱 수의사 피케른의 개와 고양이를 위한 자연주의 육아백과. 50만 부 이상 팔린 베스트셀러로 반려인, 수의사의 필독서. 최상의 식단, 올바른 생활습관, 암, 신장염, 피부병 등 각종 병에 대한 대처법도 자세히 수록되어 있다.

햄스터
햄스터를 사랑한 수의사가 쓴 햄스터 행복·건강 교과서. 습성, 건강관리, 건강식단 등 햄스터 돌보기 완벽 가이드.

토끼
토끼를 건강하고 행복하게 오래 키울 수 있도록 돕는 육아 지침서. 습성·식단·행동·감정·놀이·질병 등 모든 것을 담았다.

세계 19개국 178곳의 동물원·국립공원·동물보호구역을 가다

동물복지 수의사의 동물 따라 세계 여행

초판 1쇄   2022년 1월 25일

지은이   양효진
편집   김보경

디자인   나디하 스튜디오(khj9490@naver.com)
교정   김수미

인쇄   정원문화인쇄
펴낸이   김보경
펴낸 곳   책공장더불어

책공장더불어
주소   서울시 종로구 혜화동 5-23
대표전화   (02)766-8406
이메일   animalbook@naver.com
블로그   blog.naver.com/animalbook
페이스북   @animalbook4
인스타그램 @animalbook.modoo

ISBN 978-89-97137-48-0 (03810)

이 도서는 한국출판문화산업진흥원의 '2021년 출판콘텐츠 창작 지원 사업'의 일환으로
국민체육진흥기금을 지원받아 제작되었습니다.